講談社文庫

葬られた勲章(上)

リー・チャイルド｜青木 創 訳

講談社

目次

わたしの義理の姉妹であり、たぐいまれな魅力と人柄を備えた
レスリーとサリーに

葬られた勲章(上)

●主な登場人物〈葬られた勲章　上〉

ジャック・リーチャー　家も車も持たず、放浪の旅を続ける元憲兵隊指揮官。

スーザン・マーク　国防総省(ペンタゴン)の事務員、民間人。

ジェイコブ・マーク　スーザンの弟、ニュージャージー州の警官。

ピーター・モリーナ　スーザンの息子、南カリフォルニア大学のフットボール選手。

セリーサ・リー　ニューヨーク市警殺人課の女性刑事。

ドハーティ　リーの同僚刑事。

ライラ・ホス　スーザンの知人。

スヴェトラーナ・ホス　スーザンの知人。

レオニード　ホス母娘の仲間。

ジョン・サンソム　ノースカロライナ州選出の下院議員。

エルスペス・サンソム　ジョンの妻。

スプリングフィールド　サンソムの警護スタッフ。

1

自爆テロリストは見分けやすい。目につくしるしがいくつもある。何せ本人は緊張している。だれだって自爆するのははじめてなのだから。

イスラエルの防諜機関が自爆テロ対策をまとめ、何に注目すべきかを教えている。現実観察と心理分析に基づき、兆候となる行動をリストにしたということだ。二十年前、わたしはそのリストをイスラエル軍の大尉から教わった。大尉はそれを信頼していた。だからわたしもそれを信頼した。というのも、当時わたしは三週間の派遣任務を命じられ、イスラエル本国やエルサレムや西岸地区やレバノンをめぐり、シリアやヨルダンも訪れ、バスの車内や店の中や雑踏する歩道で、その大尉に付きしたがったからだ。あのときは四方に目を光らせ、頭の中でリストの項目と照らし合わせる作業を繰り返したものだ。

あれから二十年が経ったが、いまでもリストは覚えている。いまでも目は光らせている。まったくの癖で。別の男たちからは、別のモットーも教わった――見るのではなく観ろ、聞くのではなく聴け。真剣に取り組むほど、長く生き延びられる、と。

疑わしい相手が男なら、リストは十二項目になる。女なら十一項目だ。ちがいは、ひげを剃ったばかりという項目があるかどうか。男の自爆テロリストは顎ひげを剃る。そうすれば周囲に溶けこみやすくなる。怪しまれにくくなる。結果として、顔の下半分の肌色が薄くなる。しばらく日光にさらされていなかったために。

だがいま、わたしはひげの剃りあとには注目していない。

十一項目のリストに考えをめぐらしている。

視線の先にいるのは女だったからだ。

わたしはニューヨーク市で地下鉄に乗っている。六系統、レキシントン・アヴェニュー線各駅停車、北のアップタウン行き、午前二時。ブリーカー・ストリート駅のホームの南寄りの場所から乗った車両には、乗客が五人しかいなかった。地下鉄は満員だと狭く、こぢんまりと感じられる。空いているとやけに広く、洞窟めいて、孤独に感じられる。昼と同じ照明が使われているのに、夜だと照明は熱く、まぶしく感じられる。ただの照明が並んでいるだけなのだが。わたしは車両前部のドアの北側へ進み、線路側、つまり西側のふたり掛けのシートに腰をおろした。ほかの五人の乗客はみな、南側のいくつかのロングシートにかなりの間隔を空けてすわり、こちらに顔と体の横側を見せ、三人は東から、ふたりは西から、正面にうつろな面持ちを向けていた。

　車両番号は七六二二だ。以前わたしは、六系統の地下鉄で八駅のあいだ、変人の隣にすわったことがある。その人物は、たいていの男ならスポーツや女に向けるたぐいの情熱をこめて、乗っている車両の解説をしてくれた。おかげでわたしは、車両番号七六二二はR142Aという形式だと知っている。ニューヨークの地下鉄の最新車両で、日本の神戸（こうべ）で川崎重工業が製造し、海を越えて二百七番ストリートの車両基地に陸揚げされると、クレーンでトレーラーに載せられ、百八十番ストリート駅に運ばれて試運転がおこなわれた。大がかりな整備をしなくても三十万キロ以上走行できる。自動化された車内放送システムは指示を男の声で、案内を女の声で伝える。ただの偶然とされているが、実際はそうした労働の分担が人間心理に即していると交通局のお偉方が考えたからだ。声を録音したのはブルームバーグテレビジョンのキャスターたちだが、何年か前にその創業者のマイケル・ブルームバーグが市長になった。導入されたR142Aは六百両を数え、車両の全長は十五・五メートル強、全幅は二・六メートル強におよぶ。変人と乗った車両も、いま乗っている車両も、運転席が設けられていないが、これはすわった乗客を四十人、立った乗客を百四十八人まで運べるように設計されたためだ。あの変人はこうしたデータをすべて把握していた。車両のシートが青のプラスチック製で、夏の終わりの空やイギリス空軍の制服と同じ色合いであることくらいなら、わたしでも見てとれる。側面が落書きに強いファイバーグラスを成形したものであることも見てとれる。屋根と側面の境目に、手前から奥へと広告が二列に連なっていることも。テレビ番組や、語学教室や、簡単に取得できる大学の学位や、またとない稼げる機会を売りこむ陽気な小さいポスターが貼ってあることも。警察の標語がこう助言していることも見てとれる。〝不審なものを見かけたら、声をあげましょう〟。

わたしのいちばん近くにいる乗客はヒスパニック系の女だ。わたしから見て左斜め前、つまり東側の車両前部のドアの先で、八人掛けのロングシートの端にひとりですわっている。小柄、三十代から五十代、とても暑そうで、とても疲れている様子だ。古びたレジ袋を手首に掛け、正面の空席を見つめているが、その目は疲れ果ててろくに見えていない。

つぎに近いのはその向かい側の、さらに一メートルほど先に行ったところにいる男だ。やはり八人掛けのロングシートにひとりですわっている。バルカン半島か黒海周辺の出身かもしれない。黒っぽい髪に、皺の寄った肌。筋張った体は仕事と気候のせいで肉が落ちている。足を床に着け、前かがみになって膝に肘を突くという姿勢だ。眠っているわけではないが、それに近い。仮死状態というか、停滞状態というか、列車の動きに合わせて揺られている。歳は五十くらいだが、服装はいやに若作りだ。だぶついたジーンズは裾がふくらはぎまでしかなく、大きすぎるＮＢＡのシャツにはわたしの知らない選手の名前が記されている。

　三人目は女で、西アフリカ系かもしれない。東側中央のドアの南側にいる。やつれて生気がなく、黒い肌は疲労と照明のせいでくすんだ灰色になっている。色鮮やかなろうけつ染めのワンピースを着て、そろいの四角い布を髪に巻いている。目は閉じたままだ。わたしはニューヨークをそれなりによく知っている。自分は国際人であり、ニューヨークは世界の首都だと思っているから、イギリス人にとってのロンドンやフランス人にとってのパリと同じ程度には、ここがどういう街なのか理解している。つまり、ニューヨークの風習にはなじみがあるが、熟知しているわけではない。それでも、深夜、北行きの六系統の地下鉄にブリーカー・ストリート駅の南から乗っていたこの三人のような人たちが、市庁舎のあたりでの夜勤を終えて帰宅する清掃員か、チャイナタウンやリトル・イタリーのレストラン従業員なのだろうと推測するのはたやすい。おそらくブロンクスのハンツ・ポイント・アヴェニュー駅か、さらに先のペラム・ベイ・パーク駅まで乗って、また長い一日がはじまる前に途切れがちな短い睡眠をとるつもりなのだろう。

　四人目と五人目の乗客はそのかぎりではない。

　五人目は男だ。歳はわたしと同じくらいで、車両後部の東側、つまりわたしの席から対角線を伸ばした先にあるふたり掛けのシートに、四十五度の角度をつけて体を押しこんでいる。服装はくだけているが、安っぽくはない。チノパンにゴルフシャツ。眠ってはいない。正面に視線を固定している。集中して思案をめぐらしているかのように、遠い目になったり鋭い目になったりするのを繰り返している。野球選手の目のようだ。野球選手は、ある種の抜け目のなさと計算高さをその目に宿している。

しかし、わたしの視線の先にいたのは四人目の乗客だ。

〝不審なものを見かけたら、声をあげましょう〟。

その女は西側の後方寄りの八人掛けのシートにひとりですわっている。疲れ果てた西アフリカ系の女と野球選手の目をした男の中間あたりで、その向かい側にいる。白人、おそらく四十代。美人ではない。黒い髪はこぎれいに整えてあるが、流行に合っていないし、地毛にしては色にむらがなさすぎる。服装は黒ずくめだ。姿はかなりはっきりと見える。西側のわたしに近いほうの男は相変わらず前かがみにすわっているので、その曲げた背中と車両の側面とのあいだにできたV字形の隙間から、まっすぐに見通せる。林立するステンレス鋼の手すりが邪魔だが。

完璧な視界でないとはいえ、十一項目のリストのすべてが警報を発するには充分だ。ラスヴェガスのスロットマシンのチェリーよろしく、箇条書きの点が光っている。

イスラエルの防諜機関にしたがえば、わたしの視線の先にいるのは自爆テロリストだ。

2

わたしはすぐさまその考えを捨てた。人種的プロファイリングに基づいてではない。白人女性だって異常者になりかねないし、それはほかの人間と変わらない。その考えを捨てたのは、戦術として妥当ではないからだ。タイミングが悪い。ニューヨークの地下鉄は自爆テロの恰好(かっこう)の標的になりうる。その意味で、六系統の路線はほかにまさるとも劣らない。この列車はグランド・セントラル駅に停車する。朝の八時や夜の六時なら、四十人のすわった乗客と百四十八人の立った乗客で車両は満員になっている。混み合ったホームに着いて、ドアがあいたらボタンを押せばいい。百名が死に、数百名が重傷を負って、パニックが起こり、インフラが破壊され、ことによると火災が発生して、輸送の大規模拠点が何日も、あるいは何週間も閉鎖され、二度と信頼は取り戻せないかもしれない。われわれにはよく理解できない頭の仕組みをした連中にとっては、大金星だ。

しかし、午前二時ではそうはいかない。

六人しか乗っていない車両ではそうはいかない。グランド・セントラル駅の地下鉄のホームにごみと空のカップが転がり、数人の老いたホームレスがベンチで寝ているだけの時間帯では、そうはいかない。

アスター・プレイス駅に地下鉄が停車した。空気の抜ける音とともにドアが開く。だれも乗ってこない。だれもおりない。ふたたびドアが閉まり、モーターがうなって列車は動きだした。

箇条書きの点は光ったままだ。

一番目の項目は明白でわかりやすい――場ちがいな服装だ。現在でも、爆発物のベルトは野球のグローブと同じくらいしか進化していない。九十センチ×六十センチほどの厚手のキャンバス生地を、長辺と平行に一度折れば、三十センチの深さのポケットが端から端までできる。このポケットを自爆テロリストの体に巻きつけ、後ろで縫って綴じる。ファスナーや留め金だと、怖じ気づいてしまう恐れがある。柵状に連ねたダイナマイトをポケットに差しこんで一周させ、配線を済ませたら、隙間に釘やボールベアリングを詰めこんで、ポケットの上端を縫い合わせ、重みを支えるために粗雑なショルダーストラップを取りつける。威力の高い一式になるが、かさばる一式にもなる。隠す方法として現実的なのは、パッド入りの冬用ジャケットのような特大の服しかない。中東ではどう見ても場ちがいだし、ニューヨークでは年に三ヵ月くらいなら自然かもしれない。

　しかし、いまは九月で、夏並みに暑く、地下はさらに五度は温度が高い。わたしが着ているのもTシャツだ。四人目の乗客が着ているのは黒光りする分厚いノース・フェイスのダウンジャケットで、サイズが少し大きく、顎の下までファスナーを閉めてある。

〝不審なものを見かけたら、声をあげましょう〟。

　十一項目の二番目は無視した。現時点では照らし合わせることができないからだ。二番目――ロボットめいた歩き方。検問所とか、混み合った市場とか、教会やモスクの外とかでならこれは目立つが、疑わしい相手が公共交通機関ですわっているときには意味がない。自爆テロリストがロボットめいた歩き方をするのは、もうじき殉教できると思って恍惚(こうこつ)としているからではなく、二十キロ近くもの慣れない重さを運び、粗雑なショルダーストラップが肩に食いこんでいるからであり、さらには麻薬をやっているからだ。殉教の魅力にも限度がある。ほとんどの自爆テロリストは脅されただまされやすい人間であり、半固形状の生アヘンを歯茎と頬のあいだにはさんでいる。これが知られているのは、ダイナマイトのベルトは独特のドーナツ形の圧力波を発し、それが瞬時に胴体を包みこんで頭部を吹き飛ばすせいだ。人間の頭部はボルト留めされているわけではない。重力でそこに据わっているだけで、皮膚や筋肉や腱(けん)や靭(じん)

帯によってある程度は固定されているものの、このもろい生物学的な留め具は猛烈な化学爆発の威力には太刀打ちできない。例のイスラエル軍の大尉が言うには、屋外での爆破が自動車爆弾や小包爆弾ではなく自爆テロリストによるものだと断定する最も簡単な方法は、切断された人間の頭部を半径二、三十メートルの範囲で探すことらしい。不思議と無傷で、頬に含んだアヘンもそのまま残っていることが多いそうだ。

ユニオン・スクエア駅に地下鉄が停車した。だれも乗ってこない。だれもおりない。ホームから熱気が押し寄せ、車内のエアコンとせめぎ合っている。ふたたびドアが閉まり、列車は動きだした。

三番目から六番目までは、いろいろな形で現れる精神状態に注目している――苛立ち、発汗、チック、神経質な態度だ。もっとも、わたしに言わせるなら、発汗は緊張だけでなく、身体にこもった熱によっても引き起こされる。つまり、場ちがいな服装とダイナマイトによって。ダイナマイトは木材パルプにニトログリセリンを染みこませ、警棒大の円柱状に成形したものだ。木材パルプは断熱材としてすぐれている。だからそのあたりから汗が出る。しかし、苛立ちとチックと神経質な態度は重要な兆候になる。自爆テロリストは人生最後の異常な瞬間にいて、不安に満ち、痛みを恐れ、麻薬で陶然としている。当然、理性は失っている。天国や乳の川や蜜の川や緑豊かな草地や処女が待っていると信じていようが、半信半疑だろうが、まったく信じていなかろうが、イデオロギーの要求あるいは同志や家族の期待にあおられ、気がつくと深みにはまってあとには引けなくなっている。内々の集まりで威勢のいいことを言うのと、実際に行動するのとはちがう。したがって、パニックを抑えこまなければならず、それがあらゆる目に見えるしるしを伴う。

四人目の乗客にはそのすべてが現れている。この地下鉄が確実に路線の終点へ向かっているのと同じように、確実に人生の終点へ向かっている女そのものに見える。

それが七番目につながる――呼吸だ。

女は一定の浅く小刻みな息遣いをしている。吸って、吐いて、吸って、吐いて。陣痛を和らげる呼吸法をおこなっているかのように。あるいは、いましがた恐ろしいショックを受けたかのように。あるいは、恐怖で叫びたくなるのを土壇場で必死にこらえているかのように。

吸って、吐いて、吸って、吐いて。

八番目――自爆テロリストは行動を起こす直前、前方に視線を固定する。理由はだれにもわからないが、映像による証拠も生存者の証言もこの点では完全に一致している。自爆テロリストはまっすぐ前を見据える。覚悟が中途半端で恐怖に苛(さいな)まれているのかもしれない。犬や子供のように、だれも見なければだれにも見られないと思っているのかもしれない。最後に残ったひとかけらの良心のために、これから自分が殺そうとする人々を直視できないのかもしれない。理由はだれにもわからないが、自爆テロリストは例外なくそうする。

四人目の乗客もそうしている。それは確かだ。ガラスに穴があくほどに、向かい側の何も映っていない窓を凝視している。

一番目から八番目まで該当。わたしはシートから腰を浮かしかけた。が、そこで止まった。戦術として理に合わない。時刻が適切ではない。

ふたたび見つめた。そしてふたたび動いた。九番目と十番目と十一番目もまぎれもなく見てとれたし、この三つが最重要の項目だったからだ。

3

九番目——祈りのつぶやき。現在までに知られている自爆テロはどれも宗教によって駆り立てられ、動機を与えられ、正当化され、監督されている。その宗教はもっぱらイスラム教であり、イスラム教徒は公共の場で祈るのに慣れている。生存者の証言によれば、長い一定の文句が延々と繰り返され、声は聞きとりにくいが、唇が動くのは見てとれる。四人目の乗客はまさにそれをおこなっている。固定した視線の下で唇が動き、息をつきながら長い文句を儀式のように暗唱している。およそ二十秒ごとに繰り返しているようだ。あの世で会うはずの神に早くも挨拶しているのかもしれない。神はいるのだ、あの世はあるのだと自分を納得させようとしているのかもしれない。

二十三番ストリート駅に地下鉄が停車した。ドアが開く。だれもおりない。だれも乗ってこない。ホームの高所に出口の赤い案内板が見える。パーク・アヴェニュー・サウスと二十二番ストリートの交差点北東、パーク・アヴェニュー・サウスと二十三番ストリートの交差点南東。マンハッタンの歩道はおもしろみがないが、にわかに心を引かれた。

わたしはシートにとどまった。ドアが閉まる。列車が動きだす。

十番目――大きなバッグ。

古くなっていないかぎり、ダイナマイトは安定した爆薬だ。不意に爆発することはない。起爆するには雷管が要る。雷管は電源とスイッチにコードでつながれている。古い西部劇の映画に出てくる大きなダイナマイト・プランジャーは、この電源とスイッチを兼ねている。T字形の棒を押しこむとまず野戦電話のように発電機が回転し、つづいてスイッチがはいる仕組みだ。携帯するには向いていない。携帯するには電池が必要になるが、一メートルも連なる爆発物にはそれなりのボルトとアンペアが必要になる。小さな単三乾電池はわずか一・五ボルトの電圧しかない。通説にしたがえば充分ではない。九ボルト電池のほうが向いているし、確実に起爆するには本格的な懐中電灯用に売られているスープ缶大の大きな角形電池が好ましい。これはポケットにしまうには大きすぎるし、重すぎるので、バッグにしまうことになる。電池はバッグの底に入れ、そこからコードをスイッチにつなぎ、バッグの裏の目立たない隙間から出して、場ちがいな服の裾の下へ這（は）わせる。

四人目の乗客は黒いキャンバス生地のしゃれたメッセンジャーバッグを持ってい

る。ストラップを斜め掛けにして、バッグ本体を膝の上に置いている。硬い生地の膨らみ方やたわみ方からして、重い品がひとつだけはいっているように見える。

二十八番ストリート駅に地下鉄が停車した。ドアが開く。だれも乗ってこない。だれもおりない。ドアが閉まり、列車は動きだした。

十一番目――バッグの中に入れた両手。

二十年前、この十一番目は追加されたばかりだった。それまではリストは十番目で終わっていた。しかし、物事は発展する。作用と反作用によって。イスラエルの治安部隊と一部の勇敢な一般人は新しい戦術を取り入れた。疑わしい相手が行動を起こしても、逃げない。逃げてもむだだからだ。破片より速くは走れない。その代わり、一か八か、相手に抱きつく。その両腕を体の脇に押さえこみ、ボタンに手を伸ばせなくする。この方法によっていくつかの自爆テロが防がれた。多くの人命が救われた。けれども、自爆テロリストも学習した。いまでは、両手の親指をずっとボタンの上に置いて、抱きつかれても問題ないようにしろと教わっている。ボタンはバッグの中の、電池のそばにある。だから両手をバッグの中に入れる。

四人目の乗客は、両手をバッグの中に入れている。左右の手首にはさまれたフラップに皺が寄っている。

三十三番ストリート駅に地下鉄が停車した。ドアが開く。だれもおりない。ホームでひとりだけ待っていた女が、迷ってから右に移動し、隣の車両に乗りこんだ。わたしは首をめぐらし、背後の小さな窓をのぞきこんで、その女が近くにすわるのを見た。二枚のステンレス製の壁と、連結器がある空間しか隔てていない。手を振って追い払いたかった。隣の車両の向こう端にいれば助かるかもしれない。だが手は振らなかった。目を合わせていないし、どのみち無視されるだろう。わたしはニューヨークを知っている。深夜の電車で妙な身ぶりをしても、信じてもらえるわけがない。

ドアはいつもより少しだけ長くあいていた。全員を車両から連れ出そうかと、ばかげた考えに一瞬とらわれた。しかし、実行には移さなかった。滑稽なことになるだけだ。乗客はわけがわからずに啞然(あぜん)とするばかりで、たぶんことばの壁もある。スペイン語で爆弾はなんと言うのだったろう。〝ボンバ〟か。いや、それは電球のことだったか。電球がどうとかとわめく頭のおかしい男が人助けをするわけがない。

いや、電球は〝ボンビリャ〟だったはずだ。

たぶん。

確か。

だとしても、バルカン半島の言語はまったく知らない。西アフリカの方言も。ただし、ワンピースの女はフランス語を話す可能性がある。西アフリカの一部の国ではフランス語が使われている。フランス語ならわたしも話せる。爆弾(ユヌ・ボンブ)。

あそこにいる女はジャケットの下に爆弾を持っている（ラ・ファム・ラバ・ア・ユヌ・ボンブ・スー・ソン・マントー）。ワンピースの女は理解してくれるかもしれない。とにかく言わんとするところを察して、すみやかに避難してくれるかもしれない。

だがそれも、目を覚ますのが間に合えばの話だ。目をあけてくれればの話だ。

結局、わたしはシートにとどまった。

ドアが閉まる。

列車が動きだす。

わたしは四人目の乗客を見つめた。その細く青白い親指が、隠されたボタンに押しあてられているさまを想像した。ボタンは家電量販店の〈ラジオシャック〉あたりで買ったのだろう。趣味で使うには無害な部品だ。値段は一ドル半くらいか。赤と黒のコードの束がテープを巻かれ、曲げられ、端子に接続されているさまを想像した。太いコードがバッグから延び、ジャケットの下に潜りこんで、長い柵状に連なる凶器に差しこまれた十二から二十の雷管につながれている。電気の伝わる速さは光速に近い。ダイナマイトは恐ろしく強力だ。地下鉄の車両のような密閉された環境では、圧力波だけで全員がすり潰される。釘とボールベアリングはだめ押しだ。アイスクリームに弾丸を撃ちこんだようになる。まずだれも生き延びられない。ブドウの種くらいの大きさの骨片しか残らないだろう。中耳の鐙骨（あぶみこつ）と砧骨（きぬたこつ）は無傷で残るかもしれない。

率が最も高い。これらは人体で最も小さな骨なので、統計的に言って、飛散する破片があたらない確

　わたしは女を見つめた。近づくのは無理だ。十メートル近く離れている。女の親指はもうボタンに押しあてられている。安物の真鍮の接点はおそらく三ミリほどしか間隔がなく、女の心拍と腕の震えに合わせて、その小さな隙間が一定の調子でわずかに狭くなったり広くなったりしている。

　女は準備ができているが、わたしはできていない。

　列車は揺れながら走行し、特有の音の組み合わせが響いている。トンネル内でうなる風切り音、鉄の車輪がレールの伸縮継目を越える鈍い音、第三軌条に集電装置がこすれる音、モーターの駆動音、車両がつぎつぎにカーブへ進入し、車輪のフランジが削れる甲高い連続音。

　女はどこへ行くつもりなのだろう。六系統は何の下を通っている？　人間爆弾でビルを倒壊させられるだろうか。さすがに無理だろう。それなら、午前二時過ぎでも人がまだおおぜいいるところは？　多くはない。ナイトクラブが考えられるが、その大半はもう通り過ぎた地区にあるし、どのみちあの女はベルベットのロープの先には入れてもらえないだろう。

　わたしは女を見つめた。

食い入るように。
女はそれを感じとった。
あらかじめプログラムされた動作のように、ゆっくりとなめらかに首をめぐらす。
わたしをまっすぐに見つめ返した。
目が合う。
女の顔つきが変わる。
感づいたのを、感づかれた。

4

わたしは女と十秒近くも見つめ合った。それから立ちあがった。揺れる車内でバランスを保ちながら、一歩踏み出す。十メートル離れていても確実に死ぬ。ならばもっと近づいたところで死ぬことに変わりはない。東側にすわっているヒスパニック系の女の前を通り過ぎた。西側にすわっているＮＢＡのシャツの男の前も。東側にすわっている西アフリカ系の女の前も。この女の目は相変わらず閉じられている。わたしは左右の手すりを交互につかみ、ジグザグに進んでいった。四人目の乗客は浅く短い呼吸の合間に何かつぶやきながら、怯(おび)えた様子でずっとこちらを見つめている。両手はバッグの中に入れたままだ。

わたしは二メートル手前で足を止めた。

そして言った。「わたしの勘ちがいだったらいいんだが」

女は返事をしない。唇は動いている。分厚い黒のキャンバス生地の下で両手が動いた。バッグの中の大きな物体がわずかに動いた。

わたしは言った。「両手を見せてくれ」

女は返事をしない。

「わたしは警官だ」わたしは嘘(うそ)をついた。「きみの力になりたい」

女は返事をしない。

わたしは言った。「話し合おう」

女は返事をしない。

わたしは手すりを放し、両手を脇に垂らした。こうすれば少しは小さく見える。威圧感が弱まる。並みの男らしくなる。揺れる列車の許すかぎり、体を動かさないようにした。何もしなかった。仕方がない。女にはほんの一瞬あればいい。わたしにはそれでは足りない。もっとも、打つ手はまったくない。女のバッグをつかみ、奪いとろうとすることはできる。しかし、バッグのストラップは体にまわされ、丈夫な幅広の綿布でできている。消防ホースと同じ布地だ。最近の新品に見られるようにビンテージ加工が施されているが、強度は非常に高い。奪いとろうとしても、女をシートから床へ引き倒すのが落ちだろう。

そもそも、これ以上近づけるはずがない。わたしが手を半ばも伸ばさないうちに、女はボタンを押すはずだ。

バッグを上に引っ張り、裏側を反対の手で払って、雷管のコードを端子からむしりとろうとすることはできる。ただし、女が動きやすいようにコードの長さに余裕を持たせてあったら、六十センチほどの大きな弧をむなしくたぐり寄せなければならなくなる。それまでに女はボタンを押しているだろう。驚いたはずみで押すのであっても。

　ジャケットをつかみ、ほかのコードを引っ張ってはずそうとすることはできる。しかし、コードの手前にはガチョウの羽毛を詰めた厚いパッドがある。表面は滑りやすいナイロン製だ。さわれなければ、つかめない。

　見こみはない。

　女を無力化しようとすることはできる。頭を殴りつけて失神させる。一発で即座に。しかし、わたしくらい敏捷でも、二メートル手前からそれなりの打撃を浴びせるには、半秒近くかかる。女は親指の腹を三ミリ押しこむだけでいい。

　競争に勝つのは女だ。

　わたしは尋ねた。「すわってもかまわないか？　隣に」

　女は言った。「だめよ、近づかないで」

　淡々とした抑揚のない口調だ。明らかな訛りはない。アメリカ人だろうが、どこの出身でもおかしくない。近くで見ると、さほど取り乱してもいないし血迷ってもいないように見える。ただあきらめ、ふさぎこみ、怯え、疲れている。向かいの窓を見ていたときと同じくらい真剣にわたしを見つめている。完全に警戒し、用心している顔だ。わたしは丸裸にされているように感じた。これでは動けない。何もできない。

「もう遅い」わたしは言った。「ラッシュアワーを待ったほうがいい」

女は返事をしない。

「六時間待て」わたしは言った。「そのほうがはるかにうまくいく」

バッグの中で女の両手が動いた。

わたしは言った。「早まるな」

女は何も言わない。

「片手だけでいい」わたしは言った。「片手だけでも見せてくれ。両手を中に入れておく必要はないはずだ」

列車が急減速した。わたしは後ろによろめいたが、また前に進み出て、天井の近くの手すりをつかんだ。手のひらが湿っている。ステンレスが熱く感じられる。グランド・セントラル駅に着いた、と思った。だがちがった。照明と白いタイルを予想して窓の外に目をやったが、青の薄暗いライトが見えただけだった。トンネル内で停車しようとしている。工事か信号のためだろう。

視線を戻した。

「片手だけでも見せてくれ」わたしはふたたび言った。

　女は答えない。わたしの胴を見つめている。両手を掲げているせいでTシャツがずりあがり、下腹の古傷がズボンのベルトの上であらわになっている。盛りあがって硬い畝を作っている白い肌。大きくぞんざいな縫合痕はアニメに出てきそうだ。もうずいぶん前に、ベイルートでトラック爆弾の破片を食らった。爆発地点からの距離は百メートルはあった。

　シートにすわった女からの距離は、それより九十八メートルは近い。

　女は目を凝らしつづけている。その傷はどうしたのかと、たいていの人から訊かれる。この女からは訊かれたくなかった。爆弾の話はしたくなかった。この女とは。

　わたしは言った。「片手だけでも見せてくれ」

　女は尋ねた。「どうして？」

「両手を中に入れておく必要はないはずだ」

「それなら片手を出したところでなんの意味があるの？」

「わからない」わたしは言った。自分でも、何をしているのかよくわかっていない。わたしは人質交渉人ではない。いまは話すこと自体が目的になっている。自分らしくない行為だ。ふだんのわたしは口数がとても少ない。統計的に言って、わたしが何かを言いかけている途中で死ぬ確率は非常に低いはずだ。

　だから話しているのかもしれない。

　女が両手を動かした。わたしが見守る前で、女はバッグの中で右手を握り締め、左手をゆっくりと出した。小さく、青白く、静脈と腱がかすかに浮き出ている。中年の肌だ。爪は飾り気がなく、短く切ってある。指輪ははめていない。結婚も婚約もしていない。女は手をひっくり返し、裏側を見せた。手のひらには何もなく、暑さのせいで赤らんでいる。

「ありがとう」わたしは言った。

　女は手のひらを下にして左手を隣の席に置き、そのままにした。まるで残りの体とは別物であるかのように。いまはまだそうではない。列車が暗闇に停車した。わたしは両手をおろした。シャツの裾が本来の位置に戻った。

　わたしは言った。「バッグの中身も見せてくれ」

「どうして？」

「ただ見たいだけだ。中身がなんだろうと」

　女は返事をしない。

　女は動かない。

　わたしは言った。「奪いとるつもりはない。それは約束する。ただ見たいだけだ。気持ちは理解してもらえるはずだ」

　列車がふたたび動きだした。急発進はせず、ゆっくりと加速して低速で走行している。駅に静かに滑りこむつもりなのだろう。速度をあげずに。あと二百メートルくらいだろうか。

わたしは言った。「少なくともわたしには見る権利があると思う。そうは思わないか？」

理解に苦しむかのように、女は顔をしかめた。

そして言った。「どうしてあなたに見る権利があるのかわからない」

「ほんとうに？」

「ええ」

「わたしは巻きこまれているからだ。それに、状態に問題がないかをわたしが確かめられるかもしれない。あとで使うために。やるにしてもあとでやるべきだからだ。早まるな」

「警官だと言わなかったかしら」

「話し合おう」わたしは言った。「きみの力になりたい」背後に目をやった。列車は徐行している。行く手に白い光が見える。視線を戻した。女が右手を動かしている。手探りで中身を握り締めるとともに、バッグから右手をゆっくりと引き抜いていく。

わたしは見守った。手首に引っかかったバッグを、女が左手ではずす。右手が出てくる。

電池ではない。コードではない。スイッチでもボタンでもプランジャーでもない。
まったくちがうものが現れた。

5

　女は銃を握っていた。わたしにまっすぐ向けている。低く構え、体の中心の、股間とへそを結ぶ線を狙っている。そのあたりにはあらゆる重要な組織がある。臓器、背骨、腸、さまざまな動脈と静脈が。銃はスターム・ルガー・スピードシックスだ。三五七マグナム弾を使用する銃身四インチの古い大型リボルバーで、向こうをのぞけるくらいの大きな風穴をわたしの体にあけられる。

　それでも差し引きすれば、わたしは一秒前よりもよほど気が楽になっていた。理由はいろいろある。爆弾は一度に何人も殺せるが、銃は一度にひとりしか殺せない。爆弾は狙いを定める必要がないが、銃はその必要がある。全弾装塡したスピードシックスは九百グラム以上ある。細い手首で操るにはかなり重い。そしてマグナム弾は灼熱（しゃくねつ）の発火炎と強烈な反動を伴う。この銃を使った経験があるのなら、女もそれは知っているはずだ。その場合、マグナム・フリンチと呼ばれる現象に陥りやすい。引き金を引く直前、腕によけいな力がはいったり、目をつぶったり、顔を背けたりしてしまうということだ。二メートルの距離からでも、的をはずす可能性が高くなる。たいていの拳銃は的をはずす。射撃場で耳栓と保護眼鏡を着用し、危険のない状況で焦らず落ち着いて撃つときなら、はずさないかもしれない。だが現実世界では、パニックとストレスで腕は震え、心臓は早鐘を打っているので、拳銃の射撃は運不運に左右される。わたしとこの女の運不運に。

女が的をはずしたら、二発目は撃たせない。

わたしは「落ち着け」と言った。沈黙を破るためだけに。引き金に掛けられた女の指は白くなっているが、まだ引き金を絞ってはいない。スピードシックスはダブルアクションのリボルバーだから、引き金を半分引くと撃鉄が起きて輪胴が回転する。さらに半分引くと撃鉄が落ちて発砲される。複雑な機構であり、時間がかかる。たいしてかかるわけではないが、少しはかかる。わたしは女の指を見つめた。野球選手の目をした男の視線を感じた。車両の北側からの視線は自分の背中がさえぎっているはずだ。

そして言った。「わたしに恨みはないはずだ。知り合いでもないのだから。銃をおろして話し合おう」

女は返事をしない。その顔に何かの表情がよぎったかもしれないが、わたしは女の顔を見ていない。女の指を見ている。わたしが注目しているのは女のその部分だけだ。そして床から伝わってくる振動にも意識を集中している。車両が停止するのを待っている。以前乗り合わせたあの変人は、R142Aの車両重量は三十五トンだと言っていた。最高速度は時速九十一キロ。それゆえ、ブレーキは非常に強力だ。強力すぎて低速走行時に細かな調節ができない。惰性走行になっていない場合もある。だから列車はつんのめり、揺れ、きしる。最後の一メートルは車輪がロックされて滑走していくことも多い。それで停車時にはあの独特の甲高い音を立てる。

これだけ速度を落としていても同じ現象が起こるはずだ。むしろ起こりやすいかもしれない。この銃は振り子の端にある重りに等しい。長細い腕の先に、九百グラムの鋼鉄がある。ブレーキがかけられたら、惰性で銃は前方に動く。北のアップタウン方向へ。ニュートンの運動法則によって。わたしは惰性に逆らい、手すりを突き放して、反対の南のダウンタウン方向へ跳ぶつもりでいる。銃が十二、三センチだけ北へずれ、わたしが十二、三センチだけ南にずれれば、自由に動ける。

十センチでも大丈夫かもしれない。

いや、安全を重視するなら、十一センチか。

女が尋ねた。「その傷はどこで負ったの？」

わたしは答えない。

「腹を撃たれたの？」

「爆弾だ」わたしは言った。

女は銃口を自分の左側、つまりわたしの右側へ動かした。シャツの裾で隠れた傷跡に向けている。

列車が進んでいく。駅へと。かぎりなく遅く。歩くのと変わらない速度で。グランド・セントラル駅のホームは長い。先頭車両がその端へと向かっている。わたしはブレーキがかかるのを待った。ほどよい揺れを期待して。

そのときは訪れずに終わる。

銃身がふたたびわたしの体の中心を向いた。そして上を向いた。一瞬、投降するつもりなのかと思った。だが銃身は動きつづけた。尊大で頑固なしぐさのように、女が顎をあげる。その下の軟らかな肉に銃口を押しあてる。引き金を半分引く。輪胴が回転し、撃鉄がジャケットのナイロン生地にこすれながら起きる。

女は引き金を引ききり、自分の頭を吹き飛ばした。

6

ドアはしばらく開かなかった。だれかが非常通報装置を使ったのかもしれないし、車掌が銃声を聞きつけたのかもしれない。どちらにしろ、列車全体が完全な監禁状態になっている。そういう訓練がおこなわれているにちがいない。それに、この手順は大いに理にかなっている。銃を持った頭のおかしい人物は街に放つより、一両の車両に閉じこめておくほうがいい。

しかし、待つのは気分がいいものではなかった。三五七マグナム弾は一九三五年に開発された。〝マグナム〟は〝大きい〟を意味するラテン語だ。一般の弾薬より重く、発射薬もはるかに多い。厳密に言えば、発射薬は爆発するのではない。爆燃するのであり、それは通常の燃焼と爆発の中間にある化学反応だ。弾丸を銃身内で加速するために、高温のガスを膨張させ、たわめたバネの役割をさせるのがその目的になる。通常ならガスは弾丸につづいて銃口から噴き出し、近くの空気中の酸素によって発火する。それで発火炎が生じる。しかし、この四人目の乗客のように、銃口を頭部に密着させて撃った場合、射入口にガスがそのまま流れこむ。ガスは体内で急膨張し、大きな星形の射出口をあけるか、骨から肉と皮をことごとく吹き飛ばして頭蓋骨を完全に露出させる。上下逆にバナナの皮を剝いたときのように。

今回起こったのはまさにそれだ。女の顔は、砕けた骨から垂れさがる血まみれの肉片と化している。弾丸は口腔を垂直に突っ切って、その膨大な運動エネルギーを頭蓋内に注ぎこみ、急激に高まった圧力は出口を求め、幼児期に癒合した骨と骨のつなぎ目にそれを見出した。つなぎ目ははじけてふたたび開き、圧力が三、四の大きな骨片を背後上方の壁にぶちまけた。女の頭部は消え失せたと言っていい。しかし、落書きに強いファイバーグラスもその役目を果たすことになった。白い骨と黒っぽい血と灰色の組織がなめらかな表面にこびりつくことなく流れ落ち、カタツムリが這ったような幾筋もの細いあとを残している。女の体はくずおれ、シートの上で前かがみになっている。右の人差し指は用心金の中に差しこまれたままだ。銃は太腿に落ちて跳ね、隣の席の上に転がっている。

銃声がまだ耳に響いている。背後からくぐもった音が聞こえた。女の血のにおいが漂っている。わたしはかがんで女のバッグを調べた。空だ。ジャケットのファスナーをおろし、前を開いた。何もない。白いコットンのブラウスが見え、失禁の悪臭を嗅いだだけだ。

わたしは非常通報装置を見つけ、みずから車掌に連絡した。「拳銃自殺だ。最後から二番目の車両で。もう終わった。われわれは無事だ。さらなる脅威はない」と。ニューヨーク市警が特殊武装・戦術部隊（ＳＷＡＴ）を召集し、ボディアーマーとライフルを装備した隊員が忍び寄るまで待ちたくはなかった。それにはずいぶんな時間がかかりかねない。

車掌から応答はなかった。だが、一分後に車内放送でその声が流れた。「乗客のみなさまにお伝えします。非常事態が発生したため、ドアはしばらく閉まったままになります」ゆっくりとした口調だ。たぶんカードに書かれた文句を読みあげているのだろう。声は震えている。ブルームバーグテレビジョンのキャスターたちのよどみない口調とは似ても似つかない。

わたしは最後に一度車内を見まわしてから、頭部のない死体の一メートル横にすわり、待った。

現実の刑事が到着するまでに、テレビの刑事ドラマならもう一件落着していそうだった。とっくにＤＮＡが抽出、分析、照合され、犯人が追跡、逮捕され、裁判で判決がくだっているかもしれない。とはいえ、現実でもようやく六人の警官が階段をおりてきた。制帽をかぶり、防弾ベストを着て、武器を抜いている。有名なミッドタウン・サウスの西三十五番ストリートにニューヨーク市警第十四分署があるから、そこの夜勤のパトロール警官たちだろう。ホームの端へ走り、前の車両から調べはじめている。わたしはふたたび立ちあがると、照らし出された長いステンレス鋼のトンネルをのぞきこむかのように、連結器の上の窓から列車全体を見通した。緑がかった不純物を含む汚れたガラスが重なっているせいで、奥に行くほど像がぼやけている。それでも、警官たちが一両ずつ車両のドアをあけ、車内の安全を確かめてから、乗客を外に出して地上へとせき立てているのは見てとれた。乗客の少ない深夜の列車だから、この車両まで来るのに長くはかからなかった。窓の向こうから視線を走らせた警官たちは、死体と銃を見てとって緊張した。空気の抜ける音とともにドアが開くと、各乗降口からふたりずつ車内に飛びこんでくる。われわれはみな、反射的に両手を掲げた。

警官がひとりずつ各乗降口をふさぎ、残りの三人が死んだ女のほうへ直行した。二メートル手前で立ち止まる。脈などの生命徴候を確かめようとはしない。鼻の下に鏡をあてて、呼吸の有無を調べようともしない。理由のひとつはどう見ても女が呼吸していないからであり、もうひとつは鼻がなくなっているからだろう。軟骨がもぎとられ、内部からの圧力で飛び出た眼球のあいだの骨が無惨に砕けている。

巡査部長の階級章をつけた大柄な警官が車内を見まわした。少し青ざめているが、それ以外は、いつもの夜の仕事にすぎないという態度を上手に装っている。巡査部長は尋ねた。「一部始終を目撃した人は？」

　車両前部は沈黙している。ヒスパニック系の女も、ＮＢＡのシャツの男も、西アフリカ系の女も。三人ともすわったまま身じろぎせず、何も言わない。八番目――前方に固定された視線。三人の状態もそれだ。こちらからそちらが見えなければ、そちらからこちらも見えない、とでもいうように。ゴルフシャツの男も何も言わない。そこでわたしが言った。「その女性がバッグから銃を出して、自分を撃った」

「なんの前触れもなく？」

「そんなところだ」

「なぜ？」

「わかるわけがない」

「どこで、いつ？」

「駅に進入しているときに。時間はわからない」

　巡査部長は情報を咀嚼（そしゃく）した。拳銃による自殺。地下鉄はニューヨーク市警の管轄だ。そして四十一番ストリートと四十二番ストリートのあいだの減速区間は十四分署の管轄になる。つまりこの警官の担当事件だ。まちがいなく。巡査部長はうなずいて言った。「わかりました。全員車両から出て、ホームで待っていてください。名前と住所をうかがって、事情聴取をさせてもらう必要があります」

それから襟もとの無線機を操作すると、やかましい空電音が答えた。巡査部長はコードと数字をつづけざまに返している。救急救命士と救急車を呼んでいるのだろう。その後の連結器を解放して車内を清掃し、時刻表どおりの運行に戻す仕事は交通局の役目だ。難事ではないだろうと思った。朝のラッシュアワーはまだずいぶん先だ。

われわれは人が集まりつつあるホームに出た。鉄道警察と応援の一般警察が到着し、地下鉄の作業員が四方に群がり、グランド・セントラル駅の駅員も駆けつけている。五分後、ニューヨーク市消防局の救急救命士がストレッチャーを持って階段をおりてきた。バリケードテープをくぐり、最初に対応にあたった警官たちと入れ替わりに車内に乗りこむ。その後はわたしも見届けていない。警官たちが人々のあいだを歩きながら視線を走らせ、おのおのが乗客をひとりずつ見つけて事情聴取のために連れていこうとしたからだ。わたしのところには大柄な巡査部長が来た。車内で質問に答えたから、最優先にされたのだろう。わたしは駅の奥の、白いタイル貼りのかび臭くて暑い部屋へ導かれた。鉄道警察の施設かもしれない。巡査部長はわたしを木製の椅子にひとりですわらせ、名前を尋ねた。

「ジャック・リーチャー」わたしは言った。

巡査部長はそれを書き留めると、あとは口を利かなかった。黙ってドアのあたりにとどまり、わたしを眺めている。そして待っている。おそらく、刑事が到着するのを。

7

到着した刑事は女で、ひとりきりだった。ズボンを穿き、灰色の半袖シャツを着ている。シャツはシルクかもしれないし、合成繊維かもしれない。どちらにしろ、光沢がある。裾を外に出しているのは、銃や手錠やそのほかの装備を隠すためだろう。シャツの中は小柄、細身だ。シャツの上の黒っぽい髪は後ろで結んであり、卵形の顔は小さい。宝飾品は身につけていない。結婚指輪も。歳は三十代後半。四十に届いているかもしれない。美人だ。わたしはひと目で気に入った。穏やかで親切そうに見える。女刑事は金の盾をあしらったバッジを見せ、名刺を差し出した。職場と携帯電話の番号が書いてある。ニューヨーク市警のEメールアドレスも。女刑事はそこに記された名前を名乗った。綴りはTheresa Leeだが、ファーストネームはtとhをthemeやtherapyのようにいっしょに発音している。〝セリーサ〟と。アジア系ではないから、ラストネームの〝リー〟は元夫の姓か、外国から移民した際にLeighやもっと長くて複雑な姓を改めたのかもしれない。あるいは、綴りが同じ南軍の総司令官ロバート・Ｅ・リーの子孫なのかもしれない。

セリーサ・リーは言った。「一部始終を詳しく話してもらってもいい？」

柔らかな口調で、眉を吊りあげ、かすれた声には気配りと心遣いがあふれている。まるでいまの第一の関心事はわたしの心的外傷後ストレスであるかのように。〝話してもらってもいい？　ほんとうにいい？〟。まるで〝思い出すのに耐えられる？〟とでも言うかのように。わたしはつい微笑した。ミッドタウン・サウスは殺人事件が年に五件も発生しないし、この刑事が勤務初日からそのすべてをひとりで担当してきたのだとしても、わたしはそれよりはるかに多くの死体を目にしている。何倍も多くの死体を。車内のあの死体は見目麗しいとは言いがたいが、最悪には遠くおよばない。

だからわたしは一部始終を詳しく話した。ブリーカー・ストリート駅で地下鉄に乗ったことから、十一項目のリストと照らし合わせたこと、ためらいながらも近づいたこと、切れ切れにことばを交わしたこと、さらには拳銃と自殺まで。

セリーサ・リーはリストの話を聞きたがった。

「市警にもそのコピーがある。部外秘のはずなのに」

「二十年前から世の中に出まわっている」わたしは言った。「だれもかれもがコピーを持っている。部外秘とはとても言えない」

「あなたはどこでリストを見たの？」

「イスラエルで」わたしは言った。「作成されたばかりのころに」

「どんないきさつで？」

そこでわたしは自分の経歴を語った。要約版を。アメリカ陸軍に入隊し、憲兵として十三年間勤め、精鋭の第一一〇憲兵隊に属し、世界中で任務に就き、命令によって各地に派遣されたことを。やがてソ連が崩壊し、平和が訪れると、国防予算が削減され、不意に自由の身になったことを。

「将校だったの？　それとも下士官？」リーは尋ねた。

「最終階級は少佐だ」わたしは言った。

「いまは？」

「退役している」

「退役するには若いわね」

「楽しめるうちに楽しむべきだと考えたのさ」

「楽しめている？」

「文句なしだ」

「今夜は何をしていたの？　グリニッチ・ヴィレッジ観光？」

「音楽を聞いていた」わたしは言った。「ブリーカー・ストリートのブルースクラブで」

「六系統の地下鉄でどこへ行くつもりだったの？」

「どこかで宿をとるか、ポート・オーソリティ・バスターミナルまで行ってバスに乗るつもりだった」

「どこ行きのバスに？」

「どこでも」

「ニューヨークにはちょっと立ち寄っただけというわけね？」

「最高の体験ができたよ」

「家はどこ？」

「どこにもない。年中、どこかにちょっと立ち寄ることを繰り返している」

「荷物は？」

「持っていない」

こう答えると、たいていの人はさらにあれこれ尋ねてくるものだが、セリーサ・リーはそうしなかった。代わりに視線をさまよわせながらこう言った。「リストがまちがっていたなんて、困ったことね。決定的な判断材料だと思っていたのに」わたしのかつての仕事がものを言ったのか、警官同士の内輪の会話のような口ぶりだ。

「半分まちがっていただけだ」わたしは言った。「自殺するという部分は正しかった」

「確かに」リーは言った。「兆候は同じなんでしょう。それでも、偽陽性、つまり自爆テロリストでないのに自爆テロリストだと判定してしまった」

「偽陰性、つまり自爆テロリストなのに自爆テロリストでないと判定するよりはましだ」

「確かに」リーは繰り返した。

わたしは尋ねた。「あの女性の身元はわかったのか？」

「まだよ。でも、じきに判明する。現場に鍵と財布が残されていたようだから。これはきっと決定的な判断材料になる。それにしても、あの冬用ジャケットはどういうことなのかしら」

わたしは言った。「見当もつかない」

心底落胆したかのように、リーは黙りこんだ。わたしは言った。「このリストのようなものには決定版がないからな。個人的な意見としては、女のリストにも十二番目の項目を追加するべきだと思う。女の自爆テロリストは頭のスカーフをはずすだろうから、男と同じように日焼けが手がかりになるはずだ」

「鋭い指摘ね」リーは言った。

「それから、処女の部分は誤訳だと見なす本を読んだことがある。このことばはふたとおりの解釈ができる。登場する節では食物の比喩的表現ばかりが使われている。乳とか、蜜とかが。処女はおそらく干しブドウのことだ。まるまると実ったブドウで、甘く煮たり砂糖を振りかけたりしてあるかもしれない」

「自爆テロリストは干しブドウのために命を捨てているわけ？」

「そう聞かされたらどんな顔をするだろうな」

「語学に堪能（たんのう）なの？」

「英語は話せる」わたしは言った。「フランス語も。だいたい、女の自爆テロリストがどうして処女をほしがる？　聖典の多くは誤訳されている。特に処女がからむと。新約聖書もその可能性が高い。一部の意見では、マリアは初産だったにすぎない。ヘブライ語ではそういう意味になる。処女ではなく。原著者がわれわれの解釈を知ったら大笑いするだろうな」

それについてはセリーサ・リーは何も言わなかった。代わりに尋ねた。「大丈夫？」

わたしが動揺しているかどうかを探っているのだろうと思った。つまり、カウンセリングを受けさせるべきかどうかを探っている。寡黙そうなのにやけによくしゃべると思ったのかもしれない。だがそれはわたしの勘ちがいだった。「大丈夫だ」と答えると、リーは少し驚いた顔でこう言ったからだ。「わたしなら地下鉄の車内で話しかけたことを悔やんでいる。わたしに言わせるなら、あの女性を追いこんだのはあなたよ。何に悩んでいたのかはわからないけど、もう何駅か乗っていたら、あの女性も落ち着きを取り戻していたかもしれない」

　その後は沈黙が流れたが、ほどなく大柄な巡査部長が顔をのぞかせ、顎で合図してリーを廊下に連れ出した。ささやき声の短い会話が聞こえたあと、リーが部屋に戻り、西三十五番ストリートまで同行するようわたしに求めた。十四分署まで来いということだ。

　わたしは尋ねた。「なぜ？」

　リーは口ごもった。

「形式的なものよ」と言った。「あなたの供述調書を清書して、ファイルを作成しないと」

「わたしに選択肢はあるのか？」

「そういう話に持っていかないで」リーは言った。「イスラエルのリストが関係しているのよ。この件全体を国家の安全保障にかかわる問題として扱うこともできる。あなたは重要参考人だから、老いて死ぬまで拘束することもできる。善良な市民らしくおとなしく協力するほうが身のためよ」

　そういうわけで、わたしは肩をすくめ、リーにしたがってグランド・セントラル駅の迷宮からヴァンダービルト・アヴェニューに出た。そこにリーの車が停まっていた。フォード・クラウンヴィクトリアの覆面パトロールカーで、へこみだらけで汚れていたが、走行に問題はなかった。何事もなく西三十五番ストリートに到着し、堂々とした古い玄関から署内にはいると、上階の取調室へ連れていかれた。リーは一歩さがって廊下で待ち、わたしを先に通してから、自分は廊下に残ってドアを閉め、外から施錠した。

8

二十分後、作成しはじめたばかりの事件ファイルを持ったセリーサ・リーが、もうひとりの男をともなって戻ってきた。ファイルをテーブルに置き、もうひとりの男をパートナーだと紹介する。名前はドハーティ。最初に確認したほうがよさそうないくつかの疑問をこのパートナーが思いついたとのことだった。

「疑問というと？」わたしは尋ねた。

リーはまず、コーヒーは飲むか、トイレは使うかとわたしに訊いた。わたしはどちらに対してもイエスと答えた。ドハーティに付き添われて廊下の先へ行き、また戻ってくると、発泡スチロールのカップが三つ、テーブルのファイルの横に置かれていた。ふたつはコーヒーで、ひとつは紅茶だ。わたしはコーヒーを手に取って味見した。まずまずだ。リーは紅茶にした。ドハーティがもうひとつのコーヒーを手に取って言った。「もう一度はじめから話してくれ」

そこでわたしが要点をかいつまんで話すと、ドハーティはリーと同じように、イスラエルのリストが偽陽性を出してしまったことに少し不満を漏らした。わたしはリーに答えたときと同じように答え、偽陽性は偽陰性よりましだし、死んだ女の身になって考えれば、ひとりで死ぬつもりでもおおぜいを道連れにするつもりでも、本人に現れる兆候は変わらなかっただろうと言った。五分のあいだ、三人の分別のある人間が興味深い現象について論じ合うという大学めいた雰囲気が流れた。

が、その空気が変わった。

ドハーティが尋ねた。「あんたはどう感じた？」

わたしは尋ねた。「何を？」

「あの女性がみずからの命を絶ったときに」

「わたしの命が絶たれなくてよかったと思ったよ」

ドハーティは言った。「われわれは殺人課の刑事だ。変死は例外なく調べなければならない。あんたもそのあたりは理解しているだろう？　万一の場合がある」

わたしは言った。「万一の場合とは？」

「万一、隠された事実があった場合だ」

「そんなものはない。あの女性はみずからを撃った」

「それはどうかな」

「異論の余地はない。実際、そのとおりだったのだから」

ドハーティは言った。「別の筋書きはいつだって考えられる」

「そうか？」

「もしかしたら、あんたがあの女性を撃ったのかもしれない」

セリーサ・リーが同情のまなざしをわたしに向けた。

わたしは言った。「ちがう」

ドハーティは言った。「もしかしたら、あんたの銃だったのかもしれない」

わたしは言った。「ちがう。あれは九百グラムもする代物だった。わたしはバッグを持っていない」

「あんたは大男だ。ズボンは大きい。ポケットも大きい」

セリーサ・リーがふたたび同情のまなざしをわたしに向けた。まるで〝ごめんなさい〟とでも言うかのように。

わたしは言った。「どういうつもりだ。やさしい警官と愚かな警官でも演じているのか？」

ドハーティは言った。「わたしが愚かだと言いたいのか？」

「自分でそう証明したばかりだろうに。もしわたしが三五七マグナム弾であの女性を撃ったのなら、肘まで射撃残渣が付着している。それなのにさっきわたしが手を洗っているあいだ、あんたはトイレの外で突っ立っているだけだった。たわ言はよしてくれ。あんたたちはわたしの指紋も採取していないし、ミランダ警告も言い渡していない。でたらめを言っているだけだ」

「われわれには確認する義務がある」

「監察医はなんと言っている？」

「まだわからない」

「目撃者だっていた」

リーが首を横に振った。「あてにならない。何も見ていないから」

「見たはずだ」

「あなたの背中で視界がさえぎられていたの。そもそもあなたたちに注目していなかったし、寝ぼけ眼だった。英語もろくに話せない。なんの役にも立たなかった。つまるところ、グリーンカードを調べられる前に立ち去りたかったんでしょうね」

「もうひとりの男はどうだ？　わたしの向かいにすわっていた男だ。あの男はしっかり起きていた。アメリカ国民のように見えたし、英語を話せるように見えた」

「もうひとりの男というと？」

「五人目の乗客だ。チノパンにゴルフシャツの」

リーはファイルを開いた。そして首を横に振った。「乗客は四人しかいなかった。あとはあの女性だけ」

9

リーはファイルから紙を一枚抜きとり、向きを反対にして、テーブルの中ほどに滑らせた。手書きの目撃者のリストだ。四つの名前がある。わたし、ロドリゲス、フルイローフ、ムベレ。

「乗客は四人しかいなかった」

わたしは言った。「わたしはあの地下鉄に乗っていた。数は数えられる。乗客が何人いたかは知っている」頭の中で状況を再現した。列車をおり、うろつく人たちに交じって待つ。救急救命士が到着する。入れ替わりに警官たちが車両から出てきて、人だかりの中を歩き、おのおのがひとりずつ目撃者の腕をとって、別室へ連れていく。わたしは真っ先に大柄な巡査部長に腕をつかまれる。後ろに警官が四人いたか、それとも三人だけだったかは定かではない。

わたしは言った。「五人目の乗客はひそかに立ち去ったにちがいない」

ドハーティが尋ねた。「どんな男だった？」

「どこにでもいるような男だった。気を張っていたが、特に変わったところはなかった。歳はわたしと同じくらいで、貧しくはない」

「その男は死亡した女性と何かやりとりをしていたのか？」

「わたしは見ていない」

「その男が女性を撃ったのか？」

「女性が自分を撃った」

ドハーティは肩をすくめた。「だったら、その男は非協力的な目撃者にすぎない。午前二時に出歩いていたことを示す書類を作成されたくなかったんだろう。たぶん浮気だな。よくある話だ」

「逃げたんだ。それなのにあんたたちはその男をほうっておき、代わりにわたしを調べるのか？」

「その男はかかわっていないと、自分で証言したばかりだぞ」

「わたしだってかかわっていない」

「それはどうかな」

「もうひとりの男に関しては信じるくせに、わたしに関しては信じないのか？」

「もうひとりの男に関しては嘘をつくとは思えない」

わたしは言った。「時間のむだだな」まさにそのとおりだった。あまりにも強引で度を越えた時間のむだであり、だからこそ本気のはずがないと不意に気づいた。この時間のむだは仕組まれている。それどころか、リーとドハーティはふたりなりのやり方で、ささやかな便宜を図ってくれている。

〝隠された事実がある〟。

わたしは言った。「あの女性は何者だったんだ」

ドハーティは言った。「どうしてそれを気にする？」

「あんたたちが身元を確認したら、コンピュータがクリスマスツリー並みに光り輝いたからさ。そしてだれかから連絡があり、自分たちが着くまでわたしを足止めしろと指示された。あんたたちはわたしの記録に逮捕の文字をつけたくなかったから、こんなでっちあげでわたしを閉じこめている」

「あんたの記録は別にどうでもいい。書類仕事を増やしたくなかっただけだ」

「それで、あの女性は何者だったんだ」

「政府のために働いていたようだな。連邦捜査官があんたを尋問するためにここへ向かっている。どこの所属かは教えられない」

わたしは取調室に監禁された。なかなかの居心地だった。薄汚く、暑く、傷だらけで、窓はなく、時代遅れの防犯ポスターが壁に貼られ、汗と不安と焦げたコーヒーのにおいが漂っている。テーブルのまわりには三脚の椅子。二脚は刑事用で、一脚は容疑者用だ。昔はここで容疑者が小突かれ、椅子から転げ落ちたりしていたのかもしれない。いまでもそうなのかもしれない。窓のない部屋の中で何が起こっているかはわかりにくい。

　遅いと思い、頭の中で時間を計った。グランド・セントラル駅の廊下でセリーサ・リーが巡査部長とささやき声で会話したときから、すでに一時間ほどが経っている。ということは、わたしに会いにくるのはＦＢＩではない。ＦＢＩのニューヨーク地方局は国内最大の規模を誇り、フェデラルプラザの市庁舎近くにある。反応するのに十分、チームを召集するのに十分、回転灯をつけてサイレンを鳴らしながら北に来るまで十分といったところだろう。ＦＢＩならとっくに着いている。とはいえ、アルファベット三文字の機関はまだまだある。こちらへ向かっているのはバッジの最後の二文字にＩＡがつく機関だろうと見当をつけた。中央情報局（ＣＩＡ）や国防情報局（ＤＩＡ）だ。設立されたばかりでまだ公表されていない機関かもしれない。深夜に慌てふためくのはこの手の機関の十八番（おはこ）だ。

　さらに一時間が経ち、わたしは相手がはるばるワシントンＤＣから来るにちがいないと読んだ。それなら小規模な専門機関だろう。ほかの機関なら、もっと近くに地方局を構えている。わたしは推測をあきらめ、椅子を後ろに傾けて足をテーブルに乗せると、眠りに落ちた。

　相手が何者なのかはわからなかった。まだこのときは。向こうが教えようとしなかったからだ。朝の五時、スーツ姿の三人の男が部屋にはいってきて、わたしを起こした。物腰はていねいで、事務的だった。スーツは安くも高くもない品で、清潔だし、プレスされている。靴も磨かれている。目には活力がある。髪は短く切ったばかりだ。顔は赤みが差し、血色がいい。体はずんぐりしているが、生気に満ちている。ハーフマラソンをたいして苦労もせずに走れそうだが、たいして楽しみもせずに走りそうな気がする。最近まで軍にいた人間というのが第一印象だ。忠勇なる参謀将校がヘッドハンティングされて、ワシントンDCのどこかの石灰岩のビルで働くことになり、重要な仕事を献身的にこなしているように見える。わたしは身分証なりバッジなり人物証明書なりを見たいと言ったが、男たちは愛国者法を引き合いに出し、身分を明かす義務はないと答えた。たぶん事実だろうし、男たちはその台詞（せりふ）を言うのを明らかに楽しんでいた。わたしは仕返しに黙秘しようかと考えたが、男たちはそれを見抜き、愛国者法をさらに引き合いに出した。意地を張ったらきわめて面倒な状況に陥るのはまちがいなかった。わたしは恐（こわ）いもの知らずと言っていいが、今日の安全保障機関といざこざを起こすのは避けるに越したことはない。フランツ・カフカやジョージ・オーウェルも同じ助言をしただろう。だから肩をすくめ、わかった、訊きたいことがあるのなら訊いてくれと言った。

男たちはまず、わたしの軍歴は承知しているし、それは大いに尊敬していると語った。心にもない陳腐な台詞を言ったか、この男たち自身も憲兵隊から引き抜かれたかのどちらかだろう。憲兵を尊敬するのは憲兵だけだ。つづいて、わたしの一挙手一投足に注目するから、嘘をつけばわかると告げた。でたらめ以外の何物でもない。それができるのはわれわれの中でも最も優秀な者だけであり、この男たちは最も優秀な者ではない。もしそうなら幹部の地位にいるはずで、深夜に州間ハイウェイ九五号線を走りまわったりせず、いまごろはヴァージニアの郊外の自宅で眠っているはずだからだ。

それでも、隠し事は何もないので、わたしはわかったと繰り返した。

男たちの関心事は三つあった。ひとつ目――地下鉄で自殺した女性を知っているか。前にも会ったことがあるか。

わたしは「いや」と言った。簡潔にして明瞭に、静かにだがきっぱりと。

男たちは食いさがろうとはしなかった。それで何者なのかはだいたいわかったし、何をしているかははっきりとわかった。男たちはどこかの二軍のチームであり、公開捜査を打ち切らせるために北へ送りこまれたのだろう。つまりこの事件の捜査を切り離し、葬ろうとしている。首を突っこむべきか否か、ほかのだれかがまだ半信半疑でいるうちに、幕を引こうとしている。だからあらゆる問いに対して、否定の答を求めている。そうすればファイルを閉じ、片をつけられるからだ。何かを宙ぶらりんのままにしたくないし、大騒ぎして人目を引きたくない。すべてを忘れさせたうえで立ち去りたいと考えている。

ふたつ目の質問――ライラ・ホスという女を知っているか。

わたしは「いや」と言った。知らなかったからだ。まだこのときは。

三つ目の質問は引き延ばされた対話の形をとった。リーダーの捜査官がそれを切り出した。このチームのボスだ。ほかのふたりより少し年かさで、少し体が小さい。少しは頭もまわるかもしれない。「きみは車内であの女性に話しかけた」

わたしは何も言わなかった。わたしがここにいるのは質問に回答するためであって、主張に意見するためではない。

男は尋ねた。「どれくらいまで近づいた？」

「二メートルだ」わたしは言った。「だいたい」

「女性にさわれるほど近かったか？」

「いや」

「もしきみが腕を伸ばし、女性も腕を伸ばしたら、その手にさわれたか？」

「さわれたかもしれない」わたしは言った。

「さわれたのか、さわれなかったのか、どちらなんだ」

「さわれたかもしれないとしか言えない。自分の腕の長さは知っている。あの女性の腕の長さは知らない」

「女性はきみに何かを渡したか？」

「いや」

「きみは女性から何かを受けとったか？」

「いや」

「女性が死亡したあと、きみは死体から何かを取ったか？」

「いや」

「ほかのだれかは取ったか？」

「見ていない」

「女性の手や、バッグや、衣服から、何かが落ちるのを見たか？」

「いや」

「女性はきみに何か伝えたか？」

「重要なことは何も」

「女性はほかのだれかと話したか？」

「いや」

男は頼んだ。「ポケットの中身を見せてもらえるか？」

わたしは肩をすくめた。隠し事は何もない。ポケットをひとつずつ探り、傷だらけのテーブルに中身を置いた。ふたつ折りにまとめた紙幣、いくらかの小銭。古いパスポート。ＡＴＭカード。ケース入りの歯ブラシ。あの地下鉄に乗るきっかけとなったメトロカード。それから、セリーサ・リーの名刺。

男は指を一本伸ばしてわたしの持ち物を掻きまわしてから、部下のひとりに顎で合図した。部下はわたしに近づき、服を叩いて身体検査をした。手つきは半人前で、ほかには何も見つからず、部下は首を横に振った。

リーダーの男が言った。「協力に感謝する、ミスター・リーチャー」

そして男たちは出ていった。三人とも、はいってきたときと同じくらい唐突に。わたしは少し驚いたが、文句はなかった。持ち物をポケットに戻し、三人が廊下からいなくなるまで待ってから、部屋の外に出てみた。周囲は静かだった。机でセリーサ・リーが所在なげにしていて、パートナーのドハーティが男をひとり連れて大部屋を歩き、奥のブースへ向かっている。男は中肉中背の四十代で、憔悴している。身につけているのは皺だらけの灰色のＴシャツと赤いスウェットパンツだ。髪を梳かさずに家を出ている。それはまちがいない。白髪交じりの髪がでたらめに突き出ている。セリーサ・リーがわたしの視線に気づいて言った。「遺族よ」

「あの女性の？」

リーはうなずいた。「財布の中に連絡先があったの。あれは弟さん。あの人も警官なのよ。ニュージャージーの小さな町の。車を飛ばしてきたようね」

「気の毒に」

「ほんとうにね。正式な身元確認は頼めなかった。損傷が激しすぎて。葬儀は棺を閉じたままおこなったほうがいいと伝えた。それで察してくれた」

「ということは、身元は確認できたんだな？」

リーはふたたびうなずいた。「指紋で」

「だれだったんだ？」

「言えないのよ」

「話は終わりか？」

「連邦捜査官の用件は済んだの？」

「そのようだ」

「それなら、帰ってかまわない。話は終わりよ」

階段のおり口に着いたとき、リーが呼び止めた。「あの女性を追いこんだのはあなただと言ったけど、本気じゃなかったから」

「いや、きみは本気だった」わたしは言った。「それに、そのとおりだったのかもしれない」

わたしは夜明けの涼しい空気の中に出ると、西三十五番ストリートを左に曲がって東へ向かった。〝話は終わりよ〟。だが終わりではなかった。すぐそこの角にまた別の男たちが四人いて、わたしを待ち構えていたからだ。前の男たちと同じタイプだが、連邦捜査官ではない。スーツが高級すぎる。

10

世界はどこもかしこも食うか食われるかの場だが、ニューヨークはその極致にある。ほかの土地では役に立つ程度のものがこの大都市では不可欠になる。四人の男が角で待ち伏せしているのが見えたら、躊躇なく反対方向へ全力で逃げるか、足どりをゆるめも速めも乱しもせずに歩きつづけるべきだ。後者の場合、敢えて無表情を保って前を見つつ、相手の顔に一瞥をくれ、〝話にならないな〟とでも言いたげにそっぽを向くのがいい。

実は、逃げるほうが賢い。最良の戦いとは戦わないことだからだ。だが、わたしは自分が賢いと思ってはいない。片意地なだけで、たまに機嫌が悪くなる。そういうとき、猫を蹴る連中もいる。わたしは歩きつづける。

スーツはどれも濃紺で、看板に外国人の名前が記されている店で売っていそうだ。スーツの中身のほうは有能そうに見える。下士官のように。世知に通じ、仕事をこなすみずからの能力に自信を持っている。軍にいたか、法執行機関にいたか、その両方にいたのはまちがいない。高給へと一歩進み、規則や規定から一歩離れることを選んだ者たちで、どちらの一歩も同じくらい価値があると考えている。

まだわたしが四歩離れているうちに、男たちはふたりずつに分かれた。あいだを通り抜けようと思えば通り抜けられるが、左手前の男が両手を少しあげて指を振り、〝止まってくれ〟と〝危害を加えるつもりはない〟という二重の意味を持った身ぶりのようなものをした。わたしはつぎの一歩のあいだに決断した。四人の男たちに囲まれて立ち往生するのはよろしくない。手前で足を止めるか、強引に突破するほうがいい。まだ選択の余地はある。立ち止まるのも、歩きつづけるのもたやすい。わたしがまだ歩いているうちに密集隊形をとったら、四人はボウリングのピンよろしくなぎ倒されるだろう。わたしの体重は百十キロ以上あるし、時速六キロ半で移動している。向こうはそれほど重くないし、移動もしていない。

二歩まで近づいたところで、先頭の男が言った。「話がしたい」

わたしは足を止めて言った。「なんの？」

「あんたは目撃者だろう？」

「だとしても、おまえたちは何者だ」

男は返事代わりにスーツの上着の前をめくった。こちらを警戒させないようにゆっくりと。下からのぞいたのは赤いサテンの裏地とシャツだけだ。銃もホルスターもストラップもない。男は右手の指を左の内ポケットに入れ、名刺を出した。身を乗り出してそれをわたしに渡す。安物だ。一行目には〝シュア・アンド・サートゥン社〟、二行目には〝警護、調査、仲裁〟とある。三行目は電話番号で、エリアコードは二一二になっている。マンハッタンの番号だ。

「〈キンコーズ〉はいい店だ」わたしは言った。「そうだろう？　わたしも〝ジョン・スミス、世界の王〟とでも書いてある名刺を作ってもらおうかな」

「その名刺は本物だ」男は言った。「おれたちも本物だ」

「だれに雇われている？」

「それは言えない」

「だったら力にはなれないな」

「依頼人と話すよりおれたちと話すほうがましだぞ。おれたちなら手荒なまねはしない」

「おお、恐ろしい」

「二、三質問がある。それだけだ。助けると思って頼む。おれたちはしがない勤め人で、報酬をもらいたいだけなんだよ。あんたと同じように」

「わたしは勤め人じゃない。有閑紳士だ」

「それなら高みから見おろして、情けをかけてくれ」

「質問とは？」

「あの女はあんたに何か渡したか？」

「だれのことだ」

「だれのことかはわかってるはずだ。あの女から何か受けとったか？」

「それで？　つぎの質問は？」

「あの女は何か言ったか？」

「いろいろ言っていたな。ブリーカー・ストリート駅からグランド・セントラル駅までしゃべりどおしだった」

「何を言った？」

「よく聞こえなかった」

「情報か？」

「聞こえなかった」

「名前を出したか？」

「出したかもしれない」

「ライラ・ホスという名前を言ったか？」

「聞いていない」

「ジョン・サンソムという名前は？」

わたしは答えなかった。男がたたみかける。「どうした？」

わたしは言った。「その名前はどこかで聞いたことがある」

「あの女からか？」

「いや」

「あの女はあんたに何か渡したか？」

「何かというと？」

「なんでもいい」

「渡してても渡さなくてもどうでもいいだろうに」

「依頼人が知りたがってる」

「自分で訊きにこいと伝えてくれ」

「おれたちに話したほうがいい」

わたしは笑みを浮かべて歩きだし、四人が作った通路を進んだ。しかし、右側の男のひとりが横に出て押し返そうとした。わたしは肩を相手の胸にぶつけてどかした。男がそれでも追ってきたので、わたしはきびすを返し、左右にフェイントを入れて男の背後にまわりこむと、後ろから突き飛ばして前によろめかせた。男のスーツの上着はセンターベントになっている。フランスの仕立て方だ。イギリスのスーツはサイドベンツを好むし、イタリアのスーツはベントなしを好む。わたしはかがんで上着の裾を左右の手でつかむと、引っ張って背中の上まで切れ目を引き裂いた。そしてもう一度突き飛ばした。男はつんのめり、右に寄った。上着は襟から垂れさがっている。前はボタンを留めていないし、後ろは裂けているので、まるで病衣のようだ。

それからわたしは三歩だけ走り、足を止めて振り返った。悠然と歩き去ったほうがずっと恰好はいいだろうが、ずっと愚かでもある。無頓着もひとつの手だが、油断しないほうがすぐれた手だ。四人は明らかに躊躇している。わたしをつかまえたがっている。それはまちがいない。しかし、ここは明け方の西三十五番ストリートだ。この時間に路上にいるのは警官ばかりと言っていい。だから結局、男たちはわたしをにらみつけるだけにして立ち去った。一列になって三十五番ストリートを渡り、角を南へ行く。

〝話は終わりよ〟。

だが終わりではなかった。向きを変えて歩き去ろうとしたとき、十四分署から男がひとり出てくると、わたしを追いかけてきた。皺だらけの灰色のTシャツ、赤いスウエットパンツ、でたらめに突き出た白髪交じりの髪。遺族だ。あの女の弟。ニュージャージーの小さな町の警官。男は追いつき、筋張った手でわたしの肘をつかんだ。わたしを中で見かけて、目撃者だろうと見当をつけたと言った。そして、姉は自殺したのではないと言った。

11

わたしは男を八番アヴェニューのコーヒーショップに連れていった。もうずいぶん前になるが、フォート・ラッカーで憲兵向けの一日講座に出席し、家族を失ったばかりの人たちへの配慮について学んだことがある。憲兵は家族に悲報を伝えなければならないときがある。われわれはそれを死のメッセージと呼んでいた。わたしはその能力に欠けているとまわりから見なされていた。家を訪れてただ伝えるのがつねだったからだ。メッセージとはそういうものだと思っていた。だがどうやらまちがっていたらしい。それでフォート・ラッカーに送られた。ためになることをそこで学んだ。感情を真剣に受け止めることを学んだ。とりわけ、カフェやダイナーやコーヒーショップは悲報を伝えるのに向いた場所であることを学んだ。人目があるから取り乱しにくくなるし、注文したり待ったり飲んだりする時間を合間に交えると、伝えられた情報を消化しやすくなるからだ。

われわれは鏡のそばのボックス席に腰をおろした。こういう席も有効だ。鏡越しに相手を見られる。擬似的に顔を合わせられる。席は半分ほど埋まっていた。十四分署の警官に、ウェストサイドの車庫へ向かう途中のタクシー運転手。われわれはコーヒーを注文した。わたしは食事もしたかったが、相手が食べないのなら自分も食べるつもりはなかった。さすがにそれは礼を失している。腹は減っていないと男は言った。わたしは黙って待った。まず向こうに話をさせることだ、とフォート・ラッカーの心理学者は言っていた。

男はジェイコブ・マークと名乗った。祖父の代はマルカキスだったが、当時はダイナーでも営んでいないかぎり、ギリシャ系の名前はなんの役にも立たなかった。そして祖父は外食業界ではなく、建設業界で働いていた。それで改姓したらしい。ジェイクと呼んでくれと男は言った。リーチャーと呼んでくれとわたしは言った。警官だとジェイクは言った。かつて軍の警官だったとわたしは言った。独身でひとり暮らしだとジェイクは言った。同じだとわたしは言った。共通点を見つけ出せ、とフォート・ラッカーの講師は言っていた。近くで見ると、乱れた身なりに目をつぶれば、ジェイクは涼やかな男だ。警官らしくうわべは疲れきっているが、その下にはありふれた郊外の住民がいる。進路指導しだいでは、理科の教師や歯医者や自動車部品の管理者になっていてもおかしくない。四十代のわりに白髪が多いが、顔立ちは若々しく、皺もない。黒っぽい目を見開き、険しくしているが、これはいっときのものだろう。何時間か前、ベッドにはいるときには、二枚目だったにちがいない。わたしはひと目で気に入り、ジェイクの置かれた状況に同情した。

ジェイクは息を吸い、姉の名前はスーザン・マークだと言った。スーザン・モリーナだった時期もあるが、離婚して旧姓に戻ってからずいぶん経つ。いまはひとり暮らしをしている。ジェイクはスーザンのことを現在形で語った。まだとても受け入れられないのだろう。

ジェイクは言った。「スーザンが自殺したはずがない。そんなことはありえない」

わたしは言った。「ジェイク、わたしはその場にいたんだ」

ウェイトレスがコーヒーを運んできて、われわれはしばらく黙って飲んだ。時間をかけ、少しでも現実を理解させたほうがいい。フォート・ラッカーの心理学者は歯に衣着せぬ物言いをした。家族を突然失った人は、知能指数がラブラドール犬並みになる、と。軍人だから無遠慮だが、心理学者だから的確だ。

ジェイクは言った。「それなら、何があったか教えてくれ」

わたしは尋ねた。「きみの出身は？」

ジェイクはニュージャージー州北部の小さな町の名をあげた。ニューヨークの地下鉄網に組みこまれた、サッカー・ママの多い郊外の住宅地で、活気があって治安もいい人気の土地だ。警察署は予算も装備も潤沢で、人手もおおむね足りているらしい。

ジェイクの署にもイスラエルのリストのコピーはあるかと訊いてみた。九・一一のあと、国中のあらゆる警察署が書類の山に埋もれ、あらゆる警官があらゆるリストのあらゆる項目を覚えなければならなくなっているとのことだった。

わたしは言った。「お姉さんは不審な行動をしていたんだ、ジェイク。すべてが警報を発していた。自爆テロリストのように見えた」

「嘘だ」ジェイクは言った。よき弟ならば当然の反応だ。

「結果を見れば、自爆テロリストではなかった」わたしは言った。「だが、きみでも同じように考えたはずだ。それだけの訓練を受けていれば、必ず」

「つまりあのリストが扱っているのは自爆というより自殺の兆候なのか」

「そんなところだな」

「スーザンに悩み事はなかった」

「あったはずだ」

ジェイクは答えなかった。われわれはもう少しコーヒーを飲んだ。人々が来ては去っていく。勘定が払われ、チップが置かれる。八番アヴェニューの交通量がしだいに増える。

わたしは言った。「お姉さんのことを教えてくれ」

ジェイクは訊いた。「スーザンはどんな銃を使った?」

「スターム・ルガーの古いスピードシックスだ」

「父の銃だ。スーザンが受け継いだ」

「お姉さんはどこに住んでいた？　ここの市内か？」

ジェイクは首を横に振った。「ヴァージニアのアナンデールだ」

「お姉さんがここに来ているのをきみは知っていたのか？」

ジェイクはふたたび首を横に振った。

「なぜお姉さんはここに来た？」

「わからない」

「なぜ冬用ジャケットを着ていた？」

「わからない」

わたしは言った。「連邦捜査官たちが来て、わたしにいくつか質問をした。その後、きみに呼び止められる直前に、私立探偵たちにも呼び止められた。どちらもライラ・ホスという女に触れていた。この名前をお姉さんから聞いたことはあるか？」

「ない」

「ジョン・サンソムという名前は？」

「ノースカロライナ州選出の下院議員だ。上院議員をめざしている。なかなかの堅物だとか」

わたしはうなずいた。おぼろげに覚えている。選挙シーズンがはじまりつつある。わたしも新聞やテレビで目にした。サンソムは遅まきながら政界にはいった期待の星だ。タフで妥協を許さない人物と見なされている。そして野心家だと。しばらくは実業界で活躍していたが、その前は軍で活躍していた。詳細は語っていないが、特殊部隊で輝かしい経歴を積んだと本人はほのめかしている。特殊部隊の経歴はそんなときに便利だ。何をしているかはほとんど秘密だし、そう言い張れる。

わたしは尋ねた。「お姉さんがサンソムの名前を出したことはあったか？」

ジェイクは言った。「なかったと思う」

「お姉さんはサンソムと知り合いだったのか？」

「まさか」

わたしは尋ねた。「お姉さんはどんな仕事をしていた？」

ジェイクは教えようとしなかった。

12

教えてもらうまでもなかった。これまでにわかったことだけで、だいたいの見当はつけられる。スーザンの指紋は登録されていたし、血色のいい元参謀将校の三人がハイウェイで車を飛ばしてやってきたのに、数分で帰っていった。それなら、スーザン・マークは国防関連の仕事をしていたが、高い地位にはいなかったことになる。そしてスーザンはヴァージニア州アナンデールに住んでいた。確かアーリントンの南西だ。わたしが最後に訪れたときから町並みはたぶん変わっているだろう。だが、それなりに暮らしやすい土地であるのはたぶん変わっていないだろうし、世界最大のオフィスビルに通勤しやすい土地であるのも変わっていないだろう。二四四号線を端から端まで行けばいいだけなのだから。

「お姉さんは国防総省（ペンタゴン）で働いていたんだな」わたしは言った。

ジェイクは言った。「スーザンは仕事の話をしてはならないことになっていた」

わたしは首を横に振った。「ほんとうに秘密だったのなら、〈ウォルマート〉で働いていると言ったはずだ」

ジェイクは答えない。わたしは言った。「わたしも昔、ペンタゴンで勤務していた。あの場所のことはよく知っている。とにかく話してくれ」

ジェイクは少しためらったが、肩をすくめて言った。「スーザンは民間人の事務員だった。それでも、刺激的な仕事であるかのように話していた。ＣＧＵＳＡＨＲＣという部署のために働いていたらしい。詳しくは教えてくれなかった。極秘だとでも言いたげだった。九・一一以降はどこもかしこも秘密主義だ」

「それは部署じゃない」わたしは言った。「人物だ。ＣＧＵＳＡＨＲＣというのはアメリカ陸軍人的資源コマンド司令官（コマンディング・ジェネラル・ユナイテッド・ステイツ・アーミー・ヒューマン・リソース・コマンド）の略だ。そしてここの仕事はたいして刺激的でもない。人事部だよ。書類仕事や記録をするところだ」

ジェイクは返事をしない。姉の仕事をけなしたので気を悪くしたのだろう。フォート・ラッカーの講座でわたしは学び足りなかったのかもしれない。もっとまじめに聞くべきだったのかもしれない。沈黙が長引き、気まずくなった。わたしは尋ねた。

「お姉さんはそのあたりのことは何も話さなかったのか？」

「あまり話さなかった。話すことなどたいしてなかったのかもしれないな」姉の嘘が暴かれたかのように、ジェイクは少し苦々しげに言った。

わたしは言った。「だれだって尾ひれをつけるものさ、ジェイク。それは人間の性（さが）

だ。たいていは害もない。警官であるきみと張り合いたかったのかもしれない」

「おれたちは親しくしていなかった」

「それでも家族だ」

「そうだな」

「お姉さんは仕事を気に入っていたか？」

「そう見えた。それに、天職だったはずだ。記録を扱う部署なら、スーザンには向いていたから。記憶力がとてもよく、凝り性でかなり几帳面（きちょうめん）だった。姉はコンピュータも得意だった」

沈黙が戻った。わたしはふたたび、アナンデールのことを考えはじめた。住み心地はいいが、特に何もない町だ。端的に言うなら、ベッドタウン。現状を考えたとき、そこはひとつだけ重要な特徴を持っている。

ニューヨーク市からはとても遠い。

〝スーザンに悩み事はなかった〟。

ジェイクは言った。「どうした？」

わたしは言った。「なんでもない。わたしには関係のないことだ」

「それでも、どうしたんだ？」

「考えていただけだ」

「何を？」

〝隠された事実がある〟。

わたしは訊いた。「きみは警官になってからどれくらい経つ？」

「十八年だ」

「勤務地はずっと同じか？」

「訓練は州警察で受けて、それからいまの署に移った。ファーム制度のように」

「ニュージャージーで自殺を扱うことは多いのか？」

「年に一、二件だろう」

「だれか兆候に気づく人は？」

「あまりいない。寝耳に水というのがふつうだ」

「今回と同じように」

「そのとおり」

「だが、ひとつひとつの自殺の背後には必ず理由があった」

「決まってそうだ。金銭とか男女関係とかで追い詰められて」

「それなら、お姉さんにも理由があったはずだ」

「おれにはわからない」

わたしはまた黙りこんだ。ジェイクは言った。「言うだけ言ってくれ。話してくれ」

「わたしはどうこう言える立場にない」

「あんたは警官だった」ジェイクは言った。「何かに気づいている」

わたしはうなずいて言った。「きみが見てきた自殺のうち、十件中七件は自宅でおこなわれ、十件中三件は車を地元の道路に走らせてホースで排気ガスを車内に引きこんだというあたりだと思う」

「そんなところだ」

「しかし、必ず見知った場所でやる。ひとりになれる静かな場所で。目的地のようなものがあって、必ずそこでやる。そこに着いたら、心を静め、実行する」

「何が言いたい？」

「わたしが言いたいのは、家から何百キロも遠出して、その旅がまだつづいているうちに自殺するなど、聞いたためしがないということだ」

「だから言っただろう」

「きみはお姉さんが自殺したのではないと言ったんだ。だが自殺した。わたしはそれをこの目で見た。しかし、わたしが言いたいのは、お姉さんはきわめて異例な形でそれを実行したということだ。実際、地下鉄の車内で自殺するなど、これまでにわたしは聞いたことがないと思う。飛びこみ自殺ならあるだろうが車内での自殺はない。公共交通機関に乗っている最中に自殺したという話を聞いたことがあるか？」

「つまり？」

「つまりも何もない。疑問を口にしただけだ」

「なぜ？」

「理由はそうだな、警官らしく考えろ、ジェイク。弟らしくではなく。筋の通らないものがあったら、きみはどうする？」

「詳しく調べる」

「だったらそうしろ」

「姉が戻ってくるわけでもないのに」

「だが、何かを理解すれば大きな助けになる」それもフォート・ラッカーで教えている発想だ。ただし、心理学の講義で教えているわけではない。


わたしはコーヒーをお代わりし、ジェイコブ・マークは小分けにされた砂糖の袋を取りあげて手の中で何度もひっくり返した。四角い紙包みの中の粉が、砂時計さながらに端から端へ何度も流れ落ちる。頭は警官らしく働き、心は弟らしく働いているのが見てとれる。顔を見れば一目瞭然だ。〝詳しく調べる。姉が戻ってくるわけでもないのに〟。

ジェイクは尋ねた。「ほかには？」

「ニューヨーク市警に連れていかれる前に立ち去った乗客がひとりいる」

「何者だ？」

「どこにでもいるような男だった。名前を記録されたくなかったのだろうと警察は考えていた。浮気していたのかもしれないと」

「可能性はあるな」

「ああ」わたしは言った。「可能性はある」

「それから？」

「連邦捜査官も私立探偵も、お姉さんがわたしに何かを渡したかと訊いてきた」

「何かというと？」

「具体的には言わなかった。たぶん小さいものだと思う」

「どこの捜査官だった？」

「教えようとしなかった」

「どこの私立探偵だった？」

わたしは座席から腰を浮かし、後ろのポケットから名刺を出した。安物らしくもう皺が寄り、もうジーンズの青が少し色移りしている。新しいズボンで、染めてまもないからだろう。名刺をテーブルに置き、向きを反対にして滑らせた。ジェイクはゆっくりと、たぶん二回読んだ。〝ジュア・アンド・サートゥン社。警護、調査、仲裁〟。

電話番号。ジェイクは携帯電話を出してその番号にかけた。間を置いて三音の陽気な短いチャイムが流れ、録音されたメッセージが聞こえた。ジェイクは電話を閉じて言った。「使われていない。偽の番号だ」

13

わたしはコーヒーの二回目のお代わりをした。ジェイクはまるでそんなサービスがあることをはじめて知ったかのように、ウェイトレスを凝視している。とうとうウェイトレスは相手にする気を失って立ち去った。ジェイクが名刺を滑らせて返す。わたしはそれを拾いあげてポケットに入れた。ジェイクは言った。「気に入らないな」

わたしは言った。「わたしも気に入らない」

「戻ってニューヨーク市警に話すべきだ」

「お姉さんは自殺した、ジェイク。そこが肝心な点だ。ニューヨーク市警が知りたいのはそこだけだ。手段や場所や動機には関心を持っていない」

「持つべきなのに」

「そうかもしれない。だが持っていない。きみが向こうの立場だったら？」

「持たなかっただろうな」ジェイクは言った。遠い目になっている。頭の中で昔の事件を再現しているのかもしれない。立派な家、緑豊かな道、依頼人の預託金を使いこんで優雅な生活を送っていた弁護士が、損失を埋められず、恥とスキャンダルと資格剝奪の憂き目に遭うのを逃れようとする。あるいは教師が生徒を妊娠させる。あるいは所帯持ちの男がチェルシーやウェスト・ヴィレッジで男と恋仲になる。地元の警官はよく心得ていて、おざなりに同情する。こぎれいで静かな家に遠慮なく立ち入り、現場を調べ、事実を確かめ、報告書を仕上げ、ファイルを閉じ、忘れ去って、つぎの事件に移る。手段や場所や動機には関心を持たずに。

ジェイクは言った。「何か仮説は？」

わたしは言った。「仮説を立てるには早すぎる。いまあるのは事実だけだ」

「どんな？」

「ペンタゴンはお姉さんを完全には信用していなかった」

「ずいぶんな言い草だな」

「お姉さんは監視対象だったんだよ、ジェイク。そうにちがいない。名前が伝わったとたん、連邦捜査官が飛んできたのだから。三人も。そういう手順になっていた」

「連邦捜査官は長居しなかったぞ」

わたしはうなずいた。「ということは、あまり疑っていなかったんだろう。大事をとっただけだ。少し気になっていることがあったが、本気で気にしていたわけではなかったのかもしれない。その可能性を排除するためにここまで来たというわけだ」

「気になっていることというのは？」

「情報だ」わたしは言った。「人的資源コマンドが持っているのはそれしかない」

「スーザンが情報を流していると連邦捜査官は考えたのか？」

「その可能性を排除しようとしたんだ」

「それなら、どこかの時点ではその可能性を考慮していたことになる」

わたしはふたたびうなずいた。「お姉さんはいるべきでないオフィスにいて、あけるべきでない書類戸棚をあけているところを目撃されたのかもしれない。悪意があったわけではあるまい、だが念には念を入れたいと捜査官は考えたのかもしれない。あるいは、何かがなくなったのに、だれを監視すべきかわからなかったから、全員を監視していたのかもしれない」

「どんな情報だろう」

「見当もつかないな」

「ファイルのコピーとか？」

「もっと小さい」わたしは言った。「折りたたんだ紙片とか、コンピュータのメモリーカードとかだな。地下鉄の車内で手渡しできる品だ」

「スーザンは愛国者だった。この国を愛していた。そんなことをやるはずがない」

「実際、やらなかった。お姉さんはだれにも何も渡していない」

「だったら、手がかりは皆無だ」

「お姉さんが装塡済みの銃を持って家から何百キロも遠出していたことは手がかりになる」

「あと、怯えてもいた」ジェイクは言った。

「気温が三十度以上もあるのに冬用ジャケットを着ていた」

「そしてふたりの名前が浮上している」ジェイクは言った。「ジョン・サンソムとライラ・ホス。女のほうは正体不明だが。ホスという名前には外国人の響きがある」

「かつてのマルカキスがそうだったように」

ジェイクはふたたび黙りこみ、わたしはコーヒーを飲んだ。八番アヴェニューの車の流れがしだいに遅くなっている。朝のラッシュがはじまりつつある。東のやや南寄りに日がのぼっている。陽光は街路と平行に差してはいない。低い角度から長い影を斜めに伸ばしている。

ジェイクが言った。「糸口となるものを教えてくれないか」

わたしは言った。「情報が足りない」

「推測でかまわない」

「無理だ。もっともらしい筋書きなら考えつくが、どうせ穴だらけだ。そもそも完全にまちがった筋書きかもしれない」

「それでもいい。何か言ってくれ。ブレーンストーミングのようなものだと思って」

わたしは肩をすくめた。「特殊部隊の元隊員に会ったことはあるか？」

「二、三人なら会ったことがある。古い知り合いの州警察の警官を含めれば、四、五人かも」

「いや、おそらくきみは会ったことがない。特殊部隊の経歴の大半は実在しないからだ。ウッドストックに行ったことがあると言い張るやからと同じだよ。本人の話を鵜呑みにしたら、元隊員は一千万人はいることになる。あるいは、飛行機が世界貿易センターに突入する瞬間を目撃したと言い張るニューヨーク市民と同じだな。話を聞いてみると、全員が全員、目撃している。そのとき別の方向を見ていた者はだれもいないことになる。特殊部隊の元隊員を自称する者はたいていでたらめを言っている。大半は歩兵すら勤めあげていない。軍に入隊すらしていない者もいる。だれだって尾ひれをつけるものさ」

「姉のように」

「人間の性だ」

「それで、何が言いたい？」

「いまある情報をもとに考えている。藪から棒にふたつの名前が出てきて、選挙シーズンがはじまりつつあり、お姉さんはＨＲＣにいた」

「ジョン・サンソムが過去を偽っていると考えているのか？」

「それはないと思う」わたしは言った。「しかし、経歴を誇張するのは珍しくない。そして政治は汚い世界だ。賭けてもいいが、いまごろだれかが二十年前にサンソムが使っていたドライクリーニング店に聞きこみをして、店主がグリーンカードを持っていたかどうか確かめようとしている。つまり、サンソムの経歴の事実確認をしている者がおおぜいいることは、頭を使わなくても見当がつく。もはや国技だな」

「だったら、ライラ・ホスはジャーナリストの可能性がある。調査員の可能性も。ケーブルニュースとかの。それかトークラジオとかの」

「サンソムの政敵の可能性もある」

「そういう名前の政敵はいないはずだ。ノースカロライナには」

「それなら、ジャーナリストか調査員だと仮定してみよう。ライラ・ホスはサンソムの軍歴を知りたくて、HRCの事務員を脅迫したのかもしれない。その相手としてお姉さんを選んだのかもしれない」

「スーザンのどんな弱みを握っていたんだ？」

わたしは言った。「それがこの筋書きのひとつ目の大きな穴だ」まさにそうだ。スーザン・マークは絶望し、恐怖していた。ジャーナリストがそれほどの弱みを見つけるとは考えにくい。ジャーナリストは口が達者で人を操るのがうまいが、心底怯えるような相手ではない。

「スーザンは政治好きだったか？」わたしは訊いた。

「なぜ？」

「サンソムを好きではなかったとも考えられる。サンソムが代表している何かを。お姉さんは協力していたのかもしれない。あるいは自分の意思で動いていたのかもしれない」

「だとしたら、どうしてここまで怯える？」

「法を犯していたからだ」わたしは言った。「それで生きた心地がしなかった」

「どうして銃を携帯していた？」

「ふだんは携帯していないのか？」

「けっして携帯しなかった。家宝のようなものだったから。ありがちだが、靴下の抽斗にしまっていたよ」

わたしは肩をすくめた。銃はこの筋書きのふたつ目の大きな穴だ。人々が靴下の抽斗から銃を持ち出す理由はいろいろある。自衛のための場合も、襲撃のための場合もある。しかし、家から遠く離れたところで衝動的に自殺したくなった場合に備えて持ち出すわけがない。

ジェイクが言った。「スーザンはたいして政治好きではなかった」

「そうか」

「だから、サンソムとつながりがあったとは思えない」

「だったら、なぜサンソムの名前が出てきた？」

「わからない」

わたしは言った。「スーザンは車で来たはずだ。飛行機に銃は持ちこめない。車はたぶんいまごろレッカー移動されている。スーザンはホランド・トンネルを抜け、ダウンタウンの奥まったところに駐車したはずだ」

ジェイクは返事をしない。わたしのコーヒーは冷めている。ウェイトレスはお代わりをつぐのをやめていた。このテーブルは金にならないからだろう。ほかの席は客がもう二回は入れ替わっている。勤め人たちが慌ただしく動き、エネルギーを補給して、忙しい一日に備えている。十二時間前、スーザン・マークが忙しい夜に備えている場面を思い浮かべた。着替える。父の銃を見つけ、弾薬を装塡し、黒いバッグにしまう。車に乗りこみ、二三六号線から四九五号線にはいって、時計まわりに進み、もしかするとガソリンを入れてから、九五号線で北へ向かい、絶望に血走った目で闇を突き進む。

推測でかまわない、とジェイクは言っていた。だが不意に、推測したくなくなった。セリーサ・リーのことばが頭の中に響いたからだ。あの刑事のことばが。〝あの女性を追いこんだのはあなたよ〟。わたしが考えにふけっているのを見てとったジェイクが尋ねた。「どうした？」

「弱みはあったと仮定しよう」わたしは言った。「それはしたがわざるをえないほどのものだったと仮定しよう。すなわち、スーザンは入手するよう命じられたなんらかの情報を届けるところだったと仮定する。さらに、相手は悪党だったと仮定する。スーザンは、相手がこれで解放してくれるとは信じていなかった。もっと危ない橋を渡らせ、要求を重ねるつもりだと思っていたはずだ。スーザンは泥沼にはまり、抜け出すすべを見つけられずにいた。そして何より、相手をひどく恐れていた。だから絶望した。だから銃を持ち出した。戦えばこの泥沼から抜け出せると思ったのかもしれないが、勝てると楽観はしていなかった。つまるところ、一件落着するとは思っていなかった」

「だから？」

「スーザンにはやらなければならない仕事があった。目的地までもうすぐだった。自分を撃つつもりはまったくなかった」

「だが、あのリストはどうなる？　不審な行動は？」

「この筋書きでも同じような兆候が出る」わたしは言った。「スーザンはどこかへ向かっていて、そこへ行けば、だれの手でそうなるかはともかく、自分の人生は終わりだと考えていたのだから。文字どおりの意味にせよ、比喩的な意味にせよ」

14

ジェイコブ・マークは「その筋書きだと、ジャケットの件が説明できない」と言った。だがわたしは、そんなことはないと思った。この筋書きならジャケットの件も問題なく説明できる。スーザンがダウンタウンに車を停め、地下鉄で北へ向かったという事実も。だれに会うつもりだったにせよ、不意を突きたかったのだろう。闇の中での戦いに備え、黒ずくめで武装し、地下から現れるつもりだった。黒い上着はあの冬用ジャケットしか持っていなかったのかもしれない。

それに、この筋書きならほかの件もすべて説明できる。恐怖も、死の予感も。あのつぶやきは、懇願や弁明や反論やもしかすると脅迫の練習だったのかもしれない。繰り返せば繰り返すほど、自信が持てたのかもしれない。真実味が増して、安心できたのかもしれない。

ジェイクは言った。「スーザンが何かを届ける途中だったとは考えられない。何も持っていなかったんだから」

「持っていた可能性はある」わたしは言った。「頭の中に。記憶力がとてもよかったと言ったのはきみだ。部隊なり日付なり時系列なり、相手が要求していたものを暗記していたのかもしれない」

ジェイクは口をつぐみ、反論する理由を見つけようとした。

見つからなかった。

「極秘情報を」ジェイクは言った。「軍の機密を教えようとしたのか。信じられない」

「スーザンは追い詰められていたんだ、ジェイク」

「それにしても、人殺しも辞さないほどのどんな秘密を人事部が握っていたんだろう」

わたしは答えなかった。まったく思いつかなかったからだ。わたしが現役のころ、ＨＲＣはＰＥＲＳＣＯＭと呼ばれていた。人的資源コマンドではなく、人事(パーソネル)コマンドと。十三年間も軍にいて、この部署を気にしたことはまったくなかった。一度たりとも。書類仕事と記録をするところにすぎない。興味深い情報はすべてほかのところにあった。

ジェイクが椅子の上で身じろぎした。洗っていない髪を掻きあげ、手のひらを耳に押しつけ、楕円(だえん)を描くように頭をまわしている。首の凝りをほぐすかのように。動揺する内心が無意識のうちに表に出て、それが一周しておおもとの問いに戻ってきたかのように。

ジェイクは言った。「それなら、どうしてなんだ？　どうしてスーザンは目的地に着く前に突然自殺したんだ？」

わたしは間をとった。四方でカフェらしい音が流れている。スニーカーがリノリウムの床にこすれる音、陶器が触れ合う音、壁の上方に据えられたテレビのニュースの音、すぐにできる品を注文したときのベルの音。

「スーザンは法を犯していた」わたしは言った。「あらゆる信頼と職業的義務に背いていた。なんらかの調査がおこなわれていると感づいていたにちがいない。警告も受けていたかもしれない。だから車に乗りこんだ瞬間から緊張していた。車内ではずっと、ミラーに映る赤いライトを気にしていた。どの料金所のどの警官も危険な存在に見えた。スーツ姿の男を見るたびに、連邦捜査官かもしれないと思った。そして地下鉄でも、車内のだれかにいつ逮捕されてもおかしくなかった」

ジェイクは返事をしない。

わたしは言った。「そんなときにわたしが話しかけてきた」

「それで？」

「スーザンは取り乱した。いまにも逮捕されると思った。一巻の終わり。万事休すだ。もはやなすすべがない。進めず退（ひ）けず。窮地に陥った。脅迫内容が実行に移され、自分は刑務所に入れられる」

「なぜスーザンはあんたに逮捕されると思った？」

「警官だと思ったにちがいない」

「なぜ警官だと思った？」

わたしは警官だ、とあのとき言った。力になりたい、話し合おう、と。

「スーザンは疑心暗鬼に陥っていた」わたしは言った。「無理もないが」

「あんたは警官には見えない。浮浪者に見える。小銭をねだりにきたと思うほうが自然だ」

「覆面捜査官だと思ったのかもしれない」

「あんたの言うとおりなら、スーザンは記録を扱う事務員だった。覆面捜査官がどんな見た目をしているか、知っていたとは思えない」

「ジェイク、すまなかった。わたしが警官だと名乗ったんだ」

「なぜ？」

「スーザンは自爆テロリストだと思いこんだからだ。とにかくボタンを押させずに、三秒だけでも時間稼ぎがしたかった。話をするつもりだった」

ジェイクは訊いた。「正確にはなんと言ったんだ？」わたしが教えると、こう言った。「ちくしょう、まるで警官に対して内務調査をおこなうときの台詞じゃないか」

〝わたしに言わせるなら、あの女性を追いこんだのはあなたよ〟。

「すまなかった」わたしはもう一度言った。

それから数分のあいだ、わたしはあらゆる面で報いを受けることになった。ジェイコブ・マークはにらみつけている。われわれがコーヒー二杯で粘っているあいだに、朝食を八人前は売れたからだ。わたしは二十ドル札を出し、自分の皿の下にはさんだ。ウェイトレスはそれを見てとった。朝食八人前のチップにはなる。それでウェイトレスの問題は解決した。ジェイコブ・マークの問題はもっと厄介だ。身じろぎせず、押し黙り、体をこわばらせている。が、ジェイクは二度、視線をそらした。矛を収める気になったようだ。そしてようやく言った。「おれはもう行く。やらなければならないことがある。スーザンの家族に伝えないと」

わたしは言った。「家族？」

「元夫のモリーナだよ。ふたりにはピーターという息子もいる。おれの甥(おい)だ」

「スーザンに息子がいたのか？」

「それがどうした？」

〝知能指数がラブラドール犬並みになる〟。

わたしは言った。「ジェイク、弱みの件を話し合っていたのに、スーザンに子供がいたことを言おうとは思わなかったのか？」

一瞬、ジェイクは茫然（ぼうぜん）とした。「ピーターは子供じゃない。もう二十二歳になる。南カリフォルニア大学の専門課程にかよっている。フットボールの選手だ。あんたよりでかい。それに、母親とは疎遠にしている。離婚後は父親と暮らしているから」

わたしは言った。「電話をかけろ」

「カリフォルニアは朝の四時だぞ」

「すぐに電話をかけろ」

「起こしてしまうことになる」

「むしろそれをわたしは願っている」

「こういうことには心の準備が要る」

「電話に出てもらうほうが先決だ」

ジェイクはふたたび携帯電話を取り出し、連絡先をスクロールして、かなり下のほうにあった名前のところで緑色のボタンを押した。アルファベット順になっているのだろう。ピーターはPにある。電話を耳にあてたジェイクは、不安げな顔で最初の五回の呼び出し音を聞いていたが、六回目のあとでその不安の様子が変わった。まだ電話を持ちあげていたが、やがてゆっくりとそれをおろして言った。「ボイスメールに切り替わった」

15

わたしは言った。「職場に行け。ロサンゼルス市警か南カリフォルニア大学の大学警察に連絡して、警官同士のよしみで便宜を図ってもらえ。だれかを家に行かせて、ピーターが在宅しているかどうかを確認してもらうんだ」

「そんなことをしたら笑い物になる。大学のスポーツ選手が朝の四時に電話に出なかっただけなのに」

わたしは言った。「いいからやれ」

ジェイクは言った。「いっしょに来てくれ」

わたしは首を横に振った。「わたしはここに残る。例の私立探偵たちと話がしたい」

「見つかるわけがない」

「向こうが見つけてくれるさ。スーザンが何かを渡したかという質問にわたしは答えていない。もう一度尋ねたいはずだ」

五時間後にまたこのコーヒーショップで待ち合わせることを約束した。わたしはジェイクが車に乗るのを見送ってから、特に行くあてもないように八番アヴェニューをゆっくりと歩いた。実際、行くあてはなかった。ろくに寝ていないから疲れているが、コーヒーのおかげで神経は昂ぶっているので、注意力とエネルギーの点ではプラスマイナスゼロといったところだろう。それに、あの私立探偵たちも状況は同じはずだ。こちらもあちらも徹夜している。それで時間のことに考えが向いた。午前二時は自爆テロに向かない時刻であるのとちょうど同じように、スーザン・マークが待ち合わせ場所へ行って情報を渡すのにも不自然な時刻だ。そう思ったわたしは、デリの店先にあった新聞のラックの前でしばらく足を止め、タブロイド紙をめくった。もしかしたらと思っていたものを、《デイリーニューズ》紙の片隅に見つけた。昨夜、ニュージャージー・ターンパイクのニューヨーク方面行き車線が四時間にわたって通行止めになっている。濃霧でタンクローリーが事故を起こしたようだ。酸性の液体が流れ出て、複数の死者が出ている。

有料道路の途中で立ち往生しているスーザン・マークを想像した。四時間の渋滞。四時間の遅刻。信じられないという思い。募る不安。先へ進むことも引き返すこともできない。切羽詰まっている。時間は刻一刻と進んでいく。期限が迫る。そして過ぎる。脅迫や制裁や処罰がきっと実行に移される。六系統の地下鉄はわたしには速く思えた。スーザンにはとてつもなく遅く感じられたにちがいない。〝あの女性を追いこんだのはあなたよ〟。確かにそうかもしれないが、スーザンはすでにかなりのところまで追いこまれていた。

売り物になるように新聞を戻し、ふたたびぶらつきはじめた。上着を破かれた男は着替えに帰っただろうが、ほかの三人は近くにいるはずだ。わたしがコーヒーショップにはいるところを見ていただろうし、出てきたのにも気づいただろう。路上にその姿は見当たらないが、とりたてて捜さなかった。いるとわかりきっているのに捜しても意味はない。

昔の八番アヴェニューは物騒な大通りだった。街灯は壊れ、駐車場はがら空きで、店にはシャッターがおろされ、コカインや娼婦(しょうふ)や強盗だらけだった。わたしはありとあらゆるものをここで目にした。自分自身が襲われたことは一度もない。別に意外ではない。わたしが襲われるのは、世界の人口がふたりにまで減った場合だけだ。つまりわたしと強盗だけになった場合であり、それならわたしが勝つ。いまの八番アヴェニューはどこにも劣らぬほど安全になっている。店がにぎわい、人があふれている。だから三人の男がどのあたりで近づいてくるかはたいして気にしなかった。自分の選んだ場所におびき寄せるまでもない。ただ歩きつづけた。向こうの手番だ。気温はもう暖かいの度を越えて暑くなりつつあり、歩道のにおいがまわりから立ちのぼって、大まかなカレンダーの役割を果たしている。ごみは夏はにおうが、冬はにおわない。

男たちは、マディソン・スクエア・ガーデンと大きな古い郵便局の一ブロック南で近づいてきた。角で工事がおこなわれているせいで、通行人は柵で仕切った路肩の細い通路を歩かされている。そこを一メートルほど進んだところで、男のひとりが前に立ちはだかり、もうひとりが後ろにまわりこみ、リーダーが横に並んだ。手際のいい動きだ。リーダーが言った。「上着の件は忘れてやってもいい」

「それはよかった」わたしは言った。「とっくに忘れていたところだ」

「だが、おれたちのものをあんたが持ってるかどうか、確かめる必要がある」

「おまえたちのもの？」

「おれたちの依頼人のものだ」

「おまえたちは何者なんだ？」

「名刺を渡しただろうに」

「最初はあれにとても感心したよ。数字の芸術作品を見たようで。七桁の電話番号は三百万通り以上ある。しかし、おまえたちはでたらめな番号を選ばなかった。つながらないとわかっている番号を選んだ。なかなかできることではない。だから感心したわけだ。だが実際には、マンハッタンの人口を考えれば、そんなことは不可能だと気づいた。だれかが死んだりよそに引っ越したりすれば、その番号はすみやかに別のだれかに割りあてられる。それなら、おまえたちはつながらない番号のリストを知っていることになる。電話会社はそういう番号をいくつか用意している。映画やテレビで番号が映る場合に備えて。いたずら電話がかかってくるかもしれないから、そういう場合に本物の番号は使えない。それなら、おまえたちは映画やテレビの業界につてがあることになる。週の大半は、街で出し物がある際に、歩道の警備にでも駆り出されているからだろうな。やることといえば、サインをせがむ連中を追い払うくらいだ。おまえたちのような人間にとっては、つまらない業務にちがいない。この仕事をはじめたときは、もっとやりがいのある業務を期待していたはずだ。おまけに、実践をともなわないから能力がかなり衰えていることだろう。そういうわけで、わたしは前よりおまえたちを警戒していない。要するに、イメージ操作という点ではあの名刺は失敗だな」

男は言った。「コーヒーでもおごろう」

わたしはコーヒーをことわったためしがないが、すわるのは飽き飽きしていたから、持ち帰りならかまわないと言った。それなら歩きながら飲んで話せる。われわれはつぎに見かけた〈スターバックス〉に立ち寄った。たいていの街と同じように、半ブロックも行くと店舗があった。わたしは凝った飲み物は無視し、ハウスブレンドのブラック、クリームなしをトールで頼んだ。〈スターバックス〉でいつも頼む品だ。上質の豆を使っていると思う。もっとも、あまり頓着していない。わたしにとって大事なのはカフェインであって味ではない。

われわれは店を出て、八番アヴェニューを歩きつづけた。だが、移動しながらの会話は四人ではやりにくかったし、通りを行く車の音もうるさかったので、交差点の十メートルほど先で足を止め、わたしは日陰で柵に寄りかかり、ほかの三人は日向でわたしの前に立ち、勢いこんで身を乗り出した。足もとの破れたごみ袋から、新聞の日曜版の楽しげな記事が歩道にはみ出ている。ずっと交渉役を務めている男が言った。

「あんたはおれたちを見くびりすぎだ。お互い、口喧嘩をしたいわけでもないのに」

「そうだな」わたしは言った。

「軍にいたんだろう？」

「陸軍だ」わたしは言った。

「いまでもそういう雰囲気がある」

「おまえもそうだ。特殊部隊か？」

「いや。そこまでは無理だった」

わたしは微笑した。正直な男だ。

男は言った。「おれたちはある臨時作戦の現場要員として雇われてる。死んだ女は重要な品を運んでた。それを取り戻すのがおれたちの役目だ」

「どんな品だ？　なぜ重要なんだ？」

「情報だ」

わたしは言った。「力にはなれない」

「ＵＳＢメモリーのようなコンピュータチップに保存されたデジタルデータだと、おれたちの依頼人は考えてる。いやいや、そんなものをペンタゴンから持ち出すのはまず無理だ、とおれたちは言ったんだがな。口頭で伝えるはずだ、と。たぶん読んで覚えた情報を」

わたしは何も言わなかった。地下鉄に乗っていたスーザン・マークを思い出す。あのつぶやき。懇願や弁明や脅迫や反論の練習をしていたわけではないのかもしれない。忘れないように、あるいはストレスとパニックでまちがえないように、渡す情報の詳細を何度も繰り返していたのかもしれない。つまりは丸暗記だ。加えて、〝言うとおりにするから、言うとおりにするから、言うとおりにするから〟とひとりごとを言っていたのかもしれない。自分を安心させるために。万事うまくいくことを期待して。

わたしは尋ねた。「おまえたちの依頼人はだれなんだ？」

「教えられない」

「どんな弱みを握っていた？」

「知らない。知りたくもない」

わたしはコーヒーを飲んだ。何も言わずに。

男は言った。「地下鉄であの女はあんたと話をした」

「ああ」わたしは言った。「そのとおりだ」

「それなら、あの女が知ってたことはあんたも知ってるはずだというのがこの作戦の前提になる」

「知っているかもしれないな」

「知ってるにちがいないとおれたちの依頼人は確信してる。あんたは困ったことになる。コンピュータチップに保存されたデータなら、たいして苦労しない。あんたの頭を殴りつけて、ポケットをあさればいい。だが、あんたの頭の中に何かがあるのなら、ほかの方法で聞き出さなきゃならない」

わたしは何も言わなかった。

男は言った。「だからぜひとも知ってることを話したほうがいい」

「そうすれば腕利きだと思ってもらえるからか？」

男は首を横に振った。「そうすればあんたも五体満足でいられるからだ」

わたしがコーヒーをもうひと口飲むと、男は言った。「腹を割って頼んでるんだよ。兵士同士のよしみで。おれたちだけで済む問題じゃないんだ。手ぶらで戻ったら、もちろんおれたちは首にされる。だが月曜の朝には、別のだれかに新しく雇われてる。しかし、おれたちがはずされたら、あんたは危険にさらされる。依頼人は手下を全員連れてきた。あいつらはここだと目立つから、いまは鎖につながれてる。だがおれたちがいなくなったら、鎖から解き放たれる。ほかに選択肢はないからだ。あんなやつらと話をするのは、あんただってごめんのはずだ」

「わたしはだれとも話をしたくない。そいつらとも、おまえたちとも。おしゃべりは苦手なんだ」

「冗談を言ってる場合じゃないぞ」

「そのとおりだ。女性がひとり、死んだのだから」

「自殺は犯罪じゃない」

「しかし、何が自殺へと追いやったにせよ、それは犯罪だったかもしれない。あの女性はペンタゴンで働いていた。あそこは国家の安全保障の中心だ。おまえたちは手を引いたほうがいい。ニューヨーク市警に話すべきだ」

男は首を横に振った。「裏切るくらいなら刑務所にはいったほうがましだ。おれの話を聞いてるのか？」

「聞いている」わたしは言った。「サインをせがむ連中は扱いやすかっただろうな」

「いまはまだ、おれたちは下手に出てる。せっかくの機会をふいにするな」

「下手に出ているとはまったく思えないな」

「軍では何をしてた？」

「憲兵だ」わたしは言った。

「だったらあんたはもう死んだも同然だ。こういうことには素人だろうから」

「依頼人はだれだ？」

男は黙ってかぶりを振った。

「何人いる？」

男はふたたびかぶりを振った。

「何か教えてもいいだろうに」

「人の話を聞いてないんだな。ニューヨーク市警にも話さないのに、あんたに話すわけがあるか？」

わたしは肩をすくめ、コーヒーを飲み干して柵から離れた。三歩進んで、カップをごみ箱に投げこむ。そして言った。「依頼人に連絡しろ。こう伝えるといい。依頼人の読みどおりで、おまえたちは読みちがいをしていた、と。つまりあの女性は情報をすべてメモリースティックに保存していて、それはいまわたしのポケットにはいっている、と。それから、この仕事は辞めると告げて、家に帰れ。もうわたしにちょっかいを出すな」

走行している二台の車のあいだを抜けて道を渡り、八番アヴェニューへ向かった。リーダーが大声で呼び止めた。わたしの名前を叫んでいる。振り返ると、男は腕を伸ばして携帯電話を構えていた。わたしに向け、画面を見つめている。じきにそれをおろし、三人とも立ち去った。白いトラックがわれわれのあいだを走り抜けたときにはもう姿は消えていて、わたしはそのときになって写真を撮られたことに気づいた。

16

〈ラジオシャック〉は店舗数こそ〈スターバックス〉の十分の一くらいだが、数ブロックに一軒は必ずある。そして早くから営業している。つぎに見かけた店舗に立ち寄ると、インド系の男が進み出て用件を尋ねてきた。熱心そうな店員だ。わたしがきょうはじめての客なのかもしれない。カメラ付きの携帯電話について尋ねた。ほとんどの機種がカメラ付きだと店員は答えた。動画を撮影できる機種もあるらしい。静止画の写り具合を見たいと言った。店員は近くにあった電話を手に取り、店の奥にわたしを立たせ、レジのところから写真を撮った。撮影された画像は小さく、解像度が低い。目鼻立ちがぼやけている。それでも、全身の大きさや体形や姿勢はかなりよくとらえている。少なくとも、軽視できないほどに。実際のところ、わたしの顔は十人並みで平凡だ。記憶に残りにくい。ほとんどの人はわたしを全身像で認識しているはずだ。そちらは平凡とは言えない。

電話は要らないと伝えた。店員は代わりにデジタルカメラを売ろうとした。何百万画素もあるから、もっと鮮明な写真が撮れるらしい。カメラも要らないと伝えた。代わりにメモリースティックを買った。コンピュータのデータを保存するための、USBデバイスだ。いちばん容量が少なく、いちばん安いものにした。小道具として使うだけだから、大金を払う気はない。硬いプラスチック製の大きなパッケージに小さな機器がはいっている。店員にはさみであけてもらった。こういうものを嚙みちぎろうとすると歯を傷めかねない。軟らかいゴムのカバーは青とピンクの二色から選べた。ピンクにした。スーザン・マークはピンク好きの女にはあまり見えなかったが、人は自分の見たいものを見る。ピンクのカバーなら女の持ち物らしい。メモリースティックを歯ブラシとともにポケットに入れ、店員に親切の礼を言って、ごみは処分してもらった。

二十八番ストリートを東へ二ブロック半歩いた。その間ずっと、背後にはおおぜいの人がいたが、知った顔はなかったし、こちらを知っている者もいないように見えた。ブロードウェイで地下鉄の駅におり、メトロカードを読みとり装置に通した。それからダウンタウン行きの地下鉄を九本やり過ごした。暑い中、木製のベンチにただすわって、一本ずつ見送った。ひとつには休憩するためであり、ひとつには街が目覚めるまで時間を潰すためであり、ひとつには尾行されていないのを確かめるためだ。

九本ぶんの乗客が来ては去り、九回とも一、二秒のあいだ、わたしはホームでひとりきりになった。わたしにわずかでも興味を示す者はいない。人間の観察は済んだので、代わりにネズミの観察を試みた。わたしはネズミが好きだ。ネズミにはいろいろと伝説がある。見かけることは意外なほど少ない。ネズミは臆病だからだ。姿をさらすネズミは若いか、病気か、飢えている場合が多い。眠っている赤子の顔をおもしろ半分にかじったりはしない。食べ残しに誘われるだけだ。寝かせる前に子供の口もとを洗えば問題ない。それに、猫並みの巨大ネズミもいない。どのネズミも体の大きさは変わらない。

　ネズミは一匹も見つからず、とうとうわたしも暇を持てあました。立ちあがり、線路に背を向けて、壁に貼られたポスターを眺めた。一枚は地下鉄全体の路線図だ。二枚はブロードウェイで上演しているミュージカルの宣伝。地下鉄サーフィンとかいうものを禁じる公式の掲示もあった。地下鉄車両のドアの外側にヒトデよろしくへばりついている人物のイラストが白黒で描かれている。ニューヨークの地下鉄の旧型車両は、ドアの下にはホームとの隙間を埋めるための踏み板があり、ドアの上には雨水の浸入を防ぐための小さな雨樋（あまどい）があるらしい。新型のＲ１４２Ａはどちらも備えていない。以前に乗り合わせたあの変人がそう教えてくれた。しかし、相手が旧型なら、ドアが閉まるまでホームで待ってから、踏み板につま先を押しこみ、雨樋に指先を引っかけて、外から車両にしがみついた状態でトンネル内を行くことも可能だろう。地下鉄サーフィン。一部の人間にとってはまたとない娯楽なのかもしれないが、いまでは違法だ。

線路のほうに向き直り、進入してきた十本目の列車に乗った。R系統の地下鉄だ。踏み板と雨樋を備えている。だがわたしは正しく中に乗りこみ、ふた駅先のユニオン・スクエアの大きな駅へ向かった。

ユニオン・スクエアの北西の角から地上に出て、十七番ストリートにあったはずの大型書店をめざした。選挙運動中の政治家はたいてい選挙シーズンの前に自伝を出版するし、ニュース誌は決まって盛んに報道する。インターネットカフェを探してもよかったが、テクノロジーの扱いは得意ではないし、どのみちインターネットカフェは昔よりずっと数を減らしている。いまではだれもかれもが、果物や木にちなんだ名前の小型の電子機器を持ち歩いている。インターネットカフェも新たなワイヤレスの発明に駆逐され、電話ボックスと同じ運命をたどりつつある。

書店の一階正面にテーブルが並んでいた。新刊がうずたかく積まれている。ノンフィクションの新刊もあったが、空振りだった。歴史、生物、経済の分野はあるが、政治の分野はない。場所を変え、ふたつ目のテーブルの奥に探していたものを見つけた。左右両派からの論評のほかに、ゴーストライターの書いた候補者の自伝があり、光沢のあるカバーが使われ、エアブラシで仕上げたつややかな写真が載っている。ジョン・サンソムの本は一センチ強の厚さがあり、『つねに任務を負って』というタイトルがつけられている。一冊を手に取ってエスカレーターで四階へ行った。案内板によれば、雑誌はそこにあるようだ。全種類のニュース週刊誌とサンソムの本を持って軍事史のコーナーへ行った。しばらくそこでノンフィクションを調べ、予想が正しかったことを確かめた。陸軍の人的資源コマンドは、人事コマンドがそれまでにやっていなかったことを何もやっていない。名前を変えただけだ。つまりは看板の掛け替えであり、新たな役割は与えられていない。例によって書類仕事と記録しかしていない。

それから窓枠に腰掛け、持ってきたものを集中して読みはじめた。ガラス越しに差しこむ陽光のせいで背中は熱く、真上にエアコンの吹き出し口があるせいで胸や腹は冷える。昔は、買うつもりもないのに立ち読みするのは気が引けたものだ。だがいまでは、書店のほうがそれを歓迎しているらしい。奨励すらしている。そのための肘掛け椅子を用意している書店もある。新しいビジネスモデルなのだろう。そしてだれもがそれを利用している。この店は営業をはじめたばかりだが、すでに全体が避難所のようになっている。至るところに人がいて、腰掛けたり床に脚を投げ出してすわったりし、わたしよりずっと高く積んだ商品に囲まれている。

新刊のニュース週刊誌はどれも選挙運動の記事を載せていて、広告や医学の発展の記事や最新のテクノロジーの記事のあいだに押しこんでいる。ほとんどの記事は大統領と副大統領の候補を取りあげているが、上院議員選挙と下院議員選挙についても数行述べている。最初の予備選挙は四ヵ月後で、本選挙は十四ヵ月後だ。何人かの候補者は早くも落選待ちだが、サンソムは順調な選挙運動をつづけている。世論調査の結果は地盤の州全体で良好で、巨額の資金を集めているし、率直な物言いは清新と見なされ、軍歴のおかげでほぼ何をするにも適任だと考えられている。もっとも、わたしから見れば、清掃作業員なら市長になれると言っているようなものだ。なれるかもしれないし、なれないかもしれないのであって、なれると考えるだけの妥当な理由があるわけではない。とはいえ、ほとんどのジャーナリストがこの男に好感を持っているのは明らかだし、もっと上をめざせると思っているのも明らかだ。サンソムは四年後か八年後の大統領候補になりうると目されている。記者のひとりなどは、サンソムは上院議員選挙をすっ飛ばして、所属政党の副大統領候補に今回指名されるかもしれないとほのめかしている。すでにスター扱いされているということだ。

著書のカバーもしゃれている。サンソムの名前、タイトル、それから二枚の写真が載っている。大きいほうのそれは画質が粗くぼやけたアクション写真で、カバー全体の背景になるほど引き伸ばしてある。古びた戦闘服を着てボタンをはずし、縁なし帽の下の顔全体に迷彩ペイントを施した若い男が写っている。同じ男のもっと新しいスタジオ写真がそれに重ねられている。何年もあとにビジネススーツ姿で撮った写真だ。もちろん、過去と現在のサンソムだろう。当人の売りのすべてがひと目でわかる。

近影のほうは明るく照らされ、ピントも完璧に合い、上手なポーズをとっている。写っているのは小柄な細身の男で、身長は百七十五センチ、体重は七十キロ弱といったところだろう。ピットブルよりもホイペットやテリアに近く、えり抜きの特殊部隊員が決まってそうであるように、耐久力や強靭（きょうじん）なスタミナを感じさせる。しかし、古いほうの写真は、以前の通常部隊にいたころに撮ったものだろう。レンジャーかもしれない。わたしの経験では、熟練のデルタフォース隊員は顎ひげとサングラスと喉まで覆うスカーフを好む。派遣される土地にふさわしいいでたちだからでもあり、変装して正体を隠すことを好むからでもある。変装は必要だとも言えるが、芝居がかった空騒ぎをしているだけだとも言える。だがこの写真は、おそらく選挙対策責任者がじきじきに選んだのだろう。下っ端の部隊にいたときの写真であっても、顔がわかる写真を、アメリカ人だとわかる写真を選んだということだ。パレスチナ人の不気味なヒッピーのように見える人物は、ノースカロライナでは受けがよくないのかもしれない。

　カバーの袖にはサンソムのフルネームと軍の階級がやや形式張った表現で記してある。ジョン・T・サンソム、アメリカ陸軍退役少佐。殊勲十字章、殊勲章、さらに二度の銀星章を受章している。サンソム・コンサルティングとかいう会社の最高経営責任者（CEO）として成功したともある。ここにも売りのすべてが載っている。本の残りはなんのためにあるのだろうと思った。

　本文に軽く目を通し、五部構成になっているのを見てとった。少年時代、軍人時代、その後の結婚と家族、ビジネスマン時代、政治的展望の五つだ。少年時代の話はこのジャンルではありきたりな内容だった。不毛の土地に育ち、金はなく、生活に余裕はなく、母親が心の支えで、父親はふたつの仕事を掛け持ちしてやりくりしていたそうだ。誇張されているのはまずまちがいない。政治家候補を人口のサンプルにしたら、アメリカは第三世界の国になってしまう。だれもかれもが貧困のうちに育ち、水道は贅沢（ぜいたく）で、靴はめったに履けず、腹いっぱいに食べられれば大満足だったらしいのだから。

　妻との出会いまで飛ばしたが、そこはなおのこと陳腐な内容だった。妻はすばらしい女性だ、子供たちはとてもいい子だ。以上。ビジネスの部はよく理解できなかった。サンソム・コンサルティングはコンサルタントの集団で、それは当たり前だが、具体的に何をしていたかはつかめない。基本的には、企業に助言し、そこの株を買い、あとでその株を売って儲けていたようだが。サンソムは本人いわくひと財産築いたが、どれほどの額かは定かではない。わたし自身はポケットに二、三百ドルもあれば大いに満足だ。サンソムはそれより多くの額を稼いだのだろうが、どれくらい多くかは述べていない。ゼロを四つ足したくらいだろうか。それとも五つ？　六つ？

　政治的展望の部も読んだが、ニュース誌に載っていなかったような内容はたいして書かれていない。煎じ詰めれば、有権者の望みはすべてかなえるということになる。減税が望みなら、実行する。公共サービスが望みなら、提供する。理解しがたい主張だ。とはいえ、サンソムは総じて、まともな男だという印象を受ける。政治家にできる範囲で、正しいことをしようとする人物に思える。しかるべき理由があって、それに取り組む人物に思える。

　本の中ほどに写真が載っていた。一枚を除き、生後三ヵ月から現在までのサンソムの生涯をたどった月並みなスナップ写真になっている。クローゼットの奥の靴箱にしまってありそうな代物だ。両親、幼少期、学生時代、軍人時代、婚約者、子供たち、ビジネスマン時代の写真。ありふれたもので、ほかのどの候補者の自伝とも、写真を取り替えられそうな気がする。

　しかし、一枚だけほかとはちがう写真があり、そこには妙なものが写っていた。

17

ほかとはちがうその写真は、前に見たことのある報道写真だった。一九八三年のバグダードで、アメリカの政治家ドナルド・ラムズフェルドが、イラクの独裁者サダム・フセインと握手を交わしている写真だ。ドナルド・ラムズフェルドは国防長官を二度務めたが、当時はロナルド・レーガン大統領の特使に任じられていた。バグダードを訪れたのは、サダムに媚(こ)びへつらって褒(ほ)め称(たた)え、アメリカの永遠の感謝のしるしとして純金の拍車を贈るためだ。八年後、アメリカは手のひらを返してサダムを打ち負かした。その十六年後には処刑した。サンソムは写真に〝味方が敵になることもあれば、敵が味方になることもある〟というキャプションを入れている。いかにも政治的なコメントだ。あるいはビジネスの教訓なのかもしれないが、本文には実際のエピソードは出てきていない。

もっと丹念に読むべく、軍歴のページに戻った。結局のところ、それがわたしの専門分野なのだから。サンソムは一九七五年に入隊し、一九九二年に退役している。十七年間だから、わたしより四年間長い。わたしより八年早く軍隊生活をはじめ、五年早く終えている（リーチャーは八三年に入隊し、九七年に退役したが、在役期間は十四年に達していない）。そのころはまれに見るいい時代だったと言っていい。ヴェトナムの激動は過去の話となり、志願兵のみで構成される熟練の軍隊が確立され、予算はまだ潤沢だった。サンソムもその恩恵に浴したらしい。語り口は明晰だ。基礎訓練を正確に述べ、士官学校を巧みに描き、初期の歩兵時代をおもしろおかしく書いている。野心を隠そうとはしていない。手あたりしだいに昇進試験を受け、レンジャーに配属され、ついで創設されたばかりのデルタフォースに配属された。例によってサンソムもデルタフォースの選抜過程を大げさに書いている。地獄の数週間とか、脱落とか、忍耐とか、極度の疲労とかの話を。例によってサンソムもその問題点は指摘していない。デルタフォースには、一週間眠らずにいられる者や、百五十キロ以上歩ける者や、ツェツェバエの睾丸を撃ち抜ける者がごまんといるが、そのすべてができて、なおかつシーア派と聞いて排便のことではないとわかる者はろくにいない。

だが、全体を通して見れば、サンソムはかなり正直だと感じた。実のところ、デルタフォースの任務のほとんどは開始される前に中止されるし、開始された任務もほとんどは失敗する。実戦を一度も経験していない隊員もいる。サンソムはそのあたりを粉飾していない。中途半端に終わった意気ごみについても率直に語っているし、失敗についても包み隠さず語っている。何より、山羊飼いの話を一度も出していない。特殊部隊の戦闘詳報はたいてい、任務の失敗を遊牧する山羊飼いのせいにする。つまり、荒涼としたほぼ無人のはずの土地に潜入したら、多数の山羊を連れた地元の農民にすぐさま発見されたと説明する。これは統計的に疑わしい。不毛の土地であることを考えれば、栄養学的にも疑わしい。山羊だって食い物が要る。事実だったことも一度はあるのかもしれないが、それ以降も一種の婉曲表現として使われている。〝しくじった〟と言うより、〝潜伏していたら山羊飼いにたまたま出くわした〟と言うほうがよほど弁解になっている。だが、サンソムは反芻動物のこともそれに付き添う農民のこともまったく書いてなくて、その点は大いに好感が持てる。

むしろ、サンソムはたいしたことは何も書いていない。成功を取りあげた欄でも、ろくに書いていないのは確かだ。西アフリカやパナマでのどう見ても定番の任務や、一九九一年の第一次湾岸戦争中のイラクにおけるスカッド狩りについては書いてある。それ以外は皆無だ。訓練と待機ばかりで、そのあとには決まって警戒態勢の解除とさらなる訓練がつづく。誇張のない特殊部隊の回想録を読んだのはこれがはじめてかもしれない。しかも、それだけにとどまらない。誇張がないだけではない。控えめに書いてある。最低限のことだけ、おざなりに。尾ひれをつけるのではなく、むしろ切り落としている。

それには興味を引かれた。

18

八番アヴェニューのコーヒーショップに戻る際は、細心の注意を払った。〝依頼人は手下を全員連れてきた〟。しかも、いまや向こうはみな、わたしのだいたいの外見を知っている。〈ラジオシャック〉の店員は、写真や動画は電話から電話へと送信できると言っていた。わたしのほうは向こうの外見をまったく知らないが、この街で目立たないように上等のスーツ姿の男たちを依頼人がわざわざ雇ったのなら、手下はいくらかちがう様子をしているはずだ。でなければ意味がない。さまざまな見た目の人々が視界にはいってくる。数十万人はいるかもしれない。ニューヨーク市はそういう街だ。だが、わたしに興味を示す者はひとりもいない。ついてくる者もいない。それでも、油断はしなかった。わたしは四系統の地下鉄でグランド・セントラル駅へ行き、人混みの中をふたまわり歩いたうえで、S系統の地下鉄でタイムズスクエア駅に出て、歩きで九番アヴェニューまで不自然な遠まわりをしてから、十四分署の前を通り過ぎて、西から店へ行った。

ジェイコブ・マークはすでに店内にいた。奥のボックス席にすわり、身ぎれいにして、髪も梳かし、黒っぽいズボンと白いシャツと濃紺のウィンドブレーカーを着ている。額に〝非番の警官〟というタトゥーが入れてありそうだ。物憂げだが、怯えてはいない。わたしはその向かいに滑りこみ、窓越しに通りを観察できるように横向きにすわった。

「ピーターと話したか？」わたしは尋ねた。

ジェイクは首を横に振った。

「しかし？」

「ピーターは無事だと思う」

「思うのか、それとも確かめたのか？」

ウェイトレスがやって来たので、ジェイクは答えなかった。朝と同じ女だ。わたしはジェイクが食べるかどうかを気にしていられないほど腹が減っていた。そこで大皿の料理と卵を添えたツナサラダとほかのいくつかの品を注文した。飲み物でコーヒーも。ジェイクもわたしにならって、グリルドチーズサンドと水を頼んだ。

わたしは言った。「どうなったか教えてくれ」

ジェイクは言った。「大学警察が手を貸してくれた。喜んで。ピーターはフットボールの花形選手だ。それが家にいないと知って、友人たちを叩き起こして話を聞き出してくれた。ピーターは女と出かけたまま帰ってきていないらしい」

「どこへ行った？」

「わからない」

「どんな女だ？」

「バーで会った女だ。ピーターと友人たちは四日前の夜にそこへ行った。店にその女がいた。ピーターはその女と店を出た」

わたしは何も言わなかった。

ジェイクは言った。「どうした？」

わたしは訊いた。「どちらから声をかけた？」

ジェイクはうなずいた。「だからおれも安心している。ひたすらピーターが言い寄っていたらしい。四時間がかりだったと友人は言っていた。決勝戦みたいに躍起になっていたそうだ。それなら、相手は女スパイのマタ・ハリのたぐいじゃない」

「人相は？」

「とびきりの上玉だったらしい。女にもてるスポーツ選手の言うことだから、ほんとうだろう。歳は少しだけ上だったとか。二十五、六かもしれない。大学の最上級生にしてみれば、口説きたくてたまらなかったんだろうな」

「名前は？」

ジェイクは首を横に振った。「友人たちは離れたところにいた。それが礼儀らしい」

「そこはピーターたちの行きつけの店なのか？」

「常連だった」

「娼婦では？　おびき寄せるための罠だったのでは？」

「それはない。ピーターたちは遊び慣れている。ばかじゃない。それくらいの区別はつく。だいたい、言い寄っていたのはピーターのほうだ。四時間も、なりふりかまわず」

「女にその気があれば、四分で決まっていただろうな」

ジェイクはふたたびうなずいた。「いいか、おれはこういう件を百回は扱ったことがある。いかがわしい行為をするのでも、一時間もかければ合法的な行為らしくなる。長くても二時間だ。四時間も引き延ばすやつはいない。だから大丈夫だ。ピーターにとっては、大丈夫どころじゃないな。とびきりの上玉と四日間も過ごすんだぞ？　二十二歳のころ、あんたはどうしていた？」

「言いたいことはわかる」わたしは言った。わたしだって二十二歳のころにはそういう優先順位があった。もっとも、四日間も関係をつづけるのは長く思える。婚約したり結婚したりするのと似たようなものだ。

ジェイクは言った。「しかし？」

「スーザンはターンパイクで四時間足止めされた。なんの期限を破ってしまったのかが気になる。母親が自殺する引き金になったのだから」

「ピーターは無事だ。それは心配しなくていい。もうじき家に帰ってくるさ。足腰が立たなくなっているだろうが、満ち足りた気分で」

わたしはそれ以上何も言わなかった。ウェイトレスが料理を運んでくる。うまそうだし、量も多い。ジェイクが訊いた。「例の私立探偵たちはあんたを見つけてくれたのか？」

わたしはうなずき、ツナをフォークで食べる合間に一部始終を話した。

ジェイクは言った。「向こうはあんたの名前を知っていたのか？　それは厄介だな」

「ああ、万事順調とは言えない。しかも、地下鉄でわたしがスーザンと話したことも知っていた」

「どうやって知ったんだ？」

「あいつらは元警官だ。現役の友人がいまでもいるのだろう。それ以外に説明できない」

「リーとドハーティのことか？」

「そうかもしれない。あるいは、出勤してファイルを読んだ日勤のだれかかもしれない」

「向こうはあんたの写真まで撮ったのか？　それも厄介だな」

「万事順調とは言えない」わたしは繰り返した。

「そいつらが話に出していたほかの手下とやらは見かけたのか？」ジェイクは訊いた。

　わたしは窓に目をやって言った。「いまのところは見かけていない」

「ほかには何かあるか？」

「ジョン・サンソムは経歴を誇張していない。際立った功績はまったくあげていないようだ。本人がそう主張しているのに、噛みついてもしようがない」

「つまりは袋小路か」

「そうとはかぎらない」わたしは言った。「サンソムは少佐だった。つまり自動的にひとつ昇進したあと、功績によってふたつ昇進している。上の覚えがめでたくなるようなことをしたはずだ。わたしも少佐だったから、そのあたりの仕組みは知っている」

「あんたは上の覚えがめでたくなるような何をしたんだ？」

「あとから上の覚えが悪くなるようなことさ」

「勤続年数で決まると思っていたが」ジェイクは言った。「長く勤めていれば昇進するという具合に」

わたしは首を横に振った。「そういう仕組みになっていない。それに、サンソムは受章できる最高位の勲章四つのうち三つを受章し、そのうちのひとつは二度受章している。それなら、特別な功績をあげているにちがいない。しかも四度も」

「勲章くらいだれだってもらえる」

「こういう勲章は別だ。サンソムにとってはポケットの小銭のようなものだろうが、わたしも銀星章を受章している。棚からぼた餅でもらえるものでないのは確かだ。わたしは名誉戦傷章も受章しているが、サンソムはこちらは受章していないようだ。著書で触れていないからな。戦闘中の負傷を忘れる政治家はいない。百万年経っても覚えている。しかし、負傷せずに戦功章を受章するのはかなり珍しい。ふつうはふたつでひと組になっている」

「だったら、勲章についてはでたらめを書いているのかもしれない」

わたしはふたたび首を横に振った。「それは不可能だ。ヴェトナム戦争従軍記章に星をひとつ足すくらいならできるかもしれないが、こういう勲章を受章するには厳しい条件がある。サンソムがほかに受章していないのは名誉勲章くらいだ」

「つまり?」

「つまり、サンソムは経歴をごまかしているが、逆の方向にやっていると思う。話を膨らませるのではなく、削っている」

「どうしてそんなことを？」

「極秘任務に少なくとも四度就き、いまもそのことは口外できないからだ。よほど極秘なのだろうな。選挙運動のまっただ中で、話したくてたまらないはずだから」

「どんな極秘任務だったんだろう」

「なんでもありうる。非合法作戦とか、秘密工作とか。だれが相手でもおかしくない」

「となると、スーザンはその詳細を要求されていたのかもしれない」

「ありえない」わたしは言った。「デルタフォースの命令書や作戦記録や戦闘詳報はHRCの手が届かないところにある。破棄されるか、フォート・ブラッグで六十年間厳重に保管される。侮辱するつもりはないが、お姉さんはその百万キロ以内にも近づけなかったはずだ」

「それなら、この話は手がかりになるのか？」

「事件がサンソムの軍歴がらみだった可能性を排除できる。サンソムがかかわっているのだとしても、ほかの立場からだということだ」

「サンソムはかかわっているのか？」

「かかわっていないのなら、なぜ名前が出てくる？」

「ほかの立場というと？」

わたしはフォークを置き、カップの中身を飲み干して言った。「ここには長居したくない。ほかの手下どもにとっては、ここは出発地点だ。まずこの場所を調べにくる」

テーブルにチップを置き、レジへ向かった。今度はウェイトレスも満足げだ。滞在時間は記録的な短さだったから。

追われる身にしてみれば、マンハッタンは世界で最良の場所でも最悪の場所でもある。最良であるのは、人であふれかえっていて、一平方メートルごとに文字どおり数百人の目撃者が四方にいるからだ。最悪であるのは、人であふれかえっていて、念のためにひとりひとりの顔を確かめなければならないからだ。それは退屈だし、苛々するし、疲れるし、しまいには癇癪を起こすか億劫になる。そこでわれわれは手間を省くために西三十五番ストリートに戻り、通りの日陰を行ったり来たりした。向かいには警察車両が並んで停まっているから、そこがこの街で最も安全な歩道に思えた。

「ほかの立場というと？」ジェイクがふたたび尋ねた。

「前にきみが言っていたことだが、ニュージャージーで扱った自殺の背後にはどんな理由があった？」

「金銭か男女関係だ」

「サンソムは軍で金儲けをしたわけではない」

「まさか、スーザンと関係を持っていたと思うのか？」

「可能性はある」わたしは言った。「職場でスーザンに会っていたのかもしれない。サンソムはいつも飛びまわっているタイプの男だ。シャッターチャンスはあっただろう」

「サンソムは既婚者だ」

「そのとおり。そしていまは選挙シーズンだ」

「納得できない。スーザンらしくない。サンソムはスーザンと関係を持っていなかったと仮定するべきだ」

「だったら、HRCのほかの職員と関係を持っていて、スーザンはそれを目撃したのかもしれない」

「それでも納得できない」

「わたしもだ」わたしは言った。「情報がどうかかわってくるのかがわからない。〝情報〟というのはもったいぶったことばだ。関係を持っていたかどうかはイエスかノーで答えられるのに」

「スーザンはサンソムに協力していたのかもしれない。敵対していたのではなく。サンソムはほかのだれかの弱みを握ろうとしていたのかもしれない」

「だとしたら、なぜスーザンはワシントンDCやノースカロライナではなく、ニューヨークに来た？」

ジェイクは言った。「わからない」

「そもそも、なぜサンソムはスーザンに頼む？　面識のないHRCの事務員よりもまともな情報源が百はあるだろうに」

「だったら、どうつながってくる？」

「サンソムはずっと前、まだ軍にいたころに、ほかのだれかと関係を持ったのかもしれない」

「そのころはまだ結婚していなかったはずだ」

「しかし、何をしてもよかったわけではない。サンソムは部下とねんごろにしていたのかもしれない。政界入りしたいまになって、それが祟（たた）っている」

「そういうことはよくあったのか？」

「しょっちゅうあった」わたしは言った。

「あんたも経験したのか？」

「日常茶飯事だった。どちらの側でも経験した。わたしが部下のほうだったこともある」

「面倒なことにならなかったのか？」

「当時はならなかった。だが、いまわたしが選挙に立候補していたら問題になるだろうな」

「つまりサンソムにも噂(うわさ)があって、スーザンはその真偽を確かめるよう要求されたということか？」

「そういう行為があったかどうかを確かめることは無理だっただろう。その手の事柄は別のファイルに収められるからだ。だがスーザンでも、人物Aと人物Bが同じ時期に同じ場所で勤務していたかどうかなら確かめられる。まさにそれがHRCの得意分野だ」

「それなら、ライラ・ホスはサンソムと軍でいっしょだったのかもしれない。何者かが一大スキャンダルを狙って、ふたつの名前を結びつけようとしているのかもしれない」

「どうだろうな」わたしは言った。「筋は通っているように思える。しかし、あの私立探偵たちは地元のタフガイのくせにニューヨーク市警に話すのを恐れた。わたしもいろいろと不吉な脅迫を受けた。野蛮な手下どもが鎖から解き放たれようとしていると聞かされた。政治は汚い世界とはいえ、そこまで悪辣だろうか」

ジェイクは答えなかった。

わたしは言った。「さらには、ピーターの所在が不明だ」

「ピーターのことは心配しなくていい。あいつはもう大人だ。ディフェンシブタックルをやっているんだが、ナショナル・フットボール・リーグ入りする。百三十キロの筋肉の塊だよ。自分の面倒は自分で見られる。名前を覚えておいてくれ。ピーター・モリーナだ。いつか新聞に記事が載るから」

「すぐに載らないといいが」

「大丈夫だ」

わたしは言った。「それで、これからどうするつもりだ」

ジェイクは肩をすくめ、重い足どりで歩道を行ったり来たりした。内面の葛藤に深く悩まされ、ことばが出なくなっている。十四分署の真向かいで足を止め、壁に寄りかかった。駐車された車を左から右へ眺めていく。インパラにクラウンヴィクトリア、覆面パトロールカーもふつうのパトロールカーもあり、見慣れない超小型車も停まっている。

「スーザンは死んだ」ジェイクは言った。「何をしても戻ってはこない」

わたしは無言だった。

「だから葬儀屋に電話するつもりだ」ジェイクは言った。

「そのあとは?」

「何もしない。スーザンは自殺した。理由を知ったところで、なんの救いにもならない。どのみち、ほんとうの理由はわからないときがほとんどだ。自分ではわかっていると思っても」

わたしは言った。「わたしは理由が知りたい」

「どうして？　スーザンはおれの姉であって、あんたの姉じゃない」

「きみは現場を目撃していない」

ジェイクは何も言わない。向かい側の駐車車両を黙って見つめている。セリーサ・リーが乗っていた車をわたしは見てとった。左から四番目だ。その先に停まっているクラウンヴィクトリアの覆面パトロールカーの一台は、ほかよりも新しい。光沢があり、陽光にきらめいている。色は黒で、短く細いアンテナがトランクの蓋から針のように突き出ている。連邦捜査官の車だ、と思った。予算が豊富な機関で、交通手段を贅沢に選べるのだろう。通信手段も。

ジェイクは言った。「家族に伝えて、埋葬を済ませ、気持ちを切り替えるよ。人生はつらいことばかりで、いずれだれもが死ぬ。おれたちが手段や場所や動機に関心を持たないのも、もっともなことなのかもしれない。知らないほうがいいということだ。知っても何の得にもならない。悲しみが増すだけだ。どうせろくでもないことになる」

「きみが決めることだ」わたしは言った。

ジェイクはうなずき、それ以上は何も言わなかった。黙ってわたしの手を握ると、立ち去った。九番アヴェニューの西のブロックにあった駐車場へはいっていき、四分後にトヨタの小さな緑のＳＵＶに乗って出てきた。車の流れに呑みこまれ、西へ走っていく。リンカーン・トンネルを抜けて家に帰るのだろう。つぎに会うのはいつになるだろうと考えた。早くて三日後、遅くて一週間後といったところか。

その読みははずれた。

19

　まだ十四分署の玄関の真向かいにいるあいだに、セリーサ・リーが青のスーツと白のボタンダウンのシャツを着た男ふたりを連れて外に出てきた。疲れている様子だ。午前二時に通報を受けたのなら夜勤だったはずで、七時ごろには退勤して八時には家で寝ているのがふつうだろう。かなりの残業をさせられている。銀行口座の面ではありがたいが、ほかの面ではさしてありがたくない。リーは陽光を浴びて目をしばたたき、伸びをしたが、そのとき向かいの歩道にいるわたしに気づき、お手本のような二度見をした。隣の男を肘でつつき、何か言いながらわたしをまっすぐに指差す。遠すぎて声は聞きとれないが、身ぶりが〝ほら、あそこにいるあの人よ〟と叫んでいるも同然だ。熱のはいったしぐさからして、文末には大きな感嘆符がついている。

　スーツ姿の男たちはとっさに左を見て、走ってくる車に気をつけた。ということは、この街の人間だ。奇数番号のストリートは東から西への一方通行で、偶数番号のストリートは西から東への一方通行になっている。あの男たちはそれが体に染みこんでいる。だから地元の人間だ。しかし、足を使うより車を使うほうに慣れている。逆走してくる自転車便に気をつけなかったからだ。ふたりは車をかわしながら急いで道を渡り、ふた手に分かれると、左右から同時に迫ってきた。ということは、ある程度は実地訓練を受けているし、焦ってもいる。針のようなアンテナが突き出たクラウンヴィクトリアはこの男たちの車だろう。わたしは日陰に立って待った。男たちの靴は黒、ネクタイは青で、襟もとからアンダーシャツがのぞいている。白の下に白だ。スーツの上着の左側が右側より膨らんでいる。ショルダーホルスターを着用した右利きの捜査官だ。年齢は三十代後半と四十代前半。働き盛りだ。新人でもないし、お払い箱が間近でもない。

男たちはわたしが逃げずにいるのを見てとり、歩みを少しゆるめて早足で近づいてきた。ＦＢＩだろう。準軍事組織よりも警察に近い。男たちは身分証を見せなかった。わたしが正体を見抜いていると決めてかかっている。

「話がしたい」左側の男が言った。

「わかっている」わたしは言った。

「なぜ？」

「わざわざ車のあいだを走り抜けてきたからだ」

「理由はわかるか？」

「見当もつかない。心に深い傷を負ったわたしのためにカウンセリングでもしてくれるというのなら話は別だが」

皮肉に怒声で答えようとするかのように、男は口もとを苛立たしげにゆがめた。が、表情を少し変え、ひねくれた笑みを作って言った。「よし、それならカウンセリングをしてやる。質問に答えて、あの列車に乗っていたことは忘れろ」

「どの列車だ？」

男は答えようとして、挑発されているのだとようやく気づいて口をつぐみ、頭の鈍そうな反応を恥じた。

わたしは言った。「何が訊きたい？」

男は尋ねた。「あんたの電話番号は？」

わたしは言った。「電話番号はない」

「携帯電話もないのか？」

「なおさらない」わたしは言った。

「ほんとうか？」

「わたしがその人だ」わたしは言った。「おめでとう。ようやく見つけたな」

「その人？」

「世界でただひとり、携帯電話を持っていない人さ」

「あんたはカナダ人か？」

「なぜカナダ人だと思う？」

「フランス語を話すと刑事から聞いた」

「フランス語を話す人はおおぜいいる。ヨーロッパでは一国まるごとがそうだ」

「あんたはフランス人か？」

「母がそうだった」

「最後にカナダを訪れたのはいつだ？」

「覚えていない。何年も前だと思う」

「確かか？」

「たぶん」

「カナダ人の友人や同僚はいるか？」

「いや」

男は黙りこんだ。セリーサ・リーはまだ十四分署の玄関前の歩道にいる。日向に立って道の反対側からわれわれを見つめている。もうひとりの男が言った。「あれは列車内でおこなわれたただの自殺にすぎない。迷惑な話だが、たいしたことじゃない。ついていないときもある。理解したか？」

わたしは言った。「話は終わりか？」

「あの女性はあんたに何か渡したか？」

「いや」

「確かか？」

「まちがいない。話は終わりか？」

男は訊いた。「今後の予定は？」

「街を離れる」

「どこへ行く？」

「どこか別の場所へ」

男はうなずいた。「わかった、話は終わりだ。行っていい」

わたしはその場にとどまり、ふたりが自分たちの車へ歩いていくのを見送った。男たちは中に乗りこむと、交通が途切れるのを待ってから、ゆっくりと車を出して走り去った。ウェストサイド・ハイウェイを通って、ダウンタウンの自分の机に戻るのだろう。

セリーサ・リーはまだ歩道にいる。

わたしは道路を渡り、駐車された青と白のパトロールカー二台のあいだを抜けて、縁石の上にあがると、リーのそばに立った。失礼にならない程度に間隔を空けつつ、ことばを交わせる程度に間隔を詰め、太陽がまぶしくないように建物のほうを向いた。そして尋ねた。「いったいどういうことだ？」

リーは言った。「あの男たちがスーザン・マークの車を発見したのよ。ソーホーの奥まったところに駐車されていて、けさレッカー移動された」

「それで？」

「もちろん、あの男たちが車内を捜索した」

「なぜ〝もちろん〟なんだ？　あいつらはたいしたことではないと言いながら、大騒ぎしている」

「意図を説明してくれないのよ。少なくともわたしたちには」

「あいつらは何を見つけた？」

「紙切れよ。書かれていたのは電話番号だとあの男たちは思っている。殴り書きしたメモのようなものよ。ごみみたいにまるめてあった」

「どんな番号だった？」

「エリアコードは六〇〇で、カナダの携帯電話の番号だそうよ。特別なネットワークの。それから一連の数字と、イニシャルらしいDという文字があった」

「心当たりはないな」

「わたしもよ。ただし、どう考えても電話番号ではないと思う。市内局番がないし、下四桁が五桁になっている」

「特別なネットワークだから市内局番は不要なのかもしれない」

「そうは思えない」

「それならなんなんだ？」

リーは答える代わりに、後ろに手を伸ばして尻ポケットから手帳を引っ張り出した。支給品ではない。黒の硬い厚紙が表紙に使われ、ゴムバンドで閉じておけるようになっている。ポケットで長年過ごしてきたかのように、全体が少したわんでいる。リーはゴムバンドをはずして手帳を開き、〝六〇〇‐八二二一九‐Ｄ〟と手書きでていねいに記されたページを見せた。リーが書いたのだろう。字体まで書き写したのではなく、情報だけを記している。殴り書きしたメモを正確に再現したわけではない。

六〇〇‐八二二一九‐Ｄ。

「何か思いついた？」リーは訊いた。

わたしは言った。「カナダの携帯電話の番号は長いのかもしれない」世界中の電話会社は番号の枯渇を懸念している。桁をひとつ増やせば、そのエリアコードの番号は十倍に増える。三百万通りから三千万通りにできる。ただし、カナダの人口は少ない。国土は広いが、その大半は無人だ。確か三千三百万人くらいだろう。カリフォルニアより少ない。そのカリフォルニアでさえ、従来の電話番号でやりくりできている。

リーは言った。「これは電話番号じゃない。何か別のものよ。コードとか、シリアル番号とか。それか、ファイル番号とか。あの男たちは時間をむだにしている」

「事件とは関係がないのかもしれない。車内にはどんなごみが捨ててあってもおかしくない」

「わたしにはもうどうでもいい」

わたしは尋ねた。「車内に荷物はあったのか？」

「いいえ。車の中に溜まりがちながらくたしかなかった」

「それなら、長旅をするつもりではなかったのだろうな。とんぼ返りするつもりだった」

リーは答えなかった。あくびをしただけで、何も言わない。疲れている。

わたしは尋ねた。「あの男たちはスーザンの弟と話したのか？」

「わからない」

「スーザンの弟はもう幕を引きたいようだ」

「無理もないわね」リーは言った。「いつだって理由はあるけど、けっして快いものじゃない。あくまでもわたしの経験上は」

「捜査は終了にするのか？」

「もう終了している」

「それで納得できるのか？」

「どうして納得したらいけないの？」

「統計だ」わたしは言った。「自殺者の八〇パーセントは男性が占める。西部に比べて東部は自殺がずっと少ない。スーザンが自殺した場所だって不自然だ」

「それでもスーザンは自殺した。あなたが目撃した。そこに疑問の余地はない。異論の余地もない。巧妙に偽装された他殺ではなかった」

「スーザンは自殺に追いこまれたのかもしれない。いわば代理殺人だったのかもしれない」

「そんなことを言いだしたら、すべての自殺がそうなる」

リーはもう帰りたそうに通りに目を走らせたが、遠慮して口には出さなかった。わたしは言った。「ともあれ、会えてよかった」

「街を離れるの？」

わたしはうなずいた。「ワシントンＤＣへ行く」

20

ペンシルヴェニア駅でアムトラックの高速列車に乗った。利用者の多い交通機関だ。駅に着くまでは緊張した。人混みの中を三ブロック歩いただけだが、携帯電話の画面と顔を見比べている者に目を光らせなければならず、そこら中でだれかがなんらかの電子機器を出して眺めているように見えた。それでも、駅には無事に到着し、切符を現金で買った。

乗った列車は満員で、地下鉄とはだいぶちがう。乗客はみな前を向き、背もたれの高い椅子の陰に完全に隠れている。同じ列にすわっている人しか見えない。隣の席の女と、通路をはさんだ席の男ふたりだけだ。三人とも弁護士ではないかと想像した。メジャーリーガーではなく、ダブルAかトリプルAの選手といったところで、シニア・アソシエイトとして忙しい生活を送っている。とにかく自爆テロリストではない。男ふたりはひげを剃ったばかりだし、三人とも苛立っているが、それ以外は警報を発していない。そもそも、ワシントンDC行きのアムトラックに自爆テロリストは魅力を感じないだろう。スーツケース爆弾のほうがあつらえ向きだ。ペンシルヴェニア駅でアムトラックはわずかな時間しか停車しない。乗客はそれまでコンコースをうろついてから、いっせいに押し寄せる。セキュリティチェックのたぐいはない。まったく同じ黒のキャリーバッグがいくつも棚に載せられる。自分のバッグを置いたままフィラデルフィアで降車し、少し待って列車が首都の心臓部たるユニオン駅に進入するのを見計らい、携帯電話で爆発させることはたやすい。

ともあれ、列車は何事もなく到着し、わたしは無事にデラウェア・アヴェニューに出た。ワシントンDCはニューヨーク並みに暑く、もっと蒸している。前方の歩道には観光客がちらほらといる。ほとんどは各地から訪れた家族連れだ。義務感に突き動かされている親と不機嫌そうな子供ばかりで、みな派手な半ズボンとTシャツを着て、地図を手にし、カメラをいつでも使えるようにしている。もっとも、わたしだって身なりがいいわけではないし、ここをしょっちゅう訪れているわけでもない。このあたりで仕事をしたことはあるが、場所は決まってポトマック川の西側だった。しかし、いまの行き先のことはわかっている。目的地は見まがいようがないし、ちょうど正面にある。連邦議会議事堂だ。この建物は感銘を与えるために造られた。連邦制共和国が誕生したばかりのころ、外国の外交官はここを訪れ、立ち去るときにはこの新興国が主要国であることを確信したとされる。設計は成功したということだ。議事堂の先には、インディペンデンス・アヴェニューをはさんで、議員会館が並んでいる。わたしも一度、連邦議会の政治のありさまを垣間見たことがある。捜査はときとして議会の委員会にまで行き着く。レイバーン会館は、ワシントンDCに大昔から巣くっているうぬぼれた年寄りの政治屋だらけだ。サンソムのような新人と言ってもいい議員は、キャノン会館のほうに部屋を与えられているだろう。有名であっても重鎮ではないのだから。

キャノン会館はインディペンデンス・アヴェニューと一番ストリートの角にあり、議事堂の片隅の向かい側にうずくまるそのさまは、忠誠を誓っているようにもにらみを利かせているようにも見える。玄関では徹底した警備がおこなわれている。わたしは制服姿の男に、ノースカロライナ州選出のミスター・サンソムは中にいるかと尋ねた。男はリストを調べ、ええ、いらっしゃいますと答えた。議員の事務室に伝言は届けられるかと尋ねた。ええ、届けられますと男は答えた。鉛筆と議会の特製の便箋と封筒が差し出された。わたしは封筒に〝アメリカ陸軍退役少佐ジョン・T・サンソム〟と宛名を記し、日時を書き添えた。便箋には〝きょう未明、わたしの見ている前で、ある女性があなたの名前を口にしながら死んだ〟としたためた。事実ではないが、それに近い。さらに〝一時間後に議会図書館の入口階段で〟と書き加えた。〝アメリカ陸軍退役少佐ジャック・リーチャー（ミドルネームなし）〟と署名する。便箋のいちばん下にチェックボックスがあった。〝あなたはわたしの選挙区の住民ですか〟と尋ねている。わたしはチェックを入れた。厳密にはちがう。わたしはサンソムの選挙区には住んでいないが、それを言うならほかの四百三十四の選挙区にも住んでいない。それにわたしはノースカロライナ州で勤務したことが三度ある。だから資格はあるだろう。封筒に封をして渡し、待つために外に戻った。

21

暑さの中、インディペンデンス・アヴェニューを国立航空宇宙博物館まで歩いてから、まわれ右して図書館へ向かった。一時間後までまだ五十分もあったが、入口の階段に腰をおろした。石が生温かい。階段の上のドアの向こうには制服姿の男たちがいたが、だれも出てこない。脅威評価で議会図書館は順位が低かったにちがいない。

わたしは待った。

サンソム本人が来ることはないだろう。代わりに秘書が来るはずだ。選挙運動の担当者かもしれない。年齢や人数は推測しにくい。人数はひとりから四人、身分は大学院生から専門家のあいだといったところか。だれが来るかには興味があった。若者がひとりなら、サンソムはわたしの伝言をあまり真剣に受け止めていないことになる。年配の者が四人なら、敏感に反応したことになる。そして何かを隠したがっている可能性がある。

六十分の期限が迫り、やがて過ぎたが、秘書も選挙運動の担当者も、若者も年寄りも現れなかった。代わりに現れたのはサンソムの妻と、警護チームのリーダーだ。一時間と十分が過ぎたとき、リンカーン・タウンカーから不釣り合いな男女がおりてきて、階段の下で立ち止まり、周囲を見まわした。サンソムの著書に写真が載っていたから、女がだれなのかはわかった。目の前にすると、いかにも億万長者の妻らしい。髪は高い金をかけて美容院で整えてあり、育ちのよい顔立ちをしていて、気品に富み、夫よりもおそらく五センチは背が高い。ハイヒールを履けば十センチだ。同行する男は元デルタフォースがスーツを着ているように見える。小柄だが、筋肉質で屈強だ。サンソム本人と同じ体形だが、写真のサンソムほどあか抜けてはいない。スーツは上等な生地を使った地味な仕立てだが、着古した戦闘服のようにひだや皺ができている。

ふたりは並んで立ち、近くの人たちに目を走らせて、候補を絞りこんでいった。残ったのが自分だけになったとき、わたしは手をあげて挨拶した。立ちあがりはしない。向こうはこちらの下の段までのぼってくるだろうから、もし立ちあがったら一メートル近くも見おろすことになる。すわったままのほうが圧迫感を与えないはずだ。会話もやりやすい。エネルギー消費という点でも都合がいい。何せわたしは疲れていた。

ふたりは階段をのぼってきた。ミセス・サンソムは上等の靴を一定の優美な歩調で動かし、デルタフォースの男はその脇にしたがっている。ふたりはわたしの二段下で足を止め、自己紹介した。ミセス・サンソムはエルスペスと名乗り、デルタフォースの男はブローニングと名乗って、有名な自動小銃と同じ綴りだと言った。威嚇する意味合いでもあるらしい。はじめて見る顔だ。サンソムの本には載っていなかった。ブローニングはさらに、自分の経歴を語った。軍でサンソムと同じ部隊にいたことからはじまって、サンソムのビジネスマン時代には民間人として警護チームのリーダーを務め、サンソムが下院議員になってからも警護チームのリーダーを務め、サンソムが上院議員になってからも同様の職務を果たす予定でいるらしい。ことばの端々から忠誠心がうかがえる。妻と忠実なる従者。ふたりの狙いがどこにあるかは疑うべくもないだろう。容赦なく叩き潰すつもりだ。もっとも、最初から妻を差し向けるというのは政治家として賢明な判断だと思った。スキャンダルがこじれるのは決まって、夫が妻に知らせずに自分でどうにかしようとするときだ。妻をはじめから引きこめば、それだけで意思表示になる。

ミセス・サンソムが言った。「わたしたちはこれまでにたくさんの選挙に勝ったし、これからもたくさんの選挙に勝つつもりよ。あなたと同じことをやろうとした人は十人以上いた。だれも成功しなかったし、あなただって成功しない」

わたしは言った。「わたしは何もやろうとしていない。選挙にだれが勝つかにも興味はない。女性がひとり死んだ。それだけだ。わたしはその理由が知りたい」

「女性というと？」

「ペンタゴンの事務員だ。きょうの未明、ニューヨークの地下鉄で自分の頭を撃った」

　エルスペス・サンソムがブローニングに視線を向けると、ブローニングはうなずいて言った。「オンラインで読みました。《ニューヨーク・タイムズ》と《ワシントン・ポスト》のウェブサイトで。紙の新聞の締切には間に合わなかったようです」

「午前二時過ぎだった」わたしは言った。

　エルスペス・サンソムはわたしに視線を戻して訊いた。「あなたはどうかかわっているのかしら」

「目撃者だ」わたしは言った。

「そしてその女性はわたしの夫の名前を口にしたのね？」

「その件でご主人と話したい。あるいは《ニューヨーク・タイムズ》や《ワシントン・ポスト》の記者と」

「脅す気か？」ブローニングが言った。

「そんなところだ」わたしは言った。「どう出る？」

「よく覚えておけ」ブローニングは言った。「ジョン・サンソムがこれまでにしてきたことは、甘い人間にはできない。そしておれも甘くない。ミセス・サンソムも」

「すばらしい」わたしは言った。「われわれのだれも甘くないと確認できたわけだ。みな甘いどころかしたたかでひと筋縄ではいかないと。さて、話を進めよう。いつあんたのボスに会える？」

「軍では何をしていた？」

「あんたのような男でも恐れたたぐいのことをしていた。いや、あんたは恐れなかったかもしれないな。それはどうでもいい。わたしはだれも傷つけるつもりはない。傷つける必要があれば話は別だが」

エルスペス・サンソムが言った。「今夜七時」デュポン・サークルの、レストランらしき店名をあげる。「夫が五分だけ時間を作る」改めてわたしを眺めて言った。「そんな恰好で来ないように。門前払いされるわよ」


ふたりはタウンカーに戻って走り去った。あと三時間は暇だ。わたしはタクシーで十八番ストリートとマサチューセッツ・アヴェニューの角へ行き、店を見つけて地味な青のズボンと青のチェックのワイシャツを買った。それから十八番ストリートの二ブロック南に見えたホテルへ歩いた。大きくてかなり高級なホテルだが、大きい高級ホテルはたいてい、予約なしでちょっと利用するのにどこよりも向いている。わたしはロビーの従業員にうなずきかけながらその前を通り過ぎ、エレベーターに乗って適当な階でおりると、廊下を歩き、空室の清掃をしているルームメイドを見つけた。現在時刻は午後四時。チェックインは二時だ。したがって、その部屋は今晩は空室ということになる。もしかすると明晩も。大きなホテルが満室になることはめったにない。そして大きなホテルはルームメイドをけっして厚遇しない。そういうわけで、ルームメイドは喜んで三十ドルの現金を受けとり、作業を三十分間中断した。担当しているつぎの部屋を先に片づけて、あとで戻ってくるつもりだろう。

バスルームの清掃は手つかずだったが、棚にはきれいなタオルが二枚残っていた。大きなホテルが用意しているタオルをすべて使いきるのはまず無理だ。シンクの横には未開封の石鹸（せっけん）があり、シャワーブースには半分残ったシャンプーのボトルがある。わたしは歯を磨き、長々とシャワーを浴びた。体を拭き、新しいズボンとシャツを着る。ポケットの中身を入れ替え、古い服はバスルームのごみとまとめた。三十ドルで部屋が借りられた。スパよりも安い。それに早い。二十八分以内にわたしは路上に戻っていた。

デュポン・サークルまで歩いていき、レストランを偵察した。アフガニスタン料理店で、正面の中庭に屋外席、木製のドアの向こうに屋内席がある。カーブルの通りなら二十セントで買える食前酒に二十ドル出すのも惜しまない大物たちばかりがいそうな店だ。アフガニスタン料理に抵抗はないが値段には抵抗がある。サンソムと話したらほかの店で食事をしようと思った。

Ｐストリートを西に歩いてロック・クリーク・トレイルへ行き、川辺におりた。平たい大岩に腰掛け、下を流れる川と上を流れる車の音に耳を傾けた。しだいに車の音が大きくなり、川の音が小さくなっていく。頭の中の時計が七時五分前を示すと、立ちあがってレストランへ向かった。

22

午後七時のワシントンDCは夕闇が濃くなりつつあり、デュポン・サークルの店はどこも照明をつけていた。アフガニスタン料理店は中庭の至るところに提灯（ちょうちん）を吊るしている。路肩にはリムジンが連なっている。中庭のテーブルはもう満席に近い。しかし、サンソムとその連れの姿はない。スーツ姿の若い男とスカート姿の若い女しか見当たらない。みなふたり組か三人組か四人組を作り、おしゃべりをしたり、携帯電話でだれかと話したり、小型の電子機器でEメールを読んだり、ブリーフケースの書類を出し入れしたりしている。サンソムは木製のドアの向こうの屋内席にいるのだろう。

歩道の近くに案内カウンターがあったが、そこへ行く前にブローニングが人混みを掻き分けてわたしの前に立った。二十メートル向こうの黒のタウンカーを顎で示して言う。「行くぞ」

わたしは言った。「どこへ？　サンソムはここにいるのではなかったのか」

「よく考えろ。サンソムはこういう店で食事はしない。もし本人がそうしたがっても、おれたちが止める。客層がふさわしくないし、危険すぎる」

「だったらなぜここにわたしを来させた？」

「ほかの場所へ連れていくためだ」ついてくるのも歩き去るのも勝手だという態度でブローニングは立っている。わたしは言った。「サンソムはどこにいる？」

「近くだ。会合に出ることになっている。その前に五分だけ時間を作る」

「わかった」わたしは言った。「行こう」

タウンカーには運転手がすでに乗っていた。エンジンもすでにかかっている。ブローニングとわたしが後部座席に乗りこむと、運転手は車を出し、デュポン・サークルをほぼ一周してから、ニューハンプシャー・アヴェニューを南西に進んだ。旧ワシントンDC歴史協会の前を通り過ぎる。わたしの覚えているかぎりでは、ニューハンプシャー・アヴェニューのこの先には何軒かのホテルとジョージ・ワシントン大学くらいしかないはずだ。

車はどのホテルにも停まらなかった。ジョージ・ワシントン大学にも。速度を出したまま右折し、ヴァージニア・アヴェニューを数百メートル進んで、ウォーターゲートに乗り入れた。有名な古い複合施設だ。犯罪現場にもなった。ホテルやアパートメントやオフィスがあり、その下を黒々としたポトマック川がゆるやかに流れている。

運転手は一軒のオフィスビルの前で車を停めた。ブローニングがすわったまま言った。「基本原則を言っておく。おれがあんたを上に連れていく。あんたはひとりで部屋にはいる。だがおれは部屋のすぐ外にいる。理解したか？」

わたしはうなずいた。理解した。われわれは車をおりた。ドアを抜けると机の向こうに制服姿の守衛がいたが、こちらを一顧だにしなかった。われわれはエレベーターに乗った。ブローニングが四階のボタンを押す。どちらも無言のまま、エレベーターが上昇していく。エレベーターをおり、灰色のカーペットの上を五メートルほど歩いて、〝ユニバーサル・リサーチ〟と記されたドアの前へ行った。個性のない社名に、目立たない木の厚板。ブローニングがドアをあけ、わたしを中へとうながした。ドアの先は待合室で、ほどほどに金をかけてある。だれもいない受付カウンター、四脚の低い革張りの椅子、左右にオフィスがある。ブローニングが左を指差して言った。

「ノックして中にはいれ。おれはここで待っている」

わたしは左側のドアに歩み寄り、ノックして中にはいった。

オフィスでは三人の男がわたしを待っていた。

三人とも、サンソムではない。

23

中は飾り気のない予備の部屋で、家具はほとんど置かれていない。三人の男は、ニューヨーク市の十四分署までわざわざやって来た連邦捜査官たちだ。わたしに再会できて喜んでいるようには見えない。しばらくは三人とも何も言わなかった。代わりに、リーダーがポケットから小さな銀色の物体を取り出した。ボイスレコーダーだ。デジタルの。オリンパス製の事務用品。リーダーがボタンを押すと、短い間を置いて、本人の声が問いかけた。〝女性はきみに何か伝えたか？〟。ことばはひずんで不明瞭だし、エコーでくぐもっているが、聞き覚えがある。けさの五時、事情聴取を受けたときのものだ。あのとき、わたしは眠気と戦いながら椅子にすわり、この男たちは気を張って立っていた。そして汗と不安と焦げたコーヒーのにおいが漂っていた。

自分の声が答えている。〝重要なことは何も〟。

リーダーが別のボタンを押すと、音声の再生は止まった。リーダーはボイスレコーダーをポケットに戻し、別のポケットから折りたたんだ紙を出した。見覚えがある。

キャノン議員会館の玄関で守衛がくれた議会の便箋だ。リーダーはそれを広げて読みあげた。「きょう未明、わたしの見ている前で、ある女性があなたの名前を口にしながら死んだ」筆跡を確認できるよう、便箋をわたしに差し出す。

リーダーは言った。「あの女性はきみに重要なことを伝えた。きみは連邦捜査官に嘘をついた。それは投獄される理由になる」

「だが、わたしの場合はならない」わたしは言った。

「ほう？　自分は特別だと考える根拠でもあるのか？」

「自分が特別だと考える根拠は何もない。だが、あんたたちが連邦捜査官だと考える根拠はあるのか？」

リーダーは答えない。

わたしは言った。「両方は成り立たない。あんたたちは秘密主義にこだわって身分証を見せようとしない。それなのにどうしてあんたたちの身分がわかる？　もしかしたらあんたたちはニューヨーク市警の文書整理係で、早く出勤したので暇潰しをしたかっただけなのかもしれない。そして民間人に嘘をつくのを禁じる法律はない。あったらあんたたちのボスは全員刑務所入りだ」

「われわれの身分は伝えたはずだ」

「口ではなんとでも言える」

「われわれが文書整理係に見えるのか?」

「見えるとも。そもそもわたしは、あんたたちには嘘をつかなかったのかもしれないぞ。サンソムのほうに嘘をついたのかもしれない」

「だったら、どちらなんだ?」

「あんたたちには関係のないことだ。まだ身分証を見せてもらっていない」

「このワシントンDCでいったい何をしている? サンソムをどうするつもりだ」

「それもあんたたちには関係のないことだ」

「サンソムから何か聞き出すつもりなのか?」

「人から何か聞き出すのを禁じる法律でもあるのか?」

「きみはただの目撃者だ。それがいまは探偵気どりか?」

「ここは自由の国だ」わたしは言った。

「サンソムがきみに何か話せるわけがない」

「話せないかもしれないし」わたしは言った。「話せるかもしれない」

リーダーは一拍置いてから言った。「テニスは好きか?」

わたしは言った。「いや」

「ジミー・コナーズの名を聞いたことは? ビョルン・ボルグは? ジョン・マッケンロー は?」

わたしは言った。「昔のテニス選手だ」

「来年の全米オープンにこの三人が出場したらどうなると思う？」

「見当もつかないな」

「コート中を引きずりまわされる。自分の首を皿に載せて差し出すことになる。女性選手にも勝てない。全盛期は偉大なチャンピオンだったが、いまや老いて過去の遺物だ。時は移る。ゲームは変わる。わたしの言っていることが理解できるか？」

わたしは言った。「いや」

「きみの記録に目を通した。きみも大昔はやり手だった。だがいまは新しい世界だ。きみはもうついていけない」

わたしは背後のドアに目をやった。「ブローニングはまだ外にいるのか？　それともわたしを厄介払いしたのか？」

「ブローニングとは？」

「ここにわたしを連れてきた男だ。サンソムの配下の」

「もう帰ったよ。ちなみに、名前はブローニングではない。赤子（ベイブ）も同然のだまされやすさだな」

わたしは何も言わなかった。〝ベイブ〟ということばだけが耳に響き、ジェイコブ・マークとその甥のピーターのことが頭に浮かんだ。〝バーで会った女だ。

とびきりの上玉（トータル・ベイブ）だったらしい。ピーターはその女と店を出た〟。

　部屋にいたほかのふたりの一方が言った。「探偵気どりはもうやめてもらおう。ただの目撃者で満足しろ。われわれが知りたいのは、サンソムの名前が死んだ女性とどこでどう結びついたのかだ。それを聞き出すまで、きみはこの部屋から出られない」

　わたしは言った。「いつこの部屋から出るかはわたしが決める。わたしの意思に反して監禁しようとするのなら、文書整理係が三人ではとても足りないぞ」

「たいそうな自信だな」

　わたしは言った。「どのみちサンソムの名前はすでに広まっている。ニューヨーク市で嗅ぎまわっている四人の私立探偵からその名前を聞いた」

「何者だ」

「偽物の名刺を持ったスーツ姿の四人の男だ」

「そんな話を信じるとでも思っているのか？　見え透いた作り話だ。きみはスーザン・マーク本人からサンソムの名前を聞いたはずだ」

「なぜあんたたちが首を突っこむ？　ＨＲＣの一事務員が、サンソムのような人物にとって不都合な何を知っているというんだ？」

　だれも何も言わなかったが、ひどく奇妙な沈黙が流れた。静寂の中でことばにされない答が猛烈な勢いで渦巻き、膨れあがっていくかに感じられる。あたかも、自分たちが気にかけているのはサンソムだけではない、陸軍であり、軍全体であり、過去であり、未来であり、政府であり、国家であり、世界全体であり、全宇宙なのだ、と言っているかのように。

答はない。

わたしは尋ねた。「あんたたちは何者なんだ」

わたしは言った。「当時、サンソムはいったい何をした？」

「当時？」

「十七年間の軍人時代に」

「何をしたときみは考えている？」

「四つの極秘任務をこなした」

部屋は静まり返った。

リーダーの捜査官が言った。「サンソムの任務のことをどうやって知った？」

わたしは言った。「著書を読んだ」

「著書にそのことは書かれていない」

「しかし、昇進と勲章のことなら書かれている。極秘任務によらずしてどうやってそれを得たかは、明確に説明されていない」

だれも何も言わない。

わたしは言った。「スーザン・マークは何も知らなかった。知っていたはずがない。どうやっても不可能だ。一年がかりでHRCを隅から隅まで調べても、わずかな手がかりさえ見つからなかっただろう」

「だが、何者かがスーザン・マークから情報を引き出そうとした」

「だから？　実害がなければ問題はない」

「われわれはその何者かの正体を知りたいだけだ。そうしたものは把握しておきたい」

「正体はわたしも知らない」

「しかし、明らかにきみはそれを知りたがっている。でなければ、どうしてここにいる？」

「わたしの目の前でスーザン・マークは自殺した。快いものではなかった」

「それはそうだろう。だが、だからといって感情に流されるべきではない。面倒に巻きこまれるべきでもない」

「わたしの身を心配しているのか？」

だれも答えない。

「それとも、わたしが何か探りあててしまうと心配しているのか？」

三人目の男が言った。「そのふたつの心配にどんなちがいがあるというんだ？　同じものかもしれないぞ。何かを探りあててしまったら、きみは死ぬまで監禁されるかもしれない。あるいは、十字砲火を浴びるかもしれない」

わたしは何も言わなかった。部屋がふたたび静まり返る。

リーダーの捜査官が言った。「最後のチャンスだ。ただの目撃者で満足したまえ。あの女性はサンソムの名前を出したのか？」

「いや」わたしは言った。「出さなかった」

「しかし、どのみちサンソムの名前は広まっている」

「ああ」わたしは言った。「広まっている」

「そしてきみは、嗅ぎまわっている者たちの正体を知らない」

「ああ」わたしは言った。「知らない」

「わかった」リーダーは言った。「われわれのことはすべて忘れ、手を引け。きみの人生を台無しにしたくない」

「しかし？」

「必要ならばそれも辞さない。第一一〇憲兵隊にいたとき、どれほど人を苦しめることができたかは覚えているだろう？　いまははるかにひどく苦しめられる。百倍もひどく。だから賢明な行動をすることだ。プレイしたいのなら、シニア用のコートから出るな。この件にはかかわるな。ゲームは変わったんだ」

わたしは解放された。エレベーターで下におり、守衛の脇を抜けて、広々とした舗装路に立ち、ゆるやかに流れる川を眺めた。映りこんだ光が流れに揺られている。エルスペス・サンソムのことを思い返した。たいした女だ。〝そんな恰好で来ないように。門前払いされるわよ〟。うまく誘導された。ものの見事にだまされた。要りもしないし、ほしくもないシャツを買わされた。

甘い人間ではない。

それは確かだ。

暑い夜だった。蒸していて、船のにおいが漂っている。デュポン・サークルに引き返すことにした。二キロほどだろう。歩きでも二十分とかからない。

24

　ワシントンＤＣのレストランでの食事は、一時間より短くなることも、二時間より長くなることもめったにない。わたしの経験ではそうだ。だからいまごろサンソムはアントレを食べ終わっているか、デザートを注文しているあたりだろう。もうコーヒーを飲んでいて、葉巻を吸おうかと考えているあたりかもしれない。

　レストランに戻ると、中庭のテーブル席の半分は客が入れ替わっていた。スーツ姿の男たちとスカート姿の女たちの顔ぶれが新しくなっている。三人組や四人組よりもふたり組が増え、仕事よりも恋愛のほうが目的の客が多いようだ。好感度をあげるために陽気なおしゃべりをする場面が増え、電子機器に目を走らせる場面は減っている。案内カウンターの前を素通りしようとしたら係の女に呼び止められたので、「下院議員の連れだ」と答えた。木製のドアを抜け、室内を見まわす。天井の低い長方形の部屋で、ほの暗い照明と香辛料のにおいと騒々しい話し声とときおりの笑い声に満たされている。

その中にサンソムはいない。

サンソムの姿も、妻の姿も、ブローニングと名乗った男の姿も、熱心な秘書や選挙ボランティアの一団も見当たらない。

外に出ると、案内カウンターの女がいぶかしげな目を向けて尋ねた。「どなたとごいっしょだったのですか」

わたしは言った。「ジョン・サンソムだ」

「当店にはいらっしゃいませんが」

「そのようだな」

すぐ近くのテーブル席にいた若者が言った。「ノースカロライナ州十四区の？　もう街を離れたよ。あす、グリーンズボロで資金集めの朝食会があるらしい。銀行と保険の業界人を招いての。煙草(たばこ)の業界人は招かないみたいだ。ぼくの部下にそんな話をしてた」最後の文はわたしではなく向かいにすわっている若い女に向けられていた。この台詞のはじめからそうなのかもしれない。ぼくの部下。この若者はなかなかの大物か、そうありたいかのどちらかのようだ。

わたしは歩道に戻り、少し立ち尽くしてから、ノースカロライナ州グリーンズボロへ向かった。

まずヴァージニア州のリッチモンド、ついでノースカロライナ州のローリー、ダラム、バーリントンを経由する夜行バスでそこへ行った。行程は気に留めなかった。道中はずっと寝ていたからだ。グリーンズボロに着いたのは朝の四時近くだった。わたしは保釈保証業者のオフィスとシャッターをおろした質屋の前を抜け、何軒かの油っぽい食堂の前を素通りしたすえに、これならというダイナーを見つけた。料理に基づいて選んだわけではない。ダイナーの料理はどこも同じ味に感じる。電話帳と地元のフリーペーパーが置いてある棚を探していて、それを見つけるまでに長々と歩かなければならなかっただけだ。選んだ店は営業をはじめたばかりだった。アンダーシャツ姿の男が鉄板に油を引いている。コーヒーがガラス容器の中にしたたり落ちている。わたしはイエローページをボックス席に持っていき、ホテルのHを調べた。グリーンズボロには何軒もある。ほどほどの広さの土地だ。人口は二、三十万くらいだろうか。

資金集めの朝食会はかなりの高級ホテルで開かれるはずだ。献金するのは金持ちであり、金持ちは〈レッドルーフイン〉の料理に五百ドルも払ったりしない。銀行や保険の業界人ならなおさらだ。候補は〈ハイアット〉か〈シェラトン〉だろう。グリーンズボロには両方ある。可能性は五分五分だ。イエローページを閉じ、答を探してフリーペーパーをめくりはじめた。フリーペーパーには地元のあらゆるニュースが載っている。

二番目に開いたフリーペーパーに朝食会の記事が載っていた。だが、ホテルについては予想がはずれた。〈ハイアット〉でも〈シェラトン〉でもない。サンソムに用意されたのは〈O・ヘンリー・ホテル〉というところだ。ノースカロライナ州出身の有名な作家にちなんだ名だろう。所番地が記されている。朝食会は午前七時に開始予定とある。その記事を破りとって小さく折りたたみ、ポケットにしまった。カウンターの向こうにいた男が準備を終え、頼みもしないのにコーヒーのマグを持ってきた。わたしはそれをひと口飲んだ。コーヒーは淹れ立てにかぎる。そしてメニューの中からいちばん量の多いセット料理を注文し、椅子の背にもたれて男の調理を見守った。

〈O・ヘンリー・ホテル〉まではタクシーを使った。歩いてもよかったたし、車に揺られている時間よりもそれをつかまえるまでの時間のほうが長かったくらいだが、堂々とホテルに乗りこみたかった。着いたのは六時十五分だ。ホテルは上品で古風な建物を現代に再現していた。個人経営のホテルに見えるが、おそらくちがうだろう。そういうホテルはほとんどない。ロビーは豪華で薄暗く、社交クラブふうの革張りの肘掛け椅子がいくつも置かれている。そのあいだを抜け、皺の寄った十九ドルのシャツを着た男がまとえるかぎりの威厳と自信をまとってフロントに歩み寄った。フロントデスクの向こうで勤務していたのは若い女だ。いま来たばかりでまだ落ち着いていないかのように、不安げに見える。若い女が顔をあげたので、わたしは言った。「サンソムの朝食会に来たんだが」

若い女は返事をしなかった。まるで情報を与えられすぎて狼狽しているかのように、どう反応すればいいのか迷っている。わたしは言った。「わたしのチケットが預けてあるはずだ」

「チケット？」

「招待状だ」

「どなたがお預けに？」

「エルスペス」わたしは言った。「ミセス・サンソムだ。それか、お付きの人が」

「お付きのかたというと？」

「警護の人間だ」

「ミスター・スプリングフィールドですか？」

わたしは思わず微笑した。スプリングフィールドもブローニングと同じく、自動小銃のメーカーだ。あの男はことば遊びが好きらしい。おもしろいが、愚かだ。偽名は現実とまったく関係ないほうがうまくいく。

わたしは訊いた。「けさはもうサンソム議員たちを見かけたかい」誘導尋問だ。おそらくグリーンズボロはサンソムの下院選挙区ではない。上院議員の選挙運動には州全体での資金集めと顔見せが必要になってくる。地盤の選挙区はすでにしっかり固めてあるだろうから、現在サンソムはその外で支持を掻き集めようとしている。だから朝早くからの行動に備えて、このホテルに宿泊している可能性が高い。とはいえ、確信はない。ここから五分のところに住んでいるのに、サンソムはもう部屋からおりてきたかと尋ねたら、頭が鈍いのかと思われるだろう。ここから三百キロ離れたところに住んでいるのに、サンソムはもう着いたのかと尋ねたら、やはり頭が鈍いのかと思われる。だからわたしはどちらともとれる尋ね方をした。

若い女は言った。「わたくしの知るかぎりでは、みなさまはまだ上にいらっしゃるはずです」

わたしは「ありがとう」と言い、ロビーに戻ってエレベーターから距離を置き、若い女が気をまわさなくてもいいようにした。フロントの電話が鳴り、若い女がキーボードを叩きながらコンピュータの画面に集中するまで待ってから、ロビーの端を静かに歩き、上のボタンを押した。

サンソムは広いスイートに泊まっているだろうし、広いスイートは決まって最上階にあるから、エレベーターで行けるいちばん大きな数字を押した。しばらくしてカーペットを敷いた静かな廊下に進み出ると、マホガニー材の両開きのドアの前に制服警官が休めの姿勢で立っていた。グリーンズボロ市警の巡査だろう。若くはない。古参で、楽に手当を稼げる残業を真っ先にまわしてもらえる立場にある。形ばかりそこにいればいい。わたしは悲しげな笑みを浮かべて歩み寄った。まるで〝なあ、あんたもわたしも働き詰めだ。いやになるよな〟とでも言いたげに。警官はすでに何人か訪問者を通しているはずだ。コーヒーのルームサービスとか、ここに来る正当な理由のある秘書とか、もしかするとジャーナリストとかを。わたしは警官にうなずきかけ、「ジャック・リーチャーだ、ミスター・サンソムに用がある」と言い、その後ろに身を伸ばしてドアをノックした。警官は反応しなかった。文句も言わない。マネキン人形よろしくただ突っ立っている。サンソムが今後どうなるにせよ、いまはまだ田舎の一下院議員にすぎず、厳重な警護をする人物にはほど遠いというわけだ。

短い間があって、スイートのドアがあいた。サンソムの妻が内側のノブを握って立っている。盛装して、髪を整え、化粧も済ませ、一日に備えている。

「やあ、エルスペス」わたしは言った。「はいってもかまわないか？」

25

エルスペス・サンソムの目の奥で、政治家の妻らしい熟練の計算がすばやくおこなわれているのが見てとれた。とっさの衝動――このろくでもない男をつまみ出せ。けれども――廊下には警官がいるし、たぶん建物内にはマスメディアの人間がいるし、十中八九、声の届く範囲にホテルの従業員がいる。そして地元の人間は噂を広める。そこでエルスペスは一度唾を呑みこむと、「リーチャー少佐、またお会いできて光栄ですわ」と言い、後ろにさがってわたしが通れるだけのスペースを空けた。

スイートは広く、窓に優美なカーテンが掛けられているうえに、落ち着いた濃い色合いの重厚な家具が所狭しと並んでいるせいで暗い。リビングルームは朝食用のカウンターを備え、寝室に通じるとおぼしきあけ放たれたドアがある。エルスペス・サンソムは部屋の中央にわたしを導いたが、それからどうすべきか決めかねるように足を止めた。そのとき、なんの騒ぎかとジョン・サンソムが寝室から出てきた。

サンソムはズボンとシャツとネクタイと靴下を身につけている。靴は履いていない。人形のように小さく見える。痩せ型の筋肉質で肩幅は狭い。体の残りの部分に比べると、頭はやや大きい。髪は短く刈られ、ていねいに梳かしてある。肌は浅黒いが、皺が寄り、活力に満ちていて、屋外で日に焼けたことをうかがわせる。無骨な印象だ。この男に日焼けマシンは必要あるまい。富と権力と精力とカリスマで輝いている。たくさんの選挙に勝ってきたというのもうなずける。ニュース週刊誌にひいきにされているのもうなずける。サンソムはわたしを見つめてから、妻に視線を移して尋ねた。「スプリングフィールドはどこに行った？」

エルスペスは言った。「いくつか確認することがあって下へ行ったの。エレベーターで行きちがったのでしょうね」

サンソムはうなずいたが、まぶたをすばやく上下させるのとさして変わらなかった。鍛えあげた判断力を持つ実利主義者であり、過ぎたことをとやかく言う性格ではないようだ。わたしを一瞥して言う。「きみもあきらめないな」

わたしは言った。「あきらめたことは一度もない」

「ワシントンＤＣであの連邦捜査官たちの話に耳を傾けなかったのか？」

「連中はいったい何者なんだ」

「あの男たちのことかね？　そのあたりのことはきみもわかっているはずだ。教えてもかまわないが、教えたらきみを殺さなければならなくなる。とにかく、きみに警告して追い払うのがあの男たちの役目だった」

「わたしの心には響かなかったな」

「きみの記録のコピーを受けとったよ。警告は通じないだろうと言っておいた」

「連中はわたしが愚か者であるかのような口ぶりだった。それに年寄り呼ばわりした。だったらあんたは老いぼれだな」

「わたしは老いぼれさ。少なくとも、こんな面倒に巻きこまれるには老いすぎている」

「十分だけ時間を作れるか？」

「五分なら作れる」

「コーヒーはあるか？」

「時間をむだにしているぞ」

「時間ならたくさんある。少なくとも五分以上は。十分以上だってあるだろう。あんたは靴紐（くつひも）を結んで上着を着なければならない。それにどれくらい時間がかかる？」

サンソムは肩をすくめ、朝食用のカウンターに歩み寄ってコーヒーをカップについだ。それを持って戻り、わたしに渡してから言った。「本題にはいろう。きみがだれなのか、なぜここにいるのかはわかっている」

「あんたはスーザン・マークと知り合いだったのか？」わたしは尋ねた。

サンソムは首を横に振った。「一度も会ったことはないし、名前も昨夜まで一度も聞いたことはなかった」

サンソムの目を観察していたわたしは、そのことばを信じた。つづいて尋ねる。

「HRCの事務員がなぜあんたのことを調べるよう強要された？」

「それは事実なのか？」

「その可能性が最も高い」

「だったら、皆目わからない。HRCはPERSCOMの後身だろう？　きみは昔、PERSCOMからどんな情報を得ていた？　ほかの者たちはどうだ？　あそこにどんな情報がある？　日時と部隊、それだけだ。だいたい、わたしの人生は公式記録になっている。CNNにも百回は出ている。陸軍に入隊し、士官候補生学校にかよい、将校に任じられ、三度昇進し、退役した。そこに秘密はない」

「デルタフォースの任務は秘密だったはずだ」

部屋が少し静かになった。サンソムは尋ねた。「どうしてそれを知っている？」

「あんたは貴重な勲章を四つももらっている。理由は説明していない」

サンソムはうなずいた。

「あのいまいましい本だな。勲章も記録事項のひとつだ。もらっていないとは言えなかった。それは敬意に欠ける。政治の世界は地雷だらけだ。肯定しても否定しても厄介なことになる。どちらを選んでも墓穴を掘ってしまう」

わたしは何も言わなかった。サンソムはわたしを見つめて尋ねた。「どれくらいの人が勘づくだろうか。きみ以外に、という意味だが」

「三百万人は勘づくだろう」わたしは言った。「もっと多いかもしれない。現役軍人はもちろんのこと、字が読めるだけの視力が残っている退役軍人も勘づくだろう。仕組みを知っているからだ」

サンソムは首を横に振った。「そこまで多くはあるまい。詮索癖のある人間はわずかしかいない。そのわずかな人間にしても、こういったものの秘密主義は尊重する。問題になるとは思えない」

「すでにどこかで問題になっている。でなければ、なぜ何者かがスーザン・マークから聞き出そうとした？」

「その女性はほんとうにわたしの名前を口にしたのかね？」

わたしは首を横に振った。「あんたの注意を引くための作戦だ。あんたの名前は、とある男たちから聞いた。おそらくその男たちは、スーザン・マークからあんたのことを聞き出そうとした人物に雇われている」

「それで、きみは何をもくろんでいる？」

「何も。だがわたしには、スーザン・マークは窮地に追いこまれただけの善良な人物に見えた」

「同情しているのか？」

「あんただって少しは同情しているはずだ。自分の利益ばかり考えて政治家になったわけではないだろうに。少なくとも、そうでないことを心から願っているよ」

「きみはほんとうにわたしの選挙区の住民なのか？」

「あんたが大統領に選ばれないかぎりはちがうな」

サンソムはしばらく口をつぐんでから言った。「ＦＢＩからも状況説明を受けた。わたしはＦＢＩのために便宜を図れる立場にあるから、必ず最新情報を教えてもらえるのだよ。ニューヨーク市警の見たところ、きみはある種の罪悪感に動かされているそうだ。地下鉄で強引な行動に出たのを悔いているということだな。罪悪感は正しい判断の健全な土台にはけっしてならないぞ」

わたしは言った。「それはひとりの女の見解にすぎない」

「まちがっているとでも？」

わたしは何も言わなかった。

サンソムは言った。「任務については何も話すつもりはない」

わたしは言った。「話すとは思っていない」

「しかし？」

「いまになって災いをもたらしてもおかしくないものはどれだけある?」

「白黒が明確なものなどこの世にはない。それはきみもわかっているはずだ。とはいえ、いかなる犯罪もおこなわれていない。どのみち、HRCの事務員を通じて真相にたどり着くのは不可能だ。何者かが探りを入れているにすぎない。あら探しをするだけの浅薄で未熟なジャーナリズムが最悪の形で現れているにすぎない」

「そうは思えないな」わたしは言った。「スーザン・マークは怯えていたし、その息子が行方不明になっている」

サンソムは妻に目をやった。わたしに視線を戻して言う。「それは初耳だ」

「報道されていない。息子は南カリフォルニア大学のスポーツ選手だ。五日前に女とバーを出た。それから目撃されていない。無断外泊してお楽しみ中だと思われている」

「どこから聞いた?」

「スーザン・マークの弟からだ。当人の叔父にあたる」

「そしてきみはその話を信じていないのだな?」

「偶然にしてはできすぎだ」

「そうとは言えまい。若い男が女とバーを出るのはよくあることだ」

「あんたも親だ」わたしは言った。「自殺する気が起きるのはどんなときで、自殺する気が起きないのはどんなときだ？」

　部屋がいっそう静かになった。エルスペス・サンソムが「そんな」と言った。ジョン・サンソムは、優秀な現場指揮官が戦術的敗北に対応するときに示す、遠くを見る目をしている。ものの一、二秒で再考し、再配置し、再編制している。過去を振り返り、確固たる結論に達したのが見てとれる。サンソムは言った。「マーク家の状況は気の毒に思う。心から。可能なら助けてやりたいが、不可能だ。わたしのデルタフォース時代に関して、ＨＲＣを通じて知りうることは何ひとつない。皆無だ。だからこれはまったく別の件か、何者かが見当ちがいのところに目を向けているかだ」

「ほかに目を向けるところといえば？」

「わかっているはずだ。そこには近づきようがないこともわかっているはずだ。デルタフォースの記録をほしがるほど事情に通じている人間なら、探すべきところと探すべきでないところを知っていなければおかしい。だからこの件は特殊部隊に関係したことではない。どう考えても」

「それなら、ほかの何に関係している？」

「そんなものはない。わたしに後ろめたい過去はない」

「ほんとうか？」

「まったくない。百パーセント確実に。わたしは愚かではない。隠し事が少しでもあったら、政界入りしていない。いまは時代がちがう。わたしは駐車違反切符も切られたことがないのだよ」

「そうか」わたしは言った。

「地下鉄の女性のことは気の毒に思う」

「そうか」わたしはふたたび言った。

「だが、話はもう終わりだ。これから大事な献金の依頼がある」

わたしは尋ねた。「ライラ・ホスという名を聞いたことは？」

「ライラ・ホス？」サンソムは言った。「いや、その名は一度も聞いたことがない」

サンソムの目を観察していたわたしは、それはまぎれもない真実だと感じた。白々しい嘘だとも感じた。同時に両方の印象をいだいた。

26

　ホテルのロビーを抜けて戻る途中でスプリングフィールドに出くわした。わたしは道路に面したドアへと歩いているところで、向こうはダイニングルームから出てきたところだった。その背後には、純白のテーブルクロスを掛けて中央に大きな花飾りを置いた円卓がいくつも見える。スプリングフィールドは驚いた顔もせずにわたしを見た。まるでわたしの行動を査定し、満足したかのように。まるでおおむね予想時間内にわたしがボスに会いにきたかのように。早くも遅くもなく、ちょうど許容範囲の中ほどに収まったとでも言いたげだ。そしてわたしをプロフェッショナルらしい品定めの目で見てから、何も言わずに歩き去った。

　来たときと同じ交通手段を逆の順に使って、ニューヨークに帰った。グリーンズボロのバスターミナルまではタクシー、ワシントンDCまではバス、それからは鉄道だ。日中はすべて潰れ、夕方までかかった。バスの時刻表と鉄道の時刻表は乗り換えしやすいように組まれていなかったし、ワシントンDCを出る列車の最初の二本は切符が完売だった。道中は考える時間にあて、まずはサンソムの言ったことと言わなかったことを整理した。〝白黒が明確なものなどこの世にはない。とはいえ、いかなる犯罪もおこなわれていない。どのみち、HRCの事務員を通じて真相にたどり着くのは不可能だ〟。いかがわしい活動まで否定したわけではない。その正反対に近い。認めたようなものだ。それでも、一線を越えたとは本人は思っていない。〝いかなる犯罪もおこなわれていない〟。そしてその詳細は永遠に秘密にされると、揺るぎない自信を持っている。矢面に立たされた退役軍人にありがちな態度だと言えるだろう。われわれのような者にとって、〝いかがわしい〟というのはもったいぶった表現だ。字数はともかく、意味合いは教科書一冊ぶんほどもある。わたし自身の経歴だって、叩けば埃(ほこり)が出るのはまちがいない。それで夜も眠れなくなるようなことはないが、詳細が秘密にされていることはおおむね歓迎している。サンソムも同じであるのは確かだ。わたしは自分の詳細を知っている。しかし、サンソムにはどんな詳細があるのか。当然、本人にとって不都合なことだろう。私生活か、選挙運動の面で。もちろん、その両方かもしれない。あの連邦捜査官たちの台詞からして、それは火を見るより明らかだ。〝サンソムがきみに何か話せるわけがない〟。とはいえ、もっと広い意味での不都合のはずだ。でなければ、そもそもなぜ連邦捜査官が口出ししてくるのか。

さらには、ライラ・ホスとはいったい何者なのか。

バスに揺られているあいだも、ユニオン駅で乗り継ぎのために延々と待たされているあいだも、ずっとそれらの疑問を考えていたが、どうにか乗れた列車が北のボルチモアを抜けるあたりで断念した。答は出なかったし、どのみちそのころには別のことを考えていたからだ。スーザン・マークはニューヨーク市のどこへ向かっていたのか、と。南から車で来たスーザンは、どこかに車を停め、地下鉄で目的地へ行くつもりだった。賢明な戦術だが、そうする以外になかったのだろう。車を運転しているあいだも冬用ジャケットを着ていたとは考えにくい。暑すぎる。後部座席に置いていたかもしれないが、バッグや銃とともにトランクに入れておいた可能性のほうが高い。そこなら銃も詮索の目から逃れられる。だからスーザンは車を乗り捨て、離れたところで人目につかないように戦闘準備を整えることにした。

しかし、あまり離れたところでもない。最終目的地から遠すぎるところではない。なぜなら、スーザンは遅れていた。大幅に遅刻していた。したがって、北のアップタウンへ向かっていたのなら、中間のミッドタウンに車を停めるはずだ。それなのに、南のダウンタウンに車を停めた。ソーホーに。そしておそらくわたしが乗った駅のひとつ手前の、スプリング・ストリート駅で地下鉄に乗った。そのまま三十三番ストリート駅を過ぎるまでは身じろぎせずに座席にすわっていた。そこからあのような展開になった。もしあのような展開にならなかったら、スーザンはグランド・セントラル駅の先まで乗り、五十一番ストリート駅でおりていただろう。もしかしたら五十九番ストリート駅かもしれない。だがそれより先でないのはまちがいない。六十八番ストリート駅は遠すぎる。アッパー・イースト・サイドのただ中まではいりこんでしまう。まったく別の地区だ。そんなところまで行くつもりだったのなら、ホランド・トンネルではなくリンカーン・トンネルを使ったはずであり、もっと北まで行ってから車を停めたはずだ。時間に追われていたのだから。つまり、五十九番ストリート駅が北の限界になる。ただし、目的地が迫ったら、少しでも先へ行ってから引き返す形にしたかっただろう。それが素人の心理だ。南から近づき、いったん通り過ぎて、北から戻ってくる。敵が見当ちがいの方向を見ていることを期待して。

そんなふうにして、わたしは頭の中で四角を描いた。南北は四十二番ストリートから五十九番ストリートまで、東西は三番アヴェニューから五番アヴェニューまでの四角を。六十八のブロックがある。ここに何が？

候補となる所番地の数は八百万もある。

フィラデルフィアのずいぶん手前で数えるのをやめた。そのときには通路をはさんだ席の若い女に気をとられていた。二十代半ば、目を瞠(みは)るような美貌だ。モデルかもしれないし、女優かもしれないし、たまたま顔立ちが整っているだけの弁護士かロビイストかもしれない。南カリフォルニア大学のスポーツ選手ならとびきりの上玉だとでも言いそうだ。そのせいでまたピーター・モリーナのことが頭に浮かんだ。何者かの行動が矛盾して見えることも。事情に通じているはずの人間が、役に立たない情報源に対して息子を弱みとして使うというのはつじつまが合わない。

〝依頼人は手下を全員連れてきた〟。ニューヨーク市には玄関口となるおもな公共交通機関が六つある。ニューアーク、ラガーディア、ＪＦＫの各空港と、ペンシルヴェニア駅、グランド・セントラル駅、そしてポート・オーソリティ・バスターミナルだ。ニューアークにはターミナルビルが三つある。ラガーディアにも三つあるが、さらにシャトル便のターミナルビルがある。ＪＦＫには八つある。ペンシルヴェニア駅は大きく、グランド・セントラル駅は巨大で、ポート・オーソリティは迷宮だ。まともに張りこもうと思えば四十人近くの人員が必要になる。二十四時間態勢で見張るのなら八十人以上は要るだろう。八十人の人間はもはや手下ではなく軍隊だ。だからわたしも格別警戒することなく列車をおりた。

幸い、それで事足りた。

27

見張りにはすぐに気づいた。ペンシルヴェニア駅のコンコース中央の柱に寄りかかっている。長時間の任務に順応したのか、根が生えたように身じろぎしていない。動かないその男の脇を人々が慌ただしく流れていくさまは、岩に分かたれる川のようだ。男は折りたたみ式の携帯電話を開いて持ち、太腿の前におろしている。背は高いが体は細い。歳は若く、三十歳くらいだろう。一見すると手強(てごわ)そうな印象は受けない。肌は青白く、頭を剃りあげ、赤茶色の無精ひげがわずかに生えている。男前ではない。サインをせがむ連中よりは恐ろしげだが、大差はない。花柄のシャツを着て、その上に丈の短いきつそうな革のジャケットを着ている。ジャケットの色は茶色のようだが、照明の下だとどぎついオレンジ色に見える。とうに疲れて飽きた目で、近づいてくる人々に視線を向けている。

コンコースは人だらけだ。わたしは人波に押し包まれ、ゆっくりと移動した。流れに身を任せて運ばれていく。見張りは十メートルほど左斜め前にいる。視線は動いていない。視野を固定し、そこを人々が歩き過ぎるままにしている。三メートルほどまで近づいた。空港で金属探知機を抜けるときの気分だ。

　少し歩みをゆるめると、だれかが背中にぶつかった。ふたり組ではない。見張りがふたり組かどうかを確かめるために、とっさに振り返った。ふたり組ではない。背後にいたのはＳＵＶ並みに大きなベビーカーを押した女だ。赤ん坊がふたり乗っている。双子かもしれない。ニューヨーク市には双子がたくさんいる。高齢出産の母親が多いから、体外受精も多いのだろう。ベビーカーの双子はふたりとも泣いている。もう遅い時間で疲れているからなのかもしれないし、四方が脚だらけなのでただ混乱しているだけなのかもしれない。泣き声がざわめきと混ざり合っている。コンコースはタイル貼りで、音がよく響く。

　前に三メートル進むあいだに横に二メートルずれるつもりで、左に動いた。流れの端のあたりで見張りの視界を抜けていく。その目は明るい青だが、疲労で曇っている。見張りは反応しない。すぐには。が、ゆうに一秒は遅れて目を見開くと、電話を掲げて開閉し、画面を明るくした。それに視線を走らせる。わたしに視線を戻す。驚きに口を開く。そのときにはわたしは一メートル強にまで近づいている。

　つぎの瞬間、見張りはくずおれた。わたしは前に飛び出し、その体をかかえてゆっくりと床におろした。急病人を助けたよきサマリア人。少なくともまわりにはそう見える。だがそれは、人は自分の見たいものしか見ないからにすぎない。もしその刹那の出来事を頭の中で再生し、綿密に分析したら、相手が倒れはじめるよりわずかに早くわたしが飛び出したことに気づいたかもしれない。わたしの右手は相手の襟をつかもうと確かに動いているが、それより一瞬早くわたしの左手がそのみぞおちにめりこんでいて、ふたりの体が重なったせいでそれが隠れて見えにくかったことにも気づいたかもしれない。

しかし、人は自分の見たいものしか見ない。これまでも、これからも。責任感のある一般人を装ってわたしがそのまま見張りのそばにかがみこむと、背後の女はそのままベビーカーを押していった。そのあとは小さな人だかりができた。みないかにも心配そうな顔をしている。ニューヨークの住民は冷淡だと言われるが、それは不当な評価だろう。多くはとても親切だ。ひとりの女がわたしの隣にかがみこんだ。ほかの人たちは近くに立って見おろしている。その脚や靴が視界にはいっている。革のジャケットを着た男は床に横たわり、胸を波打たせて痙攣（けいれん）しながら必死に空気を求めてあえいでいる。みぞおちを強打されるとそんな状態になる。だが、心臓病でもほかのいろいろな疾患でもそんな状態になる。

隣の女が尋ねた。「何があったんですか」

わたしは言った。「わからない。いきなり倒れたんだ。白目を剝いて」

「救急車を呼ばないと」

わたしは言った。「それが、はずみで自分の電話を落としてしまって」

女は自分のハンドバッグの中を探りはじめた。わたしは言った。「待ってくれ。再発性疾患かもしれない。カードを持ち歩いていないか確かめたほうがいい」

「再発性疾患？」

「発作だ。てんかんとかの」

「カードというのは？」

「そういうカードを持ち歩いている人がいる。注意事項が書いてある。舌を噛まないようにしなければならないかもしれない。それに、薬を携帯しているかもしれない。ポケットを調べてくれないか」

女は手を伸ばしてジャケットの外側のポケットを叩いた。女の手は小さく、指は長く、指輪をいくつもはめている。外側のポケットは空だ。何もはいっていない。女はジャケットの前を開いて内側を調べた。わたしは注意深く観察した。シャツは見たこともない代物だ。アクリル繊維、花柄で、色とりどりのパステルカラーが使われている。ジャケットは安物でごわついている。裏地はナイロン。内側にやけに凝ったラベルがあり、キリル文字が記されている。

内側のポケットも空だ。

「ズボンも確かめて」わたしは言った。「急いで」

女は言った。「それはちょっと」

すると、行動力のある重役ふうの男がわれわれの隣にしゃがみ、ズボンの前ポケットに指を入れた。何もはいっていない。男はポケットのフラップを引っ張って見張りの腰を左右に持ちあげ、尻ポケットも調べた。やはり何もはいっていない。

どこにも何もはいっていない。財布も、身分証も、何ひとつない。

「よし、救急車を呼んだほうがよさそうだ」わたしは言った。「わたしの電話を見なかったかな？」

女が周囲を見まわし、見張りの腕の下を探って折りたたみ式の携帯電話を見つけた。半ば閉じられていた本体が開き、画面が明るくなる。見まがいようのないわたしの大きな写真が表示される。予想よりも画質はいい。〈ラジオシャック〉で試し撮りしたときよりも。女が写真に目をやった。電話に写真を保存している人が多いことはわたしも知っている。実際に見たことがある。夫や妻、犬、猫、子供たちの写真を。ホームページや壁紙のようなものだ。自分の写真をそれに使うなど、自意識過剰もはなはだしいと思われたかもしれない。それでも女は携帯電話を渡してくれた。そのころには行動力のある重役ふうの男が緊急通報用番号に電話をかけていた。そこでわたしは引きさがって言った。「警官を捜してくる」

ふたたび人の流れに分け入り、先へと運ばれていくに任せた。ドアの外へ、歩道へ、闇の中へ、遠くへと。

28

もうわたしは〝その人〟ではない。世界でただひとり、携帯電話を持っていない人ではなくなったということだ。七番アヴェニューを三ブロック進んだ暑い暗がりで足を止め、戦利品を調べた。モトローラの製品だ。灰色のプラスチック製で、加工、研磨して金属のように見せている。メニューをいじったが、わたし以外の写真は保存されていなかった。写真の写りはとてもいい。八番アヴェニューの西の交差点、朝の明るい陽光の中で、名前を大声で呼ばれて振り返るわたしの姿が切りとられている。頭からつま先まで、細部をよくとらえている。何メガピクセルもの性能があるのはまちがいない。目鼻立ちがかなりはっきりと見分けられる。それに、ろくに寝ていなかったことを考えれば、なかなかの男前に見える。車や十人ばかりの通行人も写りこんでいて、警察の人物写真で背後の壁に描かれている目盛りさながらに、比較基準めいたものになっている。わたしの姿形はふだん鏡で見ているものとまったく同じだ。特徴に富んでいる。

写真で完全にわたしの顔は割れている。

それは疑いようもない。

通話履歴のメニューに戻り、発信履歴を調べた。何も記録されていない。着信履歴を調べると、三件だけあった。どれもこの三時間以内のもので、どれも同じ番号からだ。あの見張りは定期的に、たぶん通話を終えるたびに、履歴を消去するよう指示されていたが、三時間ほど前から怠けていたのだろう。態度や反応時間ともつじつまが合う。かかってきた番号は采配役か通信役のそれだろう。もしかすると大ボス本人のそれかもしれない。これが携帯電話の番号なら、わたしには都合が悪い。とても悪い。携帯電話はどこにでも持ち歩ける。それが携帯電話の売りでもあるが。

しかし、携帯電話の番号ではない。二一二ではじまっている。

マンハッタンの固定回線だ。

それなら場所は動かない。固定回線とはそういうものだ。

電話番号からその主を調べる最善の方法は、自分が食物連鎖のどれだけ上位にいるかで決まる。警官や私立探偵は逆引き電話帳を持っている。番号から名前や住所がわかるという代物だ。ＦＢＩは詳細なデータベースを山ほど持っている。これも同様の機能があるが、もっと高価になる。ＣＩＡはたぶん電話会社を持っている。

わたしはそういうものをどれも持っていない。だからローテクの方法を用いていいる。

その番号に電話をかけて、だれが出るかを確かめる。緑のボタンを押すと、番号が表示された。もう一度緑のボタンを押すと、電話がかかった。呼び出し音が流れる。それはすぐに途切れ、女の声が言った。「〈フォーシーズンズ〉でございます。ご用件を承ります」

わたしは言った。「ホテルの?」

「さようでございます。どちらにおつなぎいたしますか」

わたしは言った。「すまない、かけまちがえたようだ」

電話を切った。

〈フォーシーズンズホテル〉。見たことはある。泊まったことはない。現在の給与等級では少々高すぎる。このホテルはマディソン・アヴェニューとパーク・アヴェニューのあいだの五十七番ストリートにある。六十八のブロックからなる四角のただ中にあり、その地理的中心のかなり北北西に位置する。だが、六系統の地下鉄を五十九番ストリート駅でおりれば歩いてすぐだ。何百もの客室があり、何百もの内線電話が主交換台に接続され、代表電話番号が発信者番号として表示される。

手がかりにはなるが、決め手にはならない。

少し考えてから、周囲を入念に見まわし、きびすを返して十四分署へ向かった。

ニューヨーク市警の夜勤の刑事が何時に出勤するかはまったく知らないが、セリーサ・リーは一時間以内に出勤するはずだと予想した。それまで一階のロビーで待たされることになるはずだとも予想した。予想していなかったのは、わたしに先んじてすでにジェイコブ・マークがそこにいたことだ。壁際の背もたれがまっすぐな椅子にすわり、指で膝を小刻みに叩いている。ジェイクはわたしを見ても少しも驚かず、「ピーターが練習に来なかった」と言った。

29

分署のロビーでジェイコブ・マークは五分ほどしゃべりつづけた。不安でたまらないときにありがちな、取り留めのない早口になっている。南カリフォルニア大学のフットボール仲間は、四時間待ったすえにピーターの父親に連絡したらしい。そして父親はジェイクに連絡した。全額給付の奨学金を得ている花形選手の最上級生が練習に出ないなど考えられない、とジェイクは言った。むしろ、何があっても練習だけはするというのがもっぱらの文化になっている。地震、暴動、戦争、家族の死、不治の病だろうとなんだろうと、みな練習には来る。そうやってフットボールをどれだけ大切にしているかを世間に訴えているのであり、大学が選手をどれだけ大切にしているかも暗に伝えている。なぜならスポーツ選手を敬う人は多いが、見くだす人も少しはいるからだ。多数派の期待に添いつつ、少数派の考えを変えていかなければならないという暗黙の掟(おきて)がある。それに、男らしさというわかりやすい問題もある。練習に出ないのは消防士が出動を拒否するようなものであり、デッドボールを食らったバッターが腕をさするようなものであり、ガンマンが酒場に残るようなものだ。考えられない。聞いたこともない。ありえない。二日酔いだろうと骨折だろうと肉離れだろうと打撲だろうと関係ない。練習には必ず出る。さらには、ピーターはＮＦＬ入りするし、プロチームは性格を見定めるようになっている。何度も煮え湯を飲まされているからだ。だから練習に出ないのは金づるを捨てるのと変わらない。説明がつかない。理解できない。

わたしは耳を傾けたが、聞き入りはしなかった。代わりに時間を計算していた。スーザン・マークが期限を破ってから四十八時間近くが経っている。なぜピーターの死体はいまだに発見されていないのか。

そのとき、セリーサ・リーが新しい情報を持って現れた。

しかし、ジェイコブ・マークの状況に対処するほうが先決だった。リーはわれわれを二階の大部屋に連れていき、一部始終を聞いてから尋ねた。「ピーターの捜索願は出したの？」

ジェイクは言った。「いますぐ出したい」

「それは無理よ」リーは言った。「少なくとも、わたしは受けとれない。ピーターはニューヨークではなくロサンゼルスで行方不明になったんだから」

「スーザンはここで殺されたんだ」

「スーザンはここで自殺したのよ」

「南カリフォルニア大学の大学警察は捜索願を受けつけていない。ロサンゼルス市警もまともに取り合ってくれないだろう。どうせ理解してくれない」

「ピーターは二十二歳よ。もう子供じゃない」

「五日以上も行方不明なんだぞ」

「期間は重要じゃない。実家で暮らしているわけではないのよ。それに、行方不明だってどうして言えるの？　ふだんの生活パターンとちがうってどうして言えるの？　きっと、日ごろから家族に連絡をとらずに長く家を空けることがあるのよ」

「それとこれとはちがう」

「ニュージャージーではどういう方針をとっているの？」

ジェイクは答えない。

リーは言った。「ピーターはもう立派な大人よ。飛行機でバカンスに行ったようなもの。空港に友達がいて見送ってもらったようなもの。ロサンゼルス市警がどう考えるかは決まっている」

「だが、ピーターはフットボールの練習に出なかった。それはありえない」

「それがありえただけ。どうやらね」

「スーザンは脅迫されていたんだ」ジェイクは言った。

「だれに？」

ジェイクはわたしを見た。「教えてやってくれ、リーチャー」

わたしは言った。「本人の仕事にかかわることだ。スーザンは大きな弱みを握られていた。そのはずだ。息子に危害が加えられそうだったのなら筋が通ると思う」

「わかった」リーは言った。大部屋に視線をめぐらし、パートナーのドハーティを見つけた。奥に置かれた一対の机の片方で仕事をしている。リーはジェイクに視線を戻して言った。「詳細な捜索願を作ってきて。知っていることも、知っていると思うことも細大漏らさずに」

ジェイクは感謝してうなずき、ドハーティのほうへ行った。わたしはジェイクがこの場を離れるまで待ってから尋ねた。「捜査を再開するのか？」

リーは言った。「いいえ。捜査は終了しているし、再開されることはない。懸念材料はないというのが事実だからよ。でも、あの人は警官だからすげなくもできない。それに、一時間ほど遠ざけておきたかった」

「なぜ懸念材料はないと言える？」

それでリーは新しい情報を教えた。

「スーザン・マークがニューヨークに来た理由がわかったの」

「どうしてわかった？」

「捜索願がここで出されていたのよ」リーは言った。「どうやらスーザンは調査を手伝っていたみたい。それなのに約束どおりに現れなかったから、心配になった依頼主が捜索願を出しにきた」

「調査というと？」

「個人的なものだと思う。わたしは署にいなかった。日勤の同僚が話を聞いたかぎりでは、後ろめたそうなところは何もなかったそうよ。当然よね。後ろめたければ警察署に来るはずがない」

「ジェイコブ・マークにそれを知らせない理由は？」

「詳細を調べる必要がある。そのためにはあの人がいないほうがやりやすい。故人と近すぎる。遺族だから。きっと怒鳴ったり叫んだりする。前にも見たことがある」

「依頼主はだれなんだ」

「スーザンが手伝っていたというその調査のために、この街に短期滞在している外国人よ」

「待ってくれ」わたしは言った。「この街に短期滞在している？　ホテルに泊まっているのか？」

「ええ」リーは言った。

「〈フォーシーズンズ〉に？」

「ええ」リーは言った。

「その男の名前は？」

「男ではなく、女よ」リーは言った。「名前はライラ・ホス」

30

深夜にもかまわずリーが電話をかけると、ライラ・ホスは〈フォーシーズンズ〉で会うことにすぐさま躊躇なく同意した。われわれはリーの覆面パトロールカーでホテルへ向かい、車寄せに駐車した。ロビーは見事なものだ。淡い色の砂岩、真鍮、黄褐色の塗装、金色の大理石が、ほの暗い居心地のよさと明るいモダニズムを折衷した空間を作り出している。リーがフロントでバッジを見せると、係は上に電話をかけてからエレベーターのほうを指差した。ホテルの上層階に行くのはきょう二度目だ。フロント係の口調からして、ライラ・ホスの部屋はここでいちばん小さい部屋でもいちばん安い部屋でもなさそうだと思った。

実際、ライラ・ホスの部屋もスイートだった。ノースカロライナでサンソムが泊まっていた部屋と同じく、両開きのドアを備えているが、外に警官はいない。無人の静かな廊下が延びているだけだ。役目を果たしたルームサービスのトレーがあちらこちらに置かれ、いくつかのドアノブには〝起こさないでください〟のカードや朝食の注文票が掛けられている。セリーサ・リーは足を止め、部屋番号を二度確かめてからノックした。一分ほどは何も起こらない。が、右側のドアが開き、その向こうに女が姿を見せた。真後ろから柔らかな黄色い光を浴びて立っている。少なくとも六十代、短軀で肉づきがよく、鉄灰色の髪は地味でしゃれっ気がない。目は黒っぽく、皺が寄ってまぶたが垂れさがっている。顔は白い板を思わせ、肉厚で能面のように冷ややかだ。表情は用心深く、胸のうちを読みにくい。厚手の化学繊維で作られた不恰好な茶色のハウスドレスを着ている。

リーが尋ねた。「ミズ・ホス？」

女は首を縮めて瞬きし、両手を動かして、どういうときでも使える申しわけなさそうな声を出した。ことばがわからないという万国共通の身ぶりだ。

わたしは言った。「英語をしゃべれないようだ」

リーは言った。「十五分前には英語をしゃべっていたわよ」

女の背後の光は、部屋の奥に置かれたテーブルランプが発している。その明かりが一瞬だけ暗くなるとともに、もうひとりの人物がランプの前に進み出て、ドアへ向かってきた。こちらも女だ。だが、ずっと若い。二十五、六といったところか。実に優雅だ。それに、極めつきに美しい。エキゾチックな絶世の美女で、モデルでもおかしくない。女ははにかんだ笑みを浮かべて言った。「十五分前に英語をしゃべったのはわたしです。ライラ・ホスといいます。こちらは母です」

ライラ・ホスは身をかがめ、東ヨーロッパの言語らしい外国語を年配の女の耳もとでささやいた。この状況やその意味を説明しているのだろう。年配の女は表情を明るくして微笑（ほほえ）んだ。われわれは互いに名乗った。ライラ・ホスが通訳を務め、母親の名前はスヴェトラーナ・ホスだと言った。ふたりずつ向かい合ったわれわれは、手首を交差させながらひとりひとりと堅苦しい握手を交わした。ライラ・ホスは驚くほどの美人だ。そして飾ったところがない。これに比べると、高速列車で見かけた女は作り物のように思えてしまう。背は高いが高すぎるというほどではなく、体は細いが細すぎるというほどでもない。ビーチで完璧に焼いたかのような、黒っぽい肌をしている。髪も長くて黒っぽい。化粧はしていない。吸いこまれそうな大きな目は、見たことがないほど鮮やかな青だ。内側から輝いているかに思える。動作はしなやかでむだがない。脚がやけに長いおてんば娘のように見えるときもあれば、落ち着いた大人の女のように見えるときもある。自分の美しさに気づいていないように見えるときもあれば、それを少し恥じらっているように見えるときもある。着ているのは地味な黒のカクテルドレスだが、たぶんパリで買ったもので、車より値が張りそうだ。もっとも、この女にそんな服は必要ない。古いジャガイモの袋を縫い合わせたものを身にまとっていても、美しさは損なわれなかっただろう。

　われわれはライラ・ホスに導かれて中へ行き、母親があとからついてきた。スイートには部屋が三つある。中央にリビングルーム、その左右に寝室がひとつずつだ。リビングルームは家具がひととおりそろっていて、ダイニングテーブルもある。ルームサービスの夕食の残りがそこに置かれている。部屋の隅には買い物袋がいくつかある。高級デパートの〈バーグドーフ・グッドマン〉の袋がふたつに、〈ティファニー〉の袋がふたつ。セリーサ・リーがバッジを見せると、ライラ・ホスは鏡が上に置かれたサイドボードに歩み寄り、二冊の薄い小冊子を取ってきて差し出した。ふたりのパスポートだ。ニューヨークで公務員の訪問を受けたら身分証を提示しなければならないと思ったのだろう。パスポートは栗色（くりいろ）で、表紙の中央に金色のワシの図案が描かれ、その上下にキリル文字が記されている。英語だとＮＡＣＮＯＰＴ　ＹＫＰＡＩＨＡと書いてあるように見える。リーは中をめくってからサイドボードにそれを戻しにいった。

　そのあと、四人で腰をおろした。スヴェトラーナ・ホスはことばの壁に阻まれ、無表情で正面を見つめている。ライラ・ホスはわれわれふたりを慎重に見比べ、頭の中で素性を確かめている。分署の警官と、地下鉄に乗っていた目撃者。結局、ライラ・ホスはわたしをまっすぐに見つめた。この事件が身に応えているのはわたしのほうだいた。

と思ったのかもしれない。わたしに文句はなかった。どうせ相手から目をそらせずに

ライラ・ホスは言った。「スーザン・マークの身に起こったことは心から残念に思っています」

声は低い。語法は正確だ。流暢な英語を話せる。少しだけ訛りがあり、少しだけ堅苦しい。アメリカとイギリス両国の白黒映画からことばを学んだかのように。

セリーサ・リーは黙っている。わたしは言った。「スーザン・マークの身に何が起こったかはわかっていない。はっきりとは。明らかな事実を除いて、という意味だが」

ライラ・ホスは礼儀正しく上品にうなずいたが、そこには少し悔恨の色があった。

「わたしがどうかかわっているかをお知りになりたいのね」

「ああ、知りたい」

「話せば長くなります。でも、あらかじめおことわりしておきますが、地下鉄での出来事を説明するものではありません」

セリーサ・リーが言った。「話を聞かせて」

そんなふうにして、われわれは話を聞いた。前半は背景情報だ。経歴ばかりが語られた。ライラ・ホスは二十六歳のウクライナ人。十八歳でロシア人と結婚した。夫は

九〇年代のモスクワ式の起業精神に染まっていた。崩壊する国から原油のリース権と石炭とウランの採掘権を手に入れ、何十億ドルという資産を築いた。つぎの目標は何百億ドルという資産を築くことだった。それは果たせなかった。狭き門だったせいだ。だれもがそこを押しとおろうとしたが、だれもが成功するだけの余地はなかった。一年前、夫はナイトクラブの外で、商売敵に頭を撃たれた。死体は翌日もずっと、歩道の雪の上に放置されていた。モスクワ式のメッセージだ。未亡人となったばかりのライラ・ホスはその意味を読みとり、資産を売り払って母親とロンドンに引っ越した。ロンドンは気に入ったので、ずっとそこで暮らすつもりだった。金はうなるほどあったが、やることはたいしてなかった。

ライラ・ホスは言った。「若くして金持ちになったら親孝行をするものだと言われています。ポップスターや映画スターやスポーツ選手もよくそうしていますよね。それはウクライナ人の気質にもとても合っているのです。父はわたしが生まれる前に亡くなりました。わたしに残されているのは母だけです。だからもちろん、母の望みはなんでもかなえようとしました。家も、車も、休暇も、クルーズも。けれども、母はすべてことわった。母の望みは厚意だけだった。母はわたしに、旧知の男性を捜し出すのを手伝ってもらいたかったのです。波乱に満ちた長い人生が落ち着き、ようやく自分にとって何より大切なものに心を向ける余裕ができたという感じですね」

わたしは尋ねた。「その男性というのは？」

「ジョンという名のアメリカ人兵士です。それしかわかりませんでした。はじめのうちは、ただの知り合いだと母は言っていました。でも、一時期いた場所で、とても親切にしてもらったようなのです」

「どこで、いつ？」

「ベルリンです。八〇年代前半の短い期間に」

「漠然としているな」

「わたしが生まれる前の、一九八三年です。わたしも内心では、その男性を見つけ出すのは無理だろうと思いました。母も耄碌(もうろく)してしまったのだと。それでも、形だけ捜すくらいならぜひやりたかった。どうぞお気遣いなく、母はことばが通じませんから」

スヴェトラーナ・ホスはあいまいに微笑し、うなずいた。

わたしは尋ねた。「なぜお母さんはベルリンにいた？」

「赤軍の一員だったからです」娘は言った。

「何をしていた？」

「歩兵連隊に所属していました」

「身分は？」

「政治将校です。どの連隊にもひとりはいました。実際には何人もいたようですが」

わたしは尋ねた。「きみはどうやってそのアメリカ人を捜そうとした？」

「友人のジョンが海兵隊ではなく陸軍にいたことは母もはっきりと覚えていました。それが出発点になりました。ロンドンからアメリカの国防総省に電話をかけて相談したのです。いくつも説明を受けたあと、電話は人的資源コマンドに転送されました。そこには広報課がありますから。わたしが話した相手は、とても感銘を受けていました。心に響く話だと思ったのでしょう。ＰＲになると考えたのかもしれませんが、どうかしら。悪い話ばかりだったところへ、ようやくいい話が聞けたと思ったのかもしれませんね。調べてみると言ってくれました。わたし自身は、時間のむだだと思っていました。ジョンはごくありふれた名前ですから。それに、ほとんどのアメリカ人兵士はドイツ駐留の経験があり、ほとんどはベルリンを訪れているはずです。だから候補はとてつもない数にのぼると思った。事実、そのとおりだったようです。何週間か経って、スーザン・マークという事務員から電話がありました。わたしは不在で、メッセージが残されていました。スーザンは自分がこの仕事を任されたと告げたうえで、ジョンが Jonathan の短縮形なら、綴りは John ではなく、h のない Jon の可能性があると言いました。だからメモか何かに書き留めた名前を母が見ていないかと尋ねてきました。わたしは母から聞き出し、スーザンに折り返し電話をかけて、このジョンにはhがまちがいなくあると伝えました。スーザンとのやりとりはとても心地よく、それから何度も話をしました。わたしたちは友人に近い間柄になったと思います。電話だけでもそうなれるときがあるように。ペンパルと似ていますが、書くことではなく話すことでつながっているわけですね。スーザンは自分の話をたくさんしてくれました。とても孤独な人でしたから、わたしと話せて楽しかったのでしょう」

リーが訊いた。「それからどうなったの？」

「とうとうスーザンから報告がありました。一応の結論に達したと言っていました。ここニューヨークで会うことをわたしは提案しました。友情を結ぶためだったと言っていいでしょう。食事をして、ショーでも観るつもりでした。もちろん、スーザンの骨折りに感謝するために。けれども、スーザンは現れなかった」

わたしは尋ねた。「何時に会う約束だった？」

「十時ごろです。仕事が終わったら向かうとスーザンは言っていました」

「夕食やショーには遅すぎるな」

「スーザンは泊まるつもりでしたから。わたしが部屋を予約しておきました」

「きみはいつここに着いた？」

「三日前です」

「どうやって？」

「ロンドンからブリティッシュ・エアウェイズで」

わたしは言った。「きみは地元の人間を雇ったな」

ライラ・ホスはうなずいた。

わたしは訊いた。「いつ？」

「ここに来る直前に」

「なぜ？」

「それが当然だからです」ライラ・ホスは言った。「それに、役に立つときもあります」

「どこであの男たちを見つけた？」

「広告です。モスクワの新聞や、ロンドンで移住者向けに発行している新聞に出ていました。向こうにとっては儲かる商売になりますし、こちらにとっては偵察隊代わりになります。味方もなく外国に行ったら、無防備に見える。それは避けるべきです」

「あの男たちはきみが自分の手下を連れてきたと言っていたが」

ライラ・ホスは驚いた顔をした。

「わたしに手下なんていません。どうしてそんなことを言ったのかしら。理解できないわ」

「恐ろしげな男たちを連れてきたという話だったぞ」

一瞬、ライラ・ホスはとまどい、やや不快そうにした。が、何かに思い至ったという表情が顔に浮かぶ。分析は早いようだ。「あの人たちの策略だった可能性があります。スーザンが現れなかったので、捜しにいくようあの人たちに指示しました。お金を払っているのだから、少しは働いてもらおうと思ったのです。それに、母はこの件に大きな期待をかけていました。だからはるばるここまで来ておいて、最後の瞬間に失望したくはなかった。あの人たちにはボーナスを提示しました。アメリカでは金がものを言うと信じて育ちましたから。それであの人たちはあなたに作り話をしたのかもしれません。恐ろしげな手下が別にいるという話をでっちあげたのかもしれません。追加報酬をもらうために。あなたが話す気になるように」

わたしは何も言わなかった。

すると、別の表情がライラ・ホスの顔に浮かんだ。また何かに思い至ったらしい。

「わたしにあなたの言うような何人もの手下はいません。ただし、ひとりだけ雇っている人がいます。夫の昔の仲間だったレオニードという人物です。レオニードは新しい仕事に就けそうになかった。言いにくいのですが、あまり有能ではありませんから。それで雇いつづけました。いま、レオニードはペンシルヴェニア駅にいます。あなたを迎えるために。目撃者はワシントンDCへ行ったと警察から聞きました。行きも帰りもあなたは列車を使うだろうと思ったのですが。使わなかったのですか？」

わたしは言った。「いや、列車で戻った」

「それなら、レオニードは見逃したのでしょうね。あなたの写真を持っていたのに。わたしに電話をかけるよう、あなたに伝えるのが仕事でした。かわいそうに、まだ駅にいるにちがいないわ」

ライラ・ホスは立ちあがってサイドボードのほうへ行った。部屋に備えつけられた電話のほうへと。それでわたしはにわかに戦術的問題をかかえることになった。レオニードの携帯電話はわたしのポケットの中にあったからだ。

31

携帯電話の電源の切り方はわたしも一応は知っている。見たことだってあるし、一度ならず自分でやったことだってある。大半の機種では、赤いボタンを二秒間押しつづければいい。しかし、いま電話はポケットの中にある。開く余地はないし、手探りだけで赤いボタンを突き止められるとも思えない。全員からまる見えの状態で電話を出して電源を切るのはあまりにも怪しすぎる。

ライラ・ホスが外線用の九番を押し、電話をかける。

わたしはポケットに手を入れ、親指の爪を使って留め具を探りあてると、バッテリーをはずした。本体から離し、何かの拍子に端子が触れることのないよう、横向きにする。

ライラ・ホスは応答を待っていたが、やがてため息をついて電話を切った。

「困った人ね」ライラ・ホスは言った。「とても忠実なのですが」

わたしは頭の中でレオニードのその後を追った。警官と救急救命士が到着し、おそらくは有無を言わせずにセント・ヴィンセント病院の救急救命室へ搬送する。身分証はなく、もしかすると英語も話せない。心配され、問いただされ、引き留められるだろう。それからここへ戻ってくる。

どれくらい長く引き留められるかはわからない。

どれくらい早く戻ってくるかは予想もつかない。

わたしは言った。「地元の人間はジョン・サンソムの名を出していたが」

ライラ・ホスはふたたびため息をついてかぶりを振り、かすかに苛立ちを見せた。

「言うまでもなく、ここに来たときに状況を説明したのです。いきさつを伝えました。話の通じる人たちでした。母のご機嫌とりをしているだけで、徒労に終わると全員が考えていたはずです。正直に言うと、冗談にしていたくらいで。サンソムについての新聞記事を読んでいたひとりが、同年代のジョンというアメリカ人兵士がいるぞ、捜している相手はサンソムかもしれない、などと言いだしたのです。一日か二日ほど、それはキャッチフレーズのようになりました。内輪の冗談ですね。ジョン・サンソムに電話をかければ片がつくのに、とか言い合ったものです。もちろん、ただの冗談です。だって、そんな確率がどれほどあります？　百万分の一くらいでしょう。あの人たちも冗談扱いしていたのですが、なぜかだんだんと本気になってきました。サンソムは有名な政治家ですし、事実なら衝撃の展開だったからかもしれません」

「衝撃の展開？　お母さんはそのジョンという男と何をしたんだ？」

スヴェトラーナ・ホスはやりとりを理解できずに宙を見つめている。ライラ・ホスはふたたび腰をおろして言った。「母は詳しく話そうとしないのです。スパイ行為をおこなっていたのでないことは確かです。母は裏切り者ではありません。わたしがそう言うのは母をかばってのことではなく、冷静に現実を見てのことです。母はまだ生きています。それなら、疑われたことさえないはずです。そして、アメリカ人の友人も裏切り者ではありません。外国人の裏切り者と連絡をとるのはＫＧＢの役目であり、軍の役目ではありませんから。わたし自身は、恋愛がらみでもなかったと思っています。金銭面や政治面での、なんらかの個人的な助力があった可能性が高いということです。秘密裏におこなっていたのかもしれません。あのころはソヴィエト連邦にとって悪い時代でしたから。とはいえ、もしかしたら恋愛がらみだったのかもしれません。その男性はとても親切にしてくれたとしか母は言わないのです。手のうちを見せないようにしているらしくて」

「この場でもう一度訊いてみたらどうだ」

「ご想像どおり、これまでに何度も訊いています。それでも話そうとしないのです」

「しかし、サンソムは無関係だときみは思っているんだな？」

「ええ、そのとおりです。それは冗談がひとり歩きしたにすぎません。もちろん、百万分の一の確率が実現したのなら話は別ですが。でもそれは現実離れしているでしょう？　冗談を言ったらそれが事実だったなんて」

わたしは何も言わなかった。

ライラ・ホスは言った。「わたしからお尋ねしてもよろしいかしら。スーザン・マークは、母に渡すはずだった情報をあなたに渡したのですか？」

スヴェトラーナ・ホスがふたたび微笑してうなずいた。どうやら〝母〟という語はわかるらしい。名前を呼ばれたら尻尾を振る犬のようだ。わたしは言った。「スーザン・マークがわたしに情報を渡したと思う理由は？」

「あなたの口からそう聞いたと、ここで雇った人たちが報告してきたからです。スーザン・マークは、デジタルデータの保存されたメモリースティックをあなたに渡したと。あの人たちはそれを伝え、あなたの写真を送ると、この仕事から手を引きました。理由はわかりません。破格の報酬を払っていたのに」

わたしは椅子の上で身じろぎし、ポケットに手を突っこんだ。電池をはずした電話のさらに奥へ指を差し入れ、〈ラジオシャック〉で買ったメモリースティックを探りあてた。軟らかいピンク色のゴムのカバーが爪に触れる。メモリースティックを取り出して掲げ、細心の注意を払ってライラ・ホスの目を観察した。

鳥を見つめる猫さながらにメモリースティックを見つめている。

ライラ・ホスは訊いた。「これがそうなのですか？」

セリーサ・リーが椅子の上で身じろぎし、わたしに目をやった。まるで〝あなたが話すの？　それともわたしが話すの？〟と問うかのように。ライラ・ホスはその視線に気づいて尋ねた。「どうしました？」

わたしは言った。「あいにくだが、わたしにはこの件はまるでちがって見える。スーザン・マークは地下鉄の車内で怯えていた。窮地に立たされていた。夕食やショーを友人と楽しむために街へ向かっている人間には見えなかった」

ライラ・ホスは言った。「あらかじめおことわりしたように、その点については説明できかねます」

わたしはメモリースティックをポケットに戻して言った。「スーザンは一泊用のバッグも持っていなかった」

「それについても説明できかねます」

「さらには、スーザンは車を乗り捨てて地下鉄で向かった。それは変だ。スーザンのために部屋を予約するくらいなら、きみは入出庫サービス付きの駐車場の料金も自腹を切るつもりだったはずだ」

「自腹を切る？」

「金を払ってやるという意味だ」

「もちろん」

「さらには、スーザンは装塡済みの銃を所持していた」

「スーザンはヴァージニア州に住んでいました。そこではそれが義務だと聞きましたが」

「合法なだけだ」わたしは言った。「義務ではない」

「それについても説明できかねます。申しわけありませんが」

「さらには、スーザンの息子が行方不明になっている。最後に目撃されたのはバーを出るときで、きみと同年代で人相も近い女といっしょだった」

「行方不明？」

「消息を絶っている」

「わたしに人相が近い？」

「とびきりの上玉だ」

「それはどういう意味でしょう」

「若く美しい女のことだ」

「どこのバーです？」

「LAのどこかだ」

「ロサンゼルスですね？」

「カリフォルニアにある」

「わたしはロサンゼルスに行ったことはありません。これまでに一度も。訪れたことがあるのはニューヨークだけです」

わたしは何も言わなかった。

ライラ・ホスは言った。「考えてもみてください。わたしは三日前から観光ビザでニューヨークに滞在していて、民間のホテルの三部屋つづきのスイートに泊まっています。あなたの言う手下はいません。カリフォルニアに行ったこともありません」

わたしは何も言わなかった。

ライラ・ホスは言った。「容姿は主観に左右されるものです。それに、わたしと同年代の女性はわたしだけではありません。世界には六十億の人間がいます。もちろん、若者のほうが多い。半数は十五歳以下です。つまり、十六歳以上はまだ三十億人もいることになる。人口構成を考えれば、二十代半ばはその一二パーセントくらいでしょうか。それなら三億六千万人です。女性はおよそ半分。一億八千万人です。カリフォルニアのバーではその百人にひとりが美人だと見なされるにしても、わたしがスーザン・マークの息子となんらかの関係がある確率よりも、ジョン・サンソムが母の友人だった確率のほうが倍も高い」

わたしはうなずいた。数字のうえでは、まさにそのとおりだ。ライラ・ホスは言った。「とにかく、ピーターはその女性とどこかでいっしょに過ごしているのでしょう。ええ、名前は知っています。それどころか、ピーターのことはなんでも知っています。スーザンが話してくれましたから。電話で。わたしたちは悩みを相談し合いました。スーザンはピーターを嫌っていました。人となりをさげすんでいたのです。何もかもが気に入らなかったから。幼稚で浅はかな遊び人だから。父親を選び、自分を拒んだから。その理由をご存じですか？　ピーターは家柄にこだわったのです。スーザンは養子でした。ご存じでしたか？　ピーターは母親をただの婚外子だと見なしていたのです。そのために母親を憎みました。わたしはスーザンのことをだれよりもよく知っています。何度も語り合ったからです。スーザンは孤独で寂しい人だった。わたしはその友人だった。スーザンはここに来てわたしに会うのを心待ちにしていました」

そのころにはセリーサ・リーが帰りたそうにしている気配があったし、もちろんわたしもレオニードの若造が現れる前に立ち去りたかった。そこで、これ以上話すことはないし、問いただしたい事柄もないとでも言いたげにうなずき、肩をすくめた。ライラ・ホスは、スーザン・マークから受けとったメモリースティックを渡してくれないかと訊いてきた。わたしはイエスともノーとも答えなかった。いっさい答えなかった。われわれは黙ってひとりひとりともう一度握手を交わすと、部屋を出た。閉ざされたドアをあとにして、静まり返った廊下を歩く。エレベーターが軽やかな音とともに開き、われわれは鏡を張りめぐらしたその中に乗りこむと、視線を交わした。リーが言った。「さて、どう思った?」

「美人だと思った」わたしは言った。「いままで見た中で最も美しい女のひとりだ」

「それ以外で」

「実に美しい目だった」

「あの目以外で」

「ライラ・ホスも孤独なのだと思った。孤独で寂しい女だと。スーザンについて語っていたが、自分について語っていたとしてもおかしくない」

「ライラ・ホスの話はどう思った?」

「見た目がいいとそれだけで信用したくなるものなのか?」

「わたしはちがうわね。まあ、慣れることよ。三十年もすれば娘も母親とそっくりになっている。あなたはライラ・ホスの話を信じた?」

「きみは?」

リーはうなずいた。「信じた。こういう話の裏をとるのは朝飯前だから。嘘を証明できる機会をいくつも与えるのは愚か者だけ。たとえば、陸軍にはほんとうに広報担当の将校がいるの？」

「何百人もいる」

「それなら、ライラ・ホスが話した相手を見つけ出して訊いてみるだけでいい。ロンドンからかけたという電話も調べようと思えば調べられる。スコットランドヤードと協力することもできる。ぜひ協力したいところね。想像できる？　ドハーティに仕事の邪魔をされても、ちょっと黙っていて、いまスコットランドヤードと電話中なんだからって言い返せる。刑事ならだれでも憧れるわ」

「国家安全保障局が通話記録を保管しているはずだ」わたしは言った。「外国の番号から国防総省にかけてきたのだろう？　もうどこかの部署で情報分析がおこなわれている」

「ペンタゴンからスーザン・マークがかけた電話も調べられる。ライラが言うように何度も話していたのなら、簡単に見つかる。イギリスへの国際電話だから、たぶん注意を引いている」

「それならやってくれ。裏をとるんだ」

「やってみるけど」リーは言った。「ライラ・ホスはわたしにそれができることを知っているはず。頭はよさそうだし。ブリティッシュ・エアウェイズと国土安全保障省にあたれば出入国を調べられることも知っている。ロサンゼルスに飛んだかどうか突き止められることも。姉が養子だったかどうかはジェイコブ・マークに訊けばわかることも知っている。どれも造作なく確認できる。まともな神経の持ち主なら、こういうことで嘘はつかない。それに、分署を訪れてみずから名乗り出ている。パスポートも躊躇なく提示した。疑わしい行動のまるで逆ね。そういうのはかなりの好印象になる」

わたしはポケットから携帯電話を取りだし、バッテリーをはめ直した。電源ボタンを押すと、画面が明るくなった。不在着信が一件表示される。おそらくライラ・ホスが十分前にあの部屋からかけたものだ。リーが電話を見つめていたので言った。「レオニードの電話だ。本人から取りあげた」

「レオニードはあなたを見つけていたの？」

「わたしがレオニードを見つけたんだ。それでこのホテルまで足を延ばすことになった」

「いまレオニードはどこに？」

「セント・ヴィンセント病院から歩いて戻る途中だろうな」

「ニューヨーク市警の刑事にそんなことを話していいの？」

「レオニードは卒倒した。わたしが助けた。それだけだ。目撃者に訊いてみるといい」

「どちらにしろ、ライラが黙ってはいないわよ」

「ライラ・ホスはヴァージニア州では銃の所持が義務だと考えていた。きっとニューヨークでは強盗が義務だと考えている。プロパガンダを聞きながら育ったのだから」

われわれはエレベーターからロビーに出て、通りに面したドアへ向かった。リーが尋ねた。「でも、やましいところがいっさいないのなら、どうして連邦捜査官が首を突っこんでくるのかしら」

「ライラ・ホスの話がほんとうなら、冷戦期にアメリカ人兵士が赤軍の政治将校と会っていたことになる。連邦捜査官は念には念を入れて、やましいところがないのを確認したがっている。だからＨＲＣが返答するまでに何週間もかかった。方針を決定し、監視体制を整えるために」

われわれは覆面パトロールカーに乗りこんだ。リーは言った。「わたしに完全に同意しているわけではないんでしょう？」

わたしは言った。「ホス親子の取り組みにやましいところがないのなら、それはそれでかまわない。だが、やましいところが何かあるはずだ。まちがいなく。そしてそれとは別の何かのために、スーザン・マークはまったく同じ時間にまったく同じ場所にいたことになる。偶然にしてはできすぎだ」

「ほかには？」

「勝ち目が百万分の一しかないのに勝った例をきみはどれだけ知っている？」

「ひとつも知らない」

「わたしもだ。しかし、ここではそれが起こっていると思う。捜している相手がジョン・サンソムである確率は百万分の一だが、あの男はかかわりがあると思う」

「どうして？」

「本人と話したからだ」

「ワシントンＤＣで？」

「実は、ノースカロライナまで追いかける羽目になった」

「あなたもあきらめないわね」

「ジョン・サンソムにもそう言われたよ。あのとき、ライラ・ホスという名を聞いたことはあるかと尋ねたら、ないと答えていた。わたしは顔を観察していた。真実だと思ったが、嘘だとも思った。同時に。実際、そのとおりだったのかもしれない」

「というと？」

「ホスという名は聞いたことがあるが、ライラという名は聞いたことがないということだ。だから厳密に言えば、確かにライラ・ホスという名は聞いたことがない。しかし、もしかすると、スヴェトラーナ・ホスという名は聞いたことがある。よく知っていた名かもしれない」

「それにどんな意味があるの？」

「われわれが考えている以上の意味があるかもしれない。ライラ・ホスが真実を語っているのなら、突拍子もない推理ができるからだ。なぜスーザン・マークはこういう件でわざわざ骨を折った？」

「同情したから」

「なぜことさら同情する？」

「わからない」

「自分が養子だったからだ。婚外子だったスーザンは、ときどきほんとうの家族のことを考えていただろう。そのため、同じ状況に置かれた他人に同情した。それがライラ・ホスだったのかもしれない。自分が生まれる前、ある男が母にとても親切にしてくれただって？　そういう言いまわしはいろいろな解釈ができる」

「たとえば？」

「最も無難なのは、その男は冬に暖かいコートを貸してくれただけというものだ」

「最も不穏なのは？」

「ジョン・サンソムはライラ・ホスの父親かもしれない」

32

リーとわたしは分署にまっすぐ戻った。ジェイコブ・マークはドハーティとのやりとりを終えていた。それは明らかだ。そして何かが変わっている。それも明らかだ。ふたりはドハーティの机の前後に向かい合ってすわっている。もう話してはいない。ジェイクの顔が明るい。ドハーティは一時間をむだにしたかのように、忍耐の表情を顔に浮かべている。腹を立ててはいないようだ。警官は時間をむだにするのに慣れている。統計的に言って、大半の仕事は徒労に終わる。リーとわたしが歩み寄ると、ジェイクが言った。「ピーターからコーチに電話があった」

わたしは尋ねた。「いつ？」

「二時間前だ。コーチが父親のモリーナに連絡し、モリーナがおれに連絡してきた」

「いまピーターはどこにいる？」

「そこまでは言わなかったようだ。メッセージを残す形になってしまったから。夕食の際、コーチは電話にけっして出ないらしい。家族団欒の時間だから」

「だが、ピーターは無事なんだな？」

「しばらく戻らないと言っていたそうだ。もしかしたら二度と戻らないと。フットボールをやめようかと考えているらしい。後ろで若い女が忍び笑いをしていた」

ドハーティが言った。「よほどいい女らしい」

わたしはジェイクに訊いた。「きみは納得しているのか？」

ジェイクは言った。「まさか。だが、ピーターの人生だ。それに、いずれ考え直してくれるだろう。唯一の問題は、それがいつになるかだ」

「そういう意味じゃない。きみはそのメッセージが本物だと納得しているのか？」

「コーチはピーターの声を知っている。たぶんおれよりもよく」

「だれか折り返し連絡を試みたのか？」

「みんなやってみた。でも、電話の電源がまた切られていて」

セリーサ・リーが言った。「それなら、一件落着ということ？」

「そう思う」

「気は晴れた？」

「安心した」

「別の件で質問してもかまわないかしら」

「もちろん」

「お姉さんは養子だったの？」

ジェイクは口をつぐんだ。頭を切り替え、うなずく。「おれたちはふたりとも養子として引きとられた。赤ん坊のころに。三年のあいだを置いて、別々に。スーザンが先だ」そして尋ねた。「なぜ？」

リーは言った。「新しい情報を得たから、裏づけをしているのよ」

「新しい情報というと？」

「スーザンは友人と会うためにここに来たらしいの」

「友人？」

「ライラ・ホスというウクライナ人女性よ」

ジェイクはわたしを一瞥した。「その件はもう話したはずだ。スーザンからそんな名前を聞いたことはない」

リーは尋ねた。「お姉さんとはそういう話をする仲だったの？　親しくしていたの？　かなり最近にできた友人らしいんだけど」

「おれたちはあまり親しくしていなかった」

「最後に話したのはいつ？」

「二、三ヵ月前だと思う」

「つまりお姉さんの最新の交友関係に通じていたわけではないのね」

ジェイクは言った。「そう思う」

リーは尋ねた。「スーザンが養子だと知っていた人はどれくらいいるの？」

「自分から言いふらしはしなかったと思う。でも、秘密にしていたわけでもなかった」

「新しい友人がその事実を知るまでどれくらいかかる？」

「すぐに知るだろうな。友達はそういうことを話すものだし」

「スーザンと息子の関係はどうだった？」

「それはどういう質問なんだ」

「重要な質問よ」

ジェイクは躊躇した。その問題から文字どおり逃れるかのように、口を閉ざして顔を背けている。繰り出された一撃にひるんだかのように。内輪の恥をさらすのがいやなのかもしれない。その場合、身ぶりが答をすべて物語っている。しかし、セリーサ・リーは確実な答を求めた。「話して、ジェイク。警官同士なんだから。知っておく必要があるの」

ジェイクはしばらく黙っていた。が、肩をすくめて言った。「愛憎相半ばする関係だったと言えるかもしれない」

「具体的には？」

「スーザンはピーターを愛し、ピーターはスーザンを憎んでいた」

「どうして？」

さらなる躊躇。ふたたび肩をすくめる。「複雑なんだよ」

「どういうふうに？」

「たいていの子供と同じで、ピーターにもむずかしい年ごろがあった。女の子が行方知れずのお姫様になりたがったり、男の子が提督や将軍や有名な探検家の祖父を持ちたがるのと同じだ。だれにだって別の何かになりたがる時期がある。要するに、ピーターはラルフローレンのCMの世界で生きたかった。ピーター・モリーナ四世になりたかった。少なくとも三世に。ケネバンクポートに屋敷(やしき)を持っている父親がほしかったし、古い名家の血を引く母親がほしかった。スーザンはそれをうまく受け入れられなかった。麻薬に溺れていたボルチモアの十代の娼婦の娘として生まれ、その事実を隠そうともしなかった。正直がいちばんだと思っていた。ピーターのほうもそれを受け入れられなかった。親子のあいだの溝は埋められず、スーザンが離婚するとピーターは父親を選び、ふたりはそれを乗り越えられなかった」

「あなたはどう思っていた？」

「おれはどちらの立場も理解できた。自分は実の母のことを尋ねなかった。知りたくなかった。だが、母がダイヤモンドで飾り立てた老貴婦人だったらいいのにと思った時期はある。おれはそれを乗り越えた。だが、ピーターは乗り越えられなかった。もちろん、愚かなことだが、同情はできる」

「スーザンはピーターを息子として愛していなくても、人としては好きだったのでは？」

ジェイクは首を横に振った。「いや。それでよけいに始末が悪かった。スーザンはスポーツ選手や学校のロゴ入りのジャケットといったものにまったく共感を持っていなかった。学生時代にそのたぐいの人たちのせいでいやな経験をしたんだと思う。息子がその仲間入りすることを望んでいなかった。しかし、ピーターにとってはそういったものは大事だった。はじめはそれ自体で、のちには母親に対する武器として。家庭が崩壊していたのはまちがいない」

「その話を知っている人は？」

「友人なら知っているかと訊きたいのか？」

リーはうなずいた。

ジェイクは言った。「親しい友人なら知っているかもしれない」

「最近知り合ったばかりの親しい友人でも？」

「期間は関係ないさ。信頼の問題だろう？」

わたしは言った。「スーザンに悩み事はなかったときみは言っていたが」

ジェイクは言った。「悩み事はなかった。筋が通らないように聞こえるだろうな。しかし、養子になった人たちは家族についての考え方がちがう。期待するものがちがう。ほんとうだ、おれにはわかる。スーザンは折り合いをつけていた。それが人生の現実だったというだけだ」

「スーザンは孤独だったか？」

「そのはずだ」

「寂しく感じていたか？」

「そのはずだ」

「電話で話すのが好きだったか？」

「たいていの女は好きだ」

リーが訊いた。「あなたはお子さんはいるの？」

ジェイクはまた首を横に振った。

「いや」と答える。「子供はいない。結婚もしていない。姉の経験を教訓にするつもりだったんだが」

リーは少し黙ってから言った。「ありがとう、ジェイク。ピーターが無事でよかった。それから、いやな話をさせてしまってごめんなさい」リーはその場を離れると、ついてきたわたしに言った。「ほかのことも裏をとるけど、こういう件の問い合わせ先はいつだって動きが鈍いから、時間がかかる。でも、いまのところは、ライラ・ホスに不審な点はないと思う。これまで二打数二安打、つまり養子の件でも母と息子の件でも事実を言っている。本物の友人でないと知らないことを知っている」

　わたしは同意してうなずいた。「ほかのことにも興味が湧いてきたのでは？　スーザンがひどく怯えていた理由とかに」

「ニューヨーク市の東西はパーク・アヴェニューから九番アヴェニューまで、南北は三十番ストリートから四十五番ストリートまでの範囲で犯罪がおこなわれたという実際の証拠がないかぎりは、興味は湧かないわね」

「それがこの分署の管轄区域か？」

リーはうなずいた。「その外はすべてボランティア活動になる」

「サンソムには興味が湧いてきたのでは？」

「まったく湧かない。あなたは？」

「本人に伝えておいたほうがいいかもしれないな」

「何を？　百万分の一の確率を？」

「実際の確率は百万分の一よりずっと高い。アメリカにはジョンという名の男が五百万人いる。これより多いのはジェームズだけで、ジョンは三十人にひとりの割合になる。したがって、一九八三年にはアメリカ陸軍におよそ三万三千人のジョンがいたと推測できる。軍の人口構成を考えれば、その一〇パーセント程度は除外できるから、確率は三万分の一ほどだ」

「それでもまだとても低い」

「とにかくサンソムには知らせておくべきだと思う」

「どうして？」

「将校仲間のよしみだとでも思えばいい。わたしがワシントンＤＣへ行ってもかまわない」

「その必要はないわね。あなたが行くまでもない。向こうからここに来る。あすの昼ごろ、〈シェラトン〉で資金集めの昼食会があるのよ。ウォール・ストリートの大物たちを招いての。場所は七番アヴェニューと五十二番ストリートの角。業務連絡が来ていた」

「なぜ？　グリーンズボロではたいして警護されていなかったぞ」

「ここでもたいして警護されない。実を言うと、まったく警護されない。それでも、あらゆることで業務連絡が来るのよ。いまはそうなっている。それが新しいニューヨーク市警というわけ」そう言ってリーは立ち去り、わたしは人けのない大部屋にひとり残された。若干の不安もわたしの心に残された。ライラ・ホスはほんとうに清廉潔白なのかもしれないが、サンソムはこの街に来るだけで罠に飛びこむことになるという思いを拭いきれなかった。

33

ニューヨークでひと晩五ドル払えば熟睡できたのは遠い昔のことだが、いまでもやり方さえ知っていれば五十ドルでそれができる。秘訣は遅い時間に試みることだ。わたしは前に泊まったことのあるマディソン・スクエア・ガーデン近くのホテルへ歩いて向かった。大きなホテルで、かつては立派だったのに、いまは色褪せた古い建物にすぎず、修繕か解体待ちになって久しいが、まだどちらも実行されていない。真夜中を過ぎると、接客の従業員は、フロント業務を含めてひとりで何もかも受け持つ夜間ポーターだけになる。わたしはそのポーターに歩み寄り、部屋はあるかと尋ねた。ポーターはわざとらしくキーボードを叩いて画面を見てから、ええ、部屋はございますと答えた。宿泊料は百八十五ドルで、そこに税金がかかります。決める前に部屋を見られるかと尋ねた。こういうホテルでそうした申し出をするのは理にかなっている。賢明でもある。必須と言ってもいい。ポーターはフロントデスクの向こうから出てくると、わたしを連れてエレベーターに乗り、廊下を歩いた。そして螺旋状のビニールのコードでベルトに取りつけられたカードキーでドアをあけ、一歩さがってわたしを中に通した。

部屋は申しぶんない。ベッドとバスルームがある。必要なものはそろっていて、不要なものは何もない。わたしはポケットから二十ドル札を二枚出して言った。「下でわざわざチェックインの手続きをするまでもないと思うが」

ポーターは何も言わない。この段階では何も言わないのがふつうだ。わたしはもう十ドル出して言った。「あすのルームメイドのぶんだ」

ポーターは困ったように身じろぎしたが、結局は手を差し出して金を受けとった。「八時には出ていってくださいよ」と言って離れ、外からドアを閉める。管理コンピュータには、あのカードキーでこの部屋を解錠した記録が時刻付きで残るだろうが、設備を見せても客は心を引かれずにすぐに立ち去ったとポーターは弁明すればいい。おそらくあのポーターはしょっちゅうそんなふうに弁明している。今週、ひそかに人を泊めたのはわたしで四度目くらいか。もしかすると五度目か六度目かもしれない。都会のホテルでは、日勤の従業員が帰ったあとにいろいろなことが起こる。

わたしは熟睡して爽快な目覚めを迎え、八時五分前にホテルを出た。ペンシルヴェニア駅を出入りする人混みに揉まれながら進み、三十三番ストリートの店の奥まったボックス席で朝食をとった。コーヒー、卵、ベーコン、パンケーキ、コーヒーのお代わりで締めて六ドル、それに税金とチップ。ノースカロライナよりは高いが、少しだけだ。レオニードの携帯電話のバッテリーは残量がまだ半分ある。暗いバーと明るいバーが半々のアイコンが表示されている。何本か電話をかけるくらいの電池はありそうだ。六〇〇と押し、つづいて八二二一九と押そうとしたが、途中で受話口がサイレンと木琴のあいだくらいの高さの小刻みな三連音を鳴らしはじめた。自動音声に切り替わり、おかけになった電話はおつなぎできませんと告げる。番号をご確認のうえもう一度おかけください。アメリカの国内電話ではまず一を押すから、一‐六〇〇と試してみたが、結果はまったく同じだった。国際電話識別番号の〇一一、ついで北アメリカの国番号の一、それから六〇〇を押してみた。まわりくどいかけ方だが、結果は変わらない。電話がまだロンドンにある設定になっているかもしれないと思い、国際電話識別番号を〇〇一にしてみた。空振りだ。電話が一年前にモスクワから持ちこまれた可能性を考え、東ヨーロッパからアメリカに国際電話をかけるときの八＊一〇一も試した。やはり空振りだ。ダイヤルボタンの並びを見つめ、Ｄの代わりに三を使ってみようと思ったが、そこまでたどり着くずっと前に警告音が鳴るだけだった。

　ということは、六〇〇‐八二二一九‐Ｄは電話番号ではない。カナダの番号でも、ほかのどこかの番号でもない。ＦＢＩはそれを知っていたにちがいない。一分くらいならその可能性を考慮したかもしれないが、すぐに除外しただろう。ＦＢＩにはいろいろな面があるが、愚かな面はない。つまり、三十五番ストリートで会ったあのとき、ＦＢＩ捜査官たちはほんとうに尋ねたいことをわたしに気どられないようにしていたことになる。

ほかに何を尋ねてきただろうか。

あの男たちは、わたしがどれだけ関心を持っているか探り、スーザンは何か渡したかと重ねて尋ねたうえで、わたしが街を離れるつもりでいることを確認していた。わたしが詮索せず、手ぶらで去ることを期待していたということだ。

なぜか。

見当もつかない。

そして、電話番号でないのなら、六〇〇－八二二一九－Ｄとはいったいなんなのか。

わたしはコーヒーの残りをゆっくりと飲みながらもう十分間すわりつづけ、何を見るでもなく目を見開き、意識の底からひそかに答に近づこうとした。スーザン・マークが地下鉄からひそかに近づくつもりだったように。番号を思い浮かべ、ほぐし、分け、つなぎ、別の組み合わせやスペースやハイフンやまとまりを試した。

六〇〇の部分にかすかな心当たりがある。

スーザン・マーク。

六〇〇。

しかし、その正体はつかめない。

コーヒーを飲み干し、レオニードの携帯電話をポケットに戻すと、北の〈シェラトン〉へ向かった。


ホテルのロビーにはプラズマディスプレイを取りつけた巨大なガラスの柱があり、その日の催し事を一覧にしていた。大ボールルームはFTという団体が昼食で予約している。公平な税制(フェア・タックス)か自由貿易(フリー・トレード)、いやもしかしたら《フィナンシャル・タイムズ》の略かもしれない。さらなる影響力を金で買おうとしているウォール・ストリートの金持ちたちが使いそうな隠れ蓑(かくれみの)だ。昼食会は正午開始とある。サンソムは十一時までに来ようとするはずだ。どこかで静かに準備するための時間が必要だろう。本人にとってこれは重要な会になる。集まるのは支持者であり、大金を出せる。だから最低でも六十分間の余裕を持って着きたい。つまりわたしはあと二時間は潰さなければならない。そこでブロードウェイへ行き、二ブロック北に衣料品店を見つけた。新しいシャツが要る。いま着ているシャツは気に入らない。敗北の象徴だからだ。〝そんな恰好で来ないように。門前払いされるわよ〟。エルスペス・サンソムと再会するのなら、まんまとだまされたしるしを着ていたくはない。

薄手、カーキ色、ポプリン製の安物を選び、十一ドル払った。安いのもうなずける。ポケットはないし、袖は前腕の半ばまでしかない。袖口を折り返すと肘にあたる。だが、まずまず気に入った。この服で充分だ。それに、少なくとも自分の意思で買った。

十時半には〈シェラトン〉のロビーに戻った。椅子にすわったわたしのまわりを、人々が行き交っている。スーツケースを携えて。半数は外へ出ていき、車を待っている。半数は中にはいってきて、部屋を待っている。

十時四十分には六〇〇‐八二二一九‐Dの意味を解き明かした。

34

椅子から腰をあげ、文字が刻まれた真鍮の案内板をたどって〈シェラトン〉のビジネスセンターへ行った。中にははいれない。ルームキーが要る。三分ほどドアの前をぶらついているうちに、男が現れた。スーツ姿で、気がせいている様子だ。わたしは大げさな身ぶりでズボンのポケットをくまなく探ったのち、詫(わ)びながら脇にどいた。男はわたしを押しのけて自分のルームキーを使い、ドアをあけた。わたしはそのあとから中にはいった。

室内にはまったく同じ作業スペースが四つあった。それぞれが机、椅子、コンピュータ、プリンターを備えている。わたしは男から離れた席に腰をおろし、キーボードのスペースキーを叩いてスクリーンセーバーを解除した。ここまでは順調だ。画面のアイコンに目を走らせたが、どれがどれなのかいまひとつわからない。だが、ためらうか考えこむかのようにマウスのポインターをアイコンに重ねると、横にポップアップが表示されるのに気づいた。その方法でインターネットエクスプローラーのアプリケーションを突き止め、アイコンをダブルクリックした。ハードディスクがカリカリと音を立て、ブラウザが起動する。この前コンピュータを使ったときよりもずっと速い。テクノロジーはまさしく日進月歩なのだろう。ホームページにグーグルへのショートカットがある。それをクリックすると、グーグルの検索ページが表示された。やはりとても速い。ダイアログボックスに〝陸軍規則〟と入力し、エンターキーを押す。即座に画面が更新され、選択肢が何ページも表示された。

それから五分間、クリックし、スクロールし、読みつづけた。

十一時十分前にロビーに戻った。先ほどの椅子は使われている。歩道に出て、日向に立った。サンソムはタウンカーで来て、正面玄関からはいるはずだ。ロックスターでも大統領でもないのだから。厨房（ちゅうぼう）や搬入口からはいるとは思えない。サンソムにとっては露出が肝心だ。人目を避けてはいらなければならないほどの人物にはまだなれていない。

きょうも暑い。だが、街路は清潔だ。悪臭は漂っていない。南の角に警官がふたり、北の角にもふたりいる。ミッドタウンにおけるニューヨーク市警の通常配置だ。犯罪を未然に防ぐことと、安心感を与えることを目的としている。とはいえ、危険が潜む範囲の広さを考えれば、必ずしも有効ではない。わたしの横では、出発するホテルの客たちがタクシーに乗りこんでいる。街は絶え間なく活動している。七番アヴェニューを車が流れ、信号で止まり、また流れていく。交差点からも流れこみ、止まり、進む。角に集まった歩行者が道を渡る。クラクションが鳴り、トラックが轟音を立て、高所のガラスに反射した陽光が照りつけている。

サンソムは十一時五分にタウンカーで現れた。地元のナンバープレートだから、行程の大半は列車を使ったのだろう。最初から最後まで車を使ったり、飛行機に乗ったりするよりも不便なはずだが、二酸化炭素の排出量は少ない。選挙運動では細かいところがすべて重要になってくる。〝政治の世界は地雷だらけだ〟。車が停止する前に助手席からスプリングフィールドがおり、つづいて後部座席からサンソムとその妻がおりた。出迎えがいたら感謝し、いなくても失望を表さないつもりで、少しのあいだ歩道に立っている。そしてまわりの人たちに視線を走らせ、わたしの顔を見てとると、サンソムはやや怪訝そうに、妻はやや不安そうになった。こちらに向かってきたスプリングフィールドを、エルスペスが小さく手を振ってさがらせる。わたしに関する被害対策担当をもって自任しているらしい。エルスペスは旧友のようにわたしと握手を交わした。シャツについては何も言わない。その代わり、身を寄せて「わたしたちと話す必要があるの？」と訊いてきた。

政治家の妻として申しぶんのない尋ね方だ。〝必要〟ということばにあらゆる意味をこめている。そこを強調することで、わたしに敵対者の役も協力者の役も割り振っている。言っているのはこういうことだ。〝わたしたちにとって不都合な情報をあなたが握っていることは知っているし、そのことはいまいましいけれども、情報を公にする前にまずわたしたちと話し合ってくれるのなら、心から感謝する〟。

短い一語で、長い文を伝えているに等しい。

わたしは言った。「ああ、話す必要がある」

スプリングフィールドは顔をしかめたが、エルスペスはまるで十万票の投票を約束されたかのように微笑み、わたしの腕をとって中へ導いた。ホテルの従業員はサンソムがどういう人物か知らないか、どういう人物でもかまわないようだったが、高額のボールルーム使用料を払う団体の前で演説をすることは確かなので、大げさに歓呼してからプライベートラウンジへ案内し、生ぬるい炭酸水のボトルや薄いコーヒーのポットを慌ただしく用意した。エルスペスがその応対をする。スプリングフィールドは口をつぐんだままだ。サンソムはワシントンDCに残った第一秘書と携帯電話で話している。ふたりは経済政策について四分話し、さらに午後の予定について二分話した。文脈からして、サンソムが昼食を終えたら事務室にとんぼ返りし、午後も働き詰めになることは明らかだ。ニューヨークのこの催しは一撃離脱の作戦と変わらない。

引ったくりのようなものだ。

　ホテルの従業員が仕事を終えて出ていき、サンソムが電話を切ると、室内は静まり返った。冷気がエアコンの吹き出し口から送りこまれ、寒いくらいに室温をさげている。われわれはしばらく黙ったまま水やコーヒーを飲んだ。話の口火を切ったのはエルスペス・サンソムだ。「行方不明の青年の件で新しい情報はあったの？」

　わたしは言った。「少しは。フットボールの練習に来なかったが、それはめったにないことらしい」

「南カリフォルニア大学の選手なのに？」サンソムが言った。記憶力はいいようだ。南カリフォルニア大学のことは話の流れで一度触れただけなのに。「確かに、それはめったにないことだ」

「だが、そのあとコーチに電話をかけてメッセージを残した」

「いつ？」

「昨夜だ。西海岸の夕食どきに」

「それで？」

「女といっしょのようだ」

　エルスペスが言った。「それなら安心ね」

「実際に話ができればもっと安心できたんだが。それか、顔を合わせられれば」

「メッセージだけでは納得できないの？」

「疑り深いたちでね」

「それで、何について話す必要があるのかしら」

わたしはサンソムに顔を向けて尋ねた。「一九八三年にはどこにいた？」

サンソムはごくわずかに間を置き、その目の奥で何かがちらついた。動揺ではない、と思った。驚愕でもない。あきらめかもしれない。「一九八三年には大尉だった」

「そんなことは訊いていない。どこにいたかと訊いたんだ」

「それは話せない」

「ベルリンにいたのか？」

「それは話せない」

「後ろめたい過去はないとあんたは言った。まだそう言い張る気か？」

「後ろめたい過去はまったくない」

「あんたにも奥さんの知らない部分があるのでは？」

「たくさんある。だが、何か悪意があるわけではない」

「確かか？」

「まちがいない」

「ライラ・ホスという名を聞いたことはあるか？」

「ないと言ったはずだ」

「スヴェトラーナ・ホスという名を聞いたことは？」

「一度もない」サンソムは言った。わたしはその顔を観察していた。落ち着き払っている。やや不快そうだが、それを除けば、なんの表情も現れていない。

わたしは尋ねた。「今週より前にスーザン・マークのことを知っていたか？」

「知らなかったと言ったはずだ」

「一九八三年に勲章を受章したか？」

サンソムは答えない。室内がふたたび静まり返る。そのとき、わたしのポケットの中でレオニードの携帯電話が鳴った。振動が伝わり、けたたましい電子音が響く。わたしは電話を引っ張り出し、前面の小さな液晶画面を眺めた。発信者番号は二一二ではじまっている。着信履歴に残されていた番号と同じだ。〈フォーシーズンズホテル〉。ライラ・ホスだろう。レオニードはまだ消息不明なのだろうか。それとも、もうホテルに戻っていて、いきさつを聞いたライラがわたし宛に電話をかけてきたのだろうか。

呼び出し音がやむまででたらめにボタンを押し、電話をポケットに戻した。サンソムを見て言う。「すまない」

謝るまでもないとでも言いたげに、サンソムは肩をすくめた。

わたしは尋ねた。「一九八三年に勲章を受章したか？」

サンソムは言った。「なぜそれが重要なのだね？」

「六〇〇‐八‐二二が何かわかるか？」

「おそらく陸軍規則だろう。一言一句は知らないが」

わたしは言った。「デルタフォースの作戦に関して、ＨＲＣが重要な情報を握っていると期待するのは愚か者だけだというのがわれわれの前提だった。その判断はおおむね正しかったと思う。だが、少しまちがってもいた。頭の切れる人物が、水平思考を少し働かせれば、同じように期待したとしてもおかしくない」

「どういう意味だ」

「デルタフォースの作戦が実行されたことは確認できているとしてみよう。それが成功したことも確認できているとする」

「だとしたら情報は必要あるまい。もう知っているのだから」

「作戦を指揮した将校がだれかを突き止めたかったら？」

「ＨＲＣからは知りえない。絶対に不可能だ。命令や展開記録や戦闘詳報は機密指定され、フォート・ブラッグで厳重に保管される」

「しかし、作戦を成功に導いた将校はどうなる？」

「わからないな」

「勲章を受章する」わたしは言った。「作戦が大きいほど勲章も大きくなる。そして陸軍規則六〇〇－八－二二の第一章第九項のDは、あらゆる叙勲の推薦と最終決定について、人的資源コマンドが歴史資料として正確な記録を残すよう定めている」

「確かにそうかもしれない」サンソムは言った。「しかし、デルタフォースの任務なら、詳細はすべて削除される。表彰文は編集され、場所も編集され、功績となった行動は説明されない」

わたしはうなずいた。「記録に残されるのは名前、日時、勲章だけだ。ほかは残されない」

「そのとおり」

「水平思考ができる頭の切れる人物にはそれだけで事足りる。勲章は任務が成功したことを証し、表彰文がないことはそれが秘密任務だったことを証している。どの月でもいいが、一九八三年の前半だったとしてみよう。勲章はいくつ授与された？」

「何千も。善行章だけでも数えきれないほど授与されている」

「銀星章は？」

「そこまで多くはない」

「授与されたとしてもわずかだ」わたしは言った。「一九八三年の前半にたいしたことは起こっていないからな。殊勲章はいくつ授与された？　殊勲十字章は？　一九八三年の前半にはほとんど授与されなかったはずだ」

エルスペス・サンソムが椅子の上で身じろぎし、わたしを見て言った。「話についていけないのだけれど」

わたしはエルスペスに顔を向けたが、サンソムが片手をあげてさえぎった。わたしに代わって答えるつもりらしい。ふたりのあいだに秘密はない。警戒心も。「一種の裏口だ。直接の情報はどうやっても手にはいらないが、間接の情報には手が届く。デルタフォースの任務が実行されて成功したこと、そしてそれがいつかさえわかっていれば、その月に明確な理由のないまま最高位の勲章をもらった者が指揮していたと推測できる。戦時なら高位の勲章もありふれているから、この方法は使えない。だがほかに何も起こっていない平時なら、高位の勲章はひどく目立つ」

「一九八三年にはグレナダ侵攻があった」エルスペスは言った。「デルタフォースも派遣されている」

「それは十月のことだ」サンソムは言った。「そのせいであの年の十月以降はざわついた。しかし、はじめの九ヵ月間は静かなものだった」

エルスペス・サンソムは目をそらした。一九八三年のはじめの九ヵ月間に夫が何をしていたか、知らないのだろう。知りたくもないのかもしれない。「それで、だれが探っているの？」

わたしは言った。「スヴェトラーナ・ホスという名の無愛想な老女だ。赤軍の政治将校だったと本人は言っている。詳しいことは語らないが、一九八三年のベルリンで、ジョンという名のアメリカ人兵士と知り合ったらしい。とても親切にしてもらったそうだ。スーザン・マークを通じてその件を調べるという方法が理にかなっている場合はひとつしかない。すなわち、なんらかの任務が関係していて、ジョンという男がその指揮を執り、功績により叙勲されたかを調べる場合だけだ。FBIはスーザンの車の中でメモを見つけた。何者かが陸軍規則の該当箇所を伝え、どこに注目すべきかを具体的に教えたということだ」

エルスペスは無意識のうちにサンソムに目をやった。けっして答は得られないとわかっている疑問を顔に浮かべている——一九八三年のベルリンで何かをして勲章をもらったの？　サンソムは返事をしない。そこでわたしは単刀直入に尋ねてみた。「一九八三年のベルリンで、何かの任務に就いていたのか？」

サンソムは言った。「話せないのはわかっているだろうに」堪忍袋の緒が切れた様子でつづける。「きみは頭が切れるようだ。考えてみたまえ。一九八三年のベルリンでデルタフォースがどんな作戦を実行していたと思う？」

わたしは言った。「さあな。あんたたちがわたしのような輩（やから）に尻尾をつかませまいと必死だったのは覚えているが。どのみち、そこにさほど興味はない。わたしはあんたの役に立ちたくてここに来た。それだけだ。将校同士のよしみで。なぜなら、何かがいまになって災いをもたらそうとしていると思ったからだし、あんたは警告に感謝すると思ったからだ」

サンソムはすみやかに落ち着きを取り戻した。何度か息を吸ってては吐いてから言う。「警告には感謝する。それから、わたしが何かを否定したくてもできないことはわかってもらえると思う。理詰めで考えれば、何かを否定することは別の何かを肯定することと同じだからだ。ベルリンにはいなかった、ほかの場所にもいなかったとわたしが否定すれば、候補を絞りこめるから、最終的にはわたしがどこにいたかを突き止められる。とはいえ、われわれはこの件では味方同士のようだから、わたしも少しは危険を冒そう。よく聞きたまえ。一九八三年のいかなる時点においてもわたしはベルリンにいなかった。一九八三年にいかなるロシア人女性にも会っていない。その一年のあいだ、だれかにとても親切にしたとも思わない。軍にはジョンという名の男がたくさんいた。ベルリンは人気の観光地だった。きみが話をした人物が捜しているのは別人だ。それだけのことだ」

サンソムのささやかな演説がしばらく宙を漂った。われわれはみな、飲み物を口に運びながら黙ってすわっていた。やがてエルスペス・サンソムが腕時計に目をやり、その動作を見てとった夫が言った。「そろそろお引きとり願おう。これからとても大事な献金の依頼がある。スプリングフィールドが外まで送る」奇妙な申し出だと思った。ここは公共のホテルだ。サンソムの家でもわたしの家でもない。ひとりで出ていけるし、その権利もある。スプーンをくすねるつもりはないし、もしくすねたとしてもそれはサンソムのスプーンではない。だが、そこで気づいた。サンソムはスプリングフィールドとわたしに、どこか人けのない廊下での静かなひとときをお膳立てしようとしている。おそらくはさらに話し合ったり、メッセージを伝えたりさせるために。わたしは立ちあがり、ドアへ向かった。握手も挨拶もしなかった。そういうたぐいの別れではないと感じたからだ。

スプリングフィールドはロビーまでついてきた。何も話さない。何か考えをめぐらしているように見える。わたしが足を止めて待っていると、スプリングフィールドが追いついて言った。「この件からは手を引いたほうがいい」

わたしは尋ねた。「サンソムはベルリンにいなかったのに、なぜ？」

「ベルリンにいなかったことを確かめるためには、ほかのどこにいたかを訊いてまわることになるからだ。それは知らないほうがいい」

わたしはうなずいた。「あんた自身にもかかわることだからだな？　あんたはサンソムとそこにいた。どこにでも付きしたがっていた」

スプリングフィールドはうなずき返した。「とにかくほうっておけ。岩をひとつ残らずひっくり返すようにして調べ尽くしたいのだろうが、まちがった岩をひっくり返せばあとがないぞ」

「なぜ？」

「そんなことをすれば消されるからだ。あんたは存在しなくなる。物理的にも、社会的にも消え失せる。知ってのとおり、いまではそういうことが起こりうる。世界は変わったんだ。おれもあんたを消す手伝いをしたいところだが、そんな機会はとうてい得られないだろうな。ほかの連中に先を越されるからだ。おれは列のずっと後ろに並ぶことになり、順番がまわってくるころには、とっくにあんたの出生証明書まで白紙になっている」

「ほかの連中とは？」

スプリングフィールドは答えない。

「政府か？」

スプリングフィールドは答えない。

「あの連邦捜査官たちか？」

スプリングフィールドは答えない。黙って背を向け、エレベーターへ戻っていく。

わたしは七番アヴェニューの歩道に出たが、そのときポケットの中でレオニードの携帯電話がふたたび鳴りはじめた。

35

七番アヴェニューの往来に背を向けて立ち、レオニードの電話に出た。ライラ・ホスの声が柔らかく耳に響く。正確な語法、古風な言いまわし。「リーチャー？」

わたしは言った。「そうだ」

ライラ・ホスは言った。「至急お目にかかりたいのです」

「なんの件で？」

「母の身に危険が迫っているかもしれません。もしかするとわたしの身にも」

「何があった？」

「三人の男たちが下でフロント係にあれこれと尋ねていたらしいのです。わたしたちが外出しているあいだに。この部屋も調べられたと思います」

「何者だ」

「正体は知りません。名乗らなかったようです」

「なぜわたしに話す？」

「その男たちはあなたのことも尋ねていたからです。お願いですから、こちらにいらしていただけませんか」

わたしは尋ねた。「レオニードの件は怒っていないのか？」

ライラ・ホスは言った。「状況を考えれば、仕方がありません。不幸な誤解だったと考えています。お願い、いらしてください」

わたしは答えなかった。

ライラ・ホスは言った。「助けてくださったら心から感謝します」上品に訴えかけてくる。やや謙虚で、遠慮がちにも聞こえ、まるで嘆願しているようだ。しかし、その声に含まれる特別な何かのために、いやでも気づかされる。この美しすぎる女は、男に何か頼んでことわられたことなどもう十年もないのだろう、と。すべては確定事項であり、頼めば必ず聞いてもらえるかのように、それとなく命じている。〝とにかくほうっておけ〟とスプリングフィールドは言っていたし、その忠告にはもちろんしたがうべきだった。にもかかわらず、わたしはライラ・ホスに言っていた。「いまから十五分後に、そちらのホテルのロビーで会おう」と。どんな面倒なことになろうとも、スイートにいなければまず大丈夫だろう。電話を折りたたみ、〈シェラトン〉のタクシー待ちの列へ直行した。

〈フォーシーズンズ〉のロビーは、ふたつの階がいろいろなエリアに分けられている。ライラ・ホスとその母親は、鏡板を張った薄暗い一角の、隅のテーブル席にいた。日中は喫茶店として、夜間はバーとして使われている場所らしい。親子はふたりきりだ。レオニードはいない。入念に四方を調べたが、不審な人物は見当たらなかった。中価格帯のスーツを着た怪しい男も、朝刊をいつまでも読んでいる男もいない。見てそれとわかる監視はいっさいおこなわれていない。わたしはライラの隣、母親の向かいの席に滑りこんだ。ライラは黒のスカートと白のシャツを着ている。バーのウエイトレスのようだが、この生地、カット、フィット具合はバーのウェイトレスにとうてい手が届くものではない。目は薄闇に輝くふたつの光点で、南国の海さながらに青い。スヴェトラーナはまた不恰好なハウスドレスを着ているが、今度のそれは濁った栗色だ。目はよどんでいる。わたしがすわると、スヴェトラーナはうなずきかけたが、状況をわかっていない様子だ。ライラは手を伸ばしてわたしと丁重に握手を交わした。ふたりの女はどこからどこまでもあまりに対照的だ。年齢と外見の面ではもちろんのこと、気力や活力や物腰や性格の面でも。

わたしが腰を落ち着かせると、ライラが単刀直入に尋ねた。「メモリースティックはお持ちですか」

わたしは言った。「いや」実は持っている。歯ブラシとレオニードの電話とともに、ポケットにはいっている。

「どこにあるのですか」

「別の場所だ」

「安全な場所ですか？」

「申しぶんなく安全な場所だ」

ライラ・ホスは尋ねた。「どうしてあの男たちはここに来たのでしょう」

わたしは言った。「いまも秘密にされているものをきみが探りまわっているからだ」

「人的資源コマンドの広報担当は乗り気だったのに」

「それはきみが向こうに嘘をついたからだ」

「なんとおっしゃいました？」

「場所はベルリンだと、きみは向こうに伝えた。だが実際はちがう。一九八三年のベルリンはけっして楽しいところではなかったが、安定はしていた。時の流れの中で、冷戦が活人画さながらに静止していた。ＣＩＡ、ＫＧＢ、イギリス人、東ドイツの秘密警察（シュタージ）のあいだで小競り合いはあっただろうが、アメリカ陸軍が本格的に介入したことはない。われわれ兵士にとって、そこはただの観光地だった。列車に乗り、有名な壁を見て、すばらしいバーやすばらしい娼婦を楽しむための。ジョンという名の男も一万人は訪れただろうが、散財して淋病（りんびょう）をうつされるくらいのことしかしていない。戦っていないし、勲章ももらっていないのは確かだ。したがって、そのひとりを捜し出すのは不可能に近い。HRCは、少しくらいなら時間をむだにしてもかまわないと思ったのだろう。万一の幸運に恵まれるかもしれないから。しかし、これは最初から無理な注文だった。そう考えると、きみがスーザン・マークから色よい返事を聞けたはずがない。場所がベルリンだったのなら、わざわざきみたちがここに出向くほどの情報を聞けたはずがない。それはありえない」

「では、どうしてわたしたちがここに出向いたと？」

「最初の何本かの電話で、きみはスーザンの警戒心を解いて味方につけた。そして時機を見計らって真の望みを伝えた。それを調べるための具体的な方法も。スーザンだけに。場所はベルリンではない。まったく別のところだ」

隠し事がなく、油断している相手なら、すぐさま露骨な反応を示しただろう。おそらくは憤慨する。ことによると傷つく。はったりの素人なら、息巻いたり騒いだりしてそのふりをしただろう。ライラ・ホスはただ黙ってすわっている。〈O・ヘンリー・ホテル〉でのジョン・サンソムと同じく、迅速な対応をしているのは、目を見ればわかる。ほんの数秒のうちに再考し、再配置し、再編制している。

ライラ・ホスは言った。「とても複雑なのです」

わたしは答えない。

ライラ・ホスは言った。「それでも、やましいところはいっさいありません」

わたしは言った。「スーザン・マークにもそう言ってやれ」

ライラ・ホスは顎を引いた。前にも見たことのある身ぶりだ。礼儀正しく、上品だが、そこには少し悔恨の色がある。「確かにわたしは、スーザンに助力を求めました。スーザンは快く応じてくれました。その行動のせいで、相手方と揉めたのは明らかです。ですから、わたしはスーザンの不幸に間接の責任があります。でも、直接の責任はありません。そしてスーザンの身に起こったことを心の底から残念に思っています。どうか信じてください、こんなことになると知っていたら、母の頼みを聞きはしなかった」

スヴェトラーナ・ホスはうなずき、微笑した。

わたしは言った。「相手方とは？」

ライラ・ホスは言った。「スーザンの国の政府だと思います。あなたの国の政府です」

「なぜ？　お母さんの真の望みはなんだったんだ？」

まず背景を説明する必要があるとライラは言った。

36

ソヴィエト連邦が崩壊したとき、ライラ・ホスはまだ七歳だったから、その口調には超然と史実を語るようなところがあった。わたしが黒人を差別していた時代のアメリカと距離を置いているのと同じように、かつての現実から距離を置いている。ライラ・ホスは、赤軍は政治将校をきわめて広い範囲に配置したと語った。どの歩兵中隊にもひとりはいた。政治将校と現場指揮官のあいだで命令や軍規はうまく分担できていなかった。激しい対抗意識はめずらしくもなかったが、それはふたりの個人のあいだにかぎった話ではなく、戦術的な常識とイデオロギーの純粋性が対立していた。ライラ・ホスはそうしたおおまかな背景をわたしに理解させたうえで、具体的な話に移った。

スヴェトラーナ・ホスは歩兵中隊に配属された政治将校だった。一九七九年にソ連がアフガニスタンに侵攻すると、ほどなくその中隊も派遣された。初期の軍事作戦では充分な戦果をあげられた。だが、やがて戦局は大幅に悪化した。兵員の損失は増えるばかりだった。最初は事実が隠蔽された。しかし、遅まきながらモスクワが対策を講じた。部隊は再編制された。中隊は統合された。戦術的な常識にしたがうのなら、防御を固めるべきだった。イデオロギーにしたがうのなら、再攻勢に出なければならなかった。士気を高めるのなら、部隊の民族や出身地に一体性を持たせなければならなかった。複数の中隊に狙撃班が新たに編入され、優秀な狙撃手が相棒の観測手とともに配属された。こうして大地の恵みで暮らしていたみすぼらしいふたり組がいくつも着任することとなった。

スヴェトラーナの中隊の狙撃手は当人の夫だった。観測手は当人の弟だった。

軍事的な意味でも、個人的な意味でも、状況は好転した。戦闘が休止しているあいだ、スヴェトラーナたちは家族や同郷の兵士たちとともに満ち足りた時間を過ごした。中隊は塹壕（ざんごう）を掘って陣地を造り、まずまずの安全を確保した。攻撃も要求されたが、夜間の狙撃作戦を定期的におこなえば充分だった。戦果はすばらしかった。ソ連の狙撃手は世界最強と言われて久しい。アフガニスタンのムジャヒディーンなど敵ではなかった。一九八一年の後半には、勝利を確実なものとするべく、モスクワは新しい兵器を送った。新型のライフルが支給された。開発されたばかりの、まだ極秘扱いとなっていた銃で、Ｖａｌ消音狙撃銃と呼ばれた。

わたしはうなずいて言った。「一度見たことがある」

つかの間、ライラ・ホスは微笑んだ。恥ずかしげであると同時に、もはや存在しない国家のことが誇らしげにも見えた。かつて母親がいだいていた誇りをそのまま受け継いでいるのだろう。というのも、Ｖａｌは優秀な武器だった。精密射撃が可能なサプレッサー付きの自動小銃で、重量のある九ミリ口径の弾丸を亜音速で発射し、四百メートルの距離から当時のあらゆるボディアーマーを貫通できたし、軽装甲の軍用車両も撃ち抜けた。高倍率の照準器を備え、暗視装置も取りつけられる。敵にしてみれば悪夢だ。なんの前触れもなく、静かに、突然に、無作為に殺される。テントの寝台で寝ているときでも、便所にいるときでも、食事をしているときでも、着替えているときでも、歩きまわっているときでも、昼夜の別なく。

わたしは言った。「見事な銃だった」

ライラ・ホスはふたたび微笑んだ。が、じきに笑みは消えた。ここからはつらい話になるらしい。安定した状況は一年で終わった。ソ連軍歩兵が戦果をあげた結果、軍隊における当然の報酬として、もっと危険な任務が与えられることになった。古今東西を通じてよくある話だ。褒め称えられて帰還することはない。代わりに地図を渡される。スヴェトラーナの中隊は、ほかの数多くの中隊とともに、北東のコレンガル渓谷まで前線を押しあげるよう命じられた。この渓谷は全長十キロで、パキスタンから接近できる唯一のルートだった。はるか左にはありえないほど険しく不毛なヒンドゥークシュ山脈がそびえ、右はアバス・ハー山脈にさえぎられている。そのあいだに延びるこの十キロの道は、ムジャヒディーンがパキスタンの北西辺境州からの主要補給路として使っており、遮断しなければならなかった。

ライラは言った。「アフガニスタンでの作戦について、百年以上前にイギリス人が本を書いています。大英帝国のために。その本には、攻勢を企図するとき、真っ先に計画しなければならないのは、やむをえない退却だとあります。また、弾薬の最後の一発は自分のためにとっておかなければならない、なぜなら特に女に生け捕りにされるくらいなら死んだほうがましだからだともあります。中隊の指揮官たちはその本を読んでいました。政治将校たちは読むなと命じられていました。イギリス人が失敗したのは政治的に腐敗していたからにすぎないと教えこまれていたのです。ソ連のイデオロギーは純粋だから、成功は保証されているというわけですね。その妄想によって、ソ連版のヴェトナム戦争がはじまってしまった」

コレンガル渓谷への攻勢は航空機と砲兵の支援を受け、最初の五キロは順調だった。つぎの一キロ半は、敵の抵抗に遭いながら一メートルずつ進んだ。兵士たちは猛烈な反撃を受けていると思ったが、士官たちは抵抗がやけに弱いと思った。

士官たちは正しかった。

罠だった。

ムジャヒディーンはソ連の補給線が六キロ半に延びるまで待ってから、鉄槌（てっつい）をくだした。ヘリコプターの再補充は、アメリカが供与した肩撃ち式の地対空ミサイルによる間断ない迎撃によってほぼ阻止された。突出部は一斉攻撃を受けて完全に包囲された。一九八二年の後半には、細く連なる急ごしらえの野営地に何千人もの赤軍兵士が取り残されていた。冬季は悲惨だった。凍（い）てつく烈風が山間からつねに吹きこんだ。そして、至るところに常緑樹のセイヨウヒイラギの茂みがあった。しかるべき状況なら絵のように美しい光景だったろうが、その中で戦わなければならない兵士たちにとってはちがった。風を受けてうるさくきしむし、移動の妨げになるし、肌やぼろぼろになった軍服を切り裂いてくるからだ。

そして、士気をくじくための襲撃がはじまった。

兵士たちはひとりまたひとりと連れ去られて捕虜となった。

捕虜には身の毛もよだつ運命が待っていた。

ライラは昔のイギリス人作家ラドヤード・キップリングが書いた不吉な詩の一節を引用した。失敗した攻撃と、戦場に取り残されて呻吟（しんぎん）する負傷者と、ナイフを持った冷酷なアフガニスタンの部族民の女を描いたものだ。〝アフガニスタンの平原で負傷し、女たちが残された者を切り刻むために現れたのなら、ライフルのほうに這っていっておのれの頭を吹き飛ばし、兵士らしく神の御許（みもと）へ行くがいい〟。大英帝国の最盛期でさえ現実に起こったことは、当時も現実に起こり、しかもいっそうむごかった。ソ連軍の歩兵が行方不明になり、数時間後に闇が落ちると、近くのどこかにある敵の野営地から冬の風が悲鳴を運んでくる。悲鳴は絶望的な調子ではじまり、ゆっくりとだが確実に高まって、泣き女（バンシー）の叫び声のようになる。それは十時間も十二時間もつづくことがあった。死体のほとんどは発見されなかった。だが、戻ってくるときもあった。手首、足首、四肢、頭、耳、目、鼻、ペニスなどがない状態で。

あるいは、皮膚がない状態で。

「生きたまま皮をはがされた人もいました」ライラは言った。「まぶたを切りとられ、頭を下向きに無理やり固定されたので、自分の皮がまず顔から、つぎに体からはがされるのをいやでも見させられた。寒さで痛覚がいくらかは失われていたので、すぐにショック死することはなかった。非常に長い時間をかけておこなわれることもあった。生きたまま火あぶりにされることも。その場合は、焼いた肉の包みが野営地の近くに届けられるのです。はじめのうち、同情した地元民からの食料の差し入れだと兵士たちは考えました。でも、やがて肉の正体に気づいた」

スヴェトラーナ・ホスは何を見るでもなく宙を見つめていて、いっそう陰気になったように感じる。娘の声音が記憶を呼び覚ましたのかもしれない。娘の声音が真（しん）に迫っていることは確かだ。ライラはいま自分が述べている出来事を経験したわけでも目撃したわけでもないのに、そんなふうに聞こえる。きのう目撃したように聞こえる。超然と史実を語るだけにとどまってはいない。すぐれた物語作家になりそうだ。語り手の才能がある。

ライラ・ホスは言った。「敵が何よりも捕虜にしたがったのは狙撃手です。狙撃手は憎まれていましたから。その殺め方ゆえにいつの時代も憎まれるのでしょうね。母はもちろん、夫の身をとても案じていました。弟の身も。ふたりは毎晩のように暗視装置を携えて低い丘へ出向きました。それほど遠出はしませんでした。千メートルほど離れたところで狙撃に適した地点を探したようです。もう少し先まで行ったかもしれません。戦果をあげられるくらい遠くまで行きつつも、安全だと思えるくらいには近くにとどまったということです。でも、ほんとうに安全な場所などどこにもなかった。どこだろうと危険だった。それでも行かなければならなかった。ふたりは敵を撃つよう命じられていました。捕虜を撃つつもりだった。それが慈悲だと思ったからです。ひどい時代でした。そしてそのころには、母は妊娠していました。わたしを。母はコレンガルの谷底に掘った岩だらけの塹壕でわたしを身ごもりました。第二次世界大戦末期にまでさかのぼる軍用外套を上掛けに、もっと古そうな二枚の外套を敷物にして。そちらの外套には、スターリングラードの戦いのものらしい弾痕があったとか」

わたしは何も言わなかった。スヴェトラーナは宙を見つめている。ライラは両手をテーブルに置いて指を軽く組み合わせた。「最初のひと月ほどは、父も叔父も毎朝無事に戻ってきました。ふたりは優秀なチームでした。最も優秀だったかもしれません」

スヴェトラーナは宙を見つめている。ライラはテーブルから手をどかし、間をとった。背筋を伸ばし、胸を張る。語り口を変えるようだ。話題も。「当時、アフガニスタンにはアメリカ人もいました」

わたしは言った。「ほんとうか？」

ライラ・ホスはうなずいた。

わたしは言った。「身分は？」

「兵士です。多くいたわけではありませんが、確かにいました。いつもいたわけではありませんが、確かにいました」

「そうなのか？」

ライラ・ホスはふたたびうなずいた。「アメリカ陸軍がアフガニスタンにいたのはまちがいありません。ソヴィエト連邦はアメリカの敵であり、ムジャヒディーンはアメリカの味方でした。冷戦が代理でおこなわれていたのです。赤軍が疲弊するのは、レーガン大統領にとって願ったり叶ったりだった。それが反共戦略の一部をなしていた。情報収集のために、ソ連の新兵器を鹵獲する好機にもなった。そこでチームが送られた。特殊部隊が。特殊部隊は定期的に出入りした。そして一九八三年三月のある夜、そうしたチームのひとつがわたしの父と叔父を見つけ、Ｖａｌライフルを奪ったのです」

　わたしは何も言わなかった。

　ライラは言った。「ライフルを失ったことはもちろん痛手でした。とはいえ、それだけならまだましだった。アメリカ人は父と叔父を部族民の女に引き渡したのです。そんな必要はなかったのに。明らかに口封じのためです。アメリカ人の存在は完全に秘密で、隠しとおさなければならなかったから。それでも、アメリカ人は父と叔父を自分たちの手で殺そうと思えば殺せた。すみやかに、静かに、たやすく殺せた。わざとそうしなかった。翌日の昼が過ぎて夜が更けるまで、母はふたりの悲鳴を聞くことになりました。夫と弟の悲鳴を。十六時間も、十八時間も。耳を覆いたくなるような絶叫だったのに、声音でどちらの悲鳴かわかったそうです」

37

わたしは〈フォーシーズンズ〉の薄暗い喫茶店の中を見まわし、椅子の上で身じろぎした。「悪いが、きみの話は信じられない」

ライラ・ホスは言った。「わたしは真実を語っています」

わたしは首を横に振った。「わたしはアメリカ陸軍にいた。憲兵だった。人々がどこへ行き、どこへ行かなかったかはだいたい知っている。アフガニスタンにアメリカの地上部隊は派遣されていない。当時は。あの紛争中は。あれは完全に局地戦だった」

「しかし、あなたたちは首を突っこんだ」

「それはそうさ。われわれがヴェトナムにいたとき、きみたちだって首を突っこんだ。だが、赤軍はヴェトナム国内にいたか？」

強調するための修辞疑問のつもりだったが、ライラ・ホスは文字どおりに受けとった。テーブルの上に身を乗り出し、ウクライナ語とおぼしき外国語に切り替えて、早口の小声で母親に話しかける。スヴェトラーナは目を少し見開き、謎に包まれた歴史の細部を思い出そうとするかのように首をかしげた。やはり早口の小声で長々と娘に答え、ライラは少し間をとって訳を整えてから言った。「いいえ、ソ連はヴェトナムに軍隊を派遣していません。民主共和国の社会主義者の同志たちなら自力で目的を達成できると確信していたからです。実際、見事に成し遂げたと母は言っています。パジャマのような服を着た小さな男たちが強大なアメリカ軍を打ち負かしたのだと」

スヴェトラーナ・ホスは微笑してうなずいた。

わたしは言った。「山羊飼いたちがお母さんを叩きのめしたのとちょうど同じだな」

「確かに叩きのめしました。しかし、多大な支援を受けていた」

「それはちがう」

「ですが、あなたたちも物資の支援をおこなったことは認めています。ムジャヒディーンに資金や兵器を提供したことは。中でも、地対空ミサイルやそのたぐいの兵器を」

「ヴェトナムと同じだ。立場が逆転しただけで」

「そのヴェトナムがちょうどいい見本です。アメリカが世界のどこかに軍事支援をおこないながら、いわゆる軍事顧問を送りこまなかった例をあなたはご存じですか？」

わたしは答えなかった。

ライラ・ホスは尋ねた。「たとえば、あなたは何ヵ国で勤務しましたか」

わたしは何も言わなかった。

ライラ・ホスは尋ねた。「軍に入隊したのはいつですか」

「一九八三年の後半だ」わたしは言った。

「それなら、一九八二年から一九八三年の前半にかけてのこうした事実は、どれもあなたの入隊前になります」

「前と言っても少しだけだ」わたしは言った。「それに、組織の記憶というものもある」

「その考えはまちがっています」ライラ・ホスは言った。「秘密は守られ、組織の記憶は都合よく消去されています。アメリカによる世界各地での違法な軍事介入には長い歴史があります。レーガン政権では特にそれが多かった」

「きみは高校でそう教わったのか？」

「ええ、教わりました。念のために言っておきますが、わたしが高校にかようころには、共産主義者はとうにいなくなっていました。いくらかはミスター・レーガンその人のおかげで」

わたしは言った。「仮にきみが正しいとしても、なぜその夜にかぎってアメリカ人が関与していたと考える？　お母さんはその目で見たわけではないはずだ。お父さんと叔父さんはムジャヒディーンに直接捕まったとなぜ考えない？」

「ライフルが見つからなかったからです。それに、その夜、母の陣地は狙撃手にまったく攻撃されませんでした。父は弾倉に二十発、予備で二十発の弾薬を携行していました。ムジャヒディーンが父を直接捕まえたのなら、父のライフルを母たちに対して使ったはずです。四十人を殺害するか、少なくとも殺害しようと試みてから、弾切れになった銃を捨てていったでしょう。そしていずれ母の中隊がそれを見つけたはずです。小競り合いはしょっちゅうでした。味方が敵の陣地を蹂躙することも、その逆もあった。常軌を逸したいたちごっこのように。ムジャヒディーンは頭が切れました。放棄されたと見なした陣地に戻ってくることがよくありました。それでも、やがて赤軍は敵の居場所をすべてつかんだ。Ｖａｌも見つけたはずです。弾はなく、錆びつき、柵の支柱として使われていたとしても。鹵獲されたほかの兵器はすべてそんな状態になっていました。しかし、父のＶａｌはちがった。理にかなった結論はただひとつ、アメリカ人によってアメリカに直接運ばれたのです」

わたしは何も言わなかった。

ライラ・ホスは言った。「わたしは真実を語っています」

わたしは言った。「Ｖａｌ消音狙撃銃は一度見たことがある」

「そうおっしゃいましたね」

「見たのは一九九四年のことだ」わたしは言った。「鹵獲されたばかりだと聞いた。きみの言いぶんよりも十一年もあとになる。高性能の銃だとわかって大騒ぎになった。軍が十一年も待ってから騒ぎだすとは考えられない」

「いいえ、考えられます」ライラ・ホスは言った。「ライフルを鹵獲した直後にそれを公表すれば、第三次世界大戦の引き金になっていたかもしれません。アメリカの兵士が宣戦布告もなしにソ連の兵士と交戦したことをあからさまに認めるようなものですから。少なくとも違法ですし、地政学的な意味では大問題です。アメリカは倫理面での優位性を失ったでしょう。ソヴィエト連邦内での協力関係は強化されたでしょう。共産主義の没落は何年も遅れたかもしれません」

わたしは何も言わなかった。

ライラ・ホスは言った。「おうかがいしますが、一九九四年に大騒ぎになったあと、アメリカ軍はどうしたのですか」

わたしは先ほどのスヴェトラーナ・ホスと同じように間をとった。歴史の細部を思い出す。それは確かに意外な展開だった。記憶を何度も確かめてから言った。「実際のところ、たいして何もしなかった」

「新しいボディアーマーも開発しなかったのですか？　新しい迷彩服も？　戦術的な対応は何もしなかったのですか？」

「しなかった」

「軍のやることにしても、それで筋が通りますか？」

「そうは言いにくいな」

「その前に装備が更新されたのはいつですか」

わたしはふたたび間をとった。歴史の細部をさらに探る。わたしが軍服を着たばかりのころ、ＰＡＳＧＴが鳴り物入りで登場し、歓呼と喝采のうちに迎えられた。地上部隊個人防護システム（パーソネル・アーマー・システム・フォー・グラウンド・トゥループス）。真新しいケブラー製ヘルメットはあらゆる小火器の攻撃に耐えられるとされた。新型の分厚い防弾ベストは戦闘服の上衣の上にも下にも着ることができ、砲弾の破片を浴びても安全だとされた。とりわけ、九ミリ口径の弾丸を受けても安全だとされたことは覚えている。さらに、新しい迷彩パターンも導入された。効果を高めるためにデザインされたもので、森林地帯用と砂漠地帯用の二種類が用意された。海兵隊は市街地用の青と灰色の迷彩という第三の選択肢を選んだ。

わたしは何も言わなかった。

ライラ・ホスはたたみかけた。「更新されたのはいつですか」

わたしは言った。「八〇年代後半だ」

「よほどの大騒ぎになったとしても、そういう新しい装備を設計、製造するのにどれくらいかかります？」

わたしは言った。「数年はかかる」

「では、わかっていることをまとめてみましょう。八〇年代後半、あなたたちは新しい装備を受けとった。明らかに個人の防護力の向上を目的とした装備を。一九八三年に何かをひそかに入手したことが、その直接のきっかけになった可能性があるのでは？」

わたしは答えなかった。


しばらくは三人とも黙ってすわっていた。物静かなウェイターが慎み深くやって来て、紅茶をすすめ、外国のブレンドを長々と暗唱した。ライラは聞いたこともない種類を頼み、通訳をしてもらった母親も同じものを頼んだ。わたしはレギュラーコーヒーをブラックで注文した。ウェイターは、まるで〈フォーシーズンズ〉はどれほど労働者階級じみた注文にも応じますとでも言いたげに、五ミリほど首をかしげた。わたしはウェイターがさがるのを待って尋ねた。「捜している人物の正体をどうやって突き止めた？」

ライラは言った。「母の世代はあなたたちとヨーロッパで地上戦を戦うつもりでした。そして勝つつもりでした。ソ連のイデオロギーは純粋ですが、あなたたちのイデオロギーは純粋ではないのですから。迅速かつ確実な勝利を収めたら、あなたたちの多くを、おそらくは何百万人も捕虜にするつもりでした。その段階まで来たら、敵性戦闘員を分類してイデオロギー教育ができない者を間引くのが政治将校の任務のひとつになります。それを容易にするために、政治将校はあなたたちの軍の構成を教えこまれました」

「だれに教えこまれた？」

「ＫＧＢです。そういうプログラムが進行中でした。情報が豊富に提供されました。だれが何をしているかはわかっていました。精鋭部隊の場合は名前までわかっていました。士官だけでなく、一般兵についても。熱心なサッカーファンなら、ほかの全チームの戦力や長所や弱点を控えの選手まで含めて知っているように。コレンガル渓谷へ侵入した可能性のある部隊は、現実的に考えて三つしかありえないと母は推測しました。海軍のＳＥＡＬｓ、海兵隊の武装偵察部隊、陸軍のデルタフォースのどれかです。当時の情報機関は、ＳＥＡＬｓと武装偵察部隊の関与に否定的でした。これらの部隊が関与した状況証拠はなかったからです。明確な情報も。アメリカ軍の内部にＫＧＢは情報網を張りめぐらしていましたが、何も報告はありませんでした。しかし、トルコのデルタフォースの基地とオマーンの経由地から意味ありげな無線信号が発せられていました。正体不明の機影もレーダーがとらえていました。デルタフォースが作戦を実行したというのが筋の通る結論です」

ウェイターがトレーを持って戻ってきた。長身、黒髪のかなり歳を食った男で、外国人のようだ。気品がある。〈フォーシーズンズ〉がこの男を最前線に配置しているのもうなずける。物腰からは、かつてウィーンやザルツブルクの黒っぽい鏡板を張りめぐらした店で、紅茶の専門家でもしていたのかもしれないという印象を受ける。実際には、エストニアあたりで仕事にあぶれたのだろう。もしかすると、徴兵されたスヴェトラーナの世代のひとりかもしれない。自分の民族集団で何かの階級に任じられ、スヴェトラーナとともにコレンガルの冬に耐えたのかもしれない。ウェイターは大げさな身ぶりで紅茶をつぎ、皿にレモンを添えた。わたしのコーヒーは上等なカップで運ばれてきた。ウェイターが巧みに不満を隠しつつ、それをわたしの前に置く。

ウェイターがふたたび立ち去ると、ライラは言った。「襲撃は大尉が指揮していたと母は判断しています。中尉や少尉では階級が低すぎるし、少佐では階級が高すぎるからです。KGBは隊員のリストを持っていました。当時、デルタフォース所属の大尉は数多くいました。しかし、無線通信の分析がおこなわれ、ジョンという名前が浮上したのです。それで候補が絞れました」

わたしはうなずいた。アルメニアかアゼルバイジャンのどこかにある巨大なパラボラアンテナが頭に浮かぶ。制帽をかぶり、ヘッドホンを装着し、ゴムのイヤーピースを耳に強く押しつけた男が、周波数をふるいにかけ、暗号化されたチャンネルの甲高い音を聞き、切れ切れの平文を偶然耳にして、粗悪な茶色い紙で作ったメモ帳に〝ジョン〟という語を書き留める。空中からはさまざまなことばがすくいとられる。その大半は役に立たない。理解された語は網に残った金の塊のようなものであり、岩に閉じこめられていたダイヤモンドのようなものだ。そして敵に理解された語は背後からの一撃に等しい。

ライラは言った。「母はあなたたちの軍の勲章を知り尽くしていました。捕虜の分類基準として重要だと見なされていたからです。名誉勲章は捕虜になったとたんに不名誉勲章になります。Ｖａｌライフルは高位の勲章に値すると母は知っていました。しかし、どの勲章なのか。繰り返しますが、宣戦布告はおこなわれていなかった。そしてあなたたちの高位の勲章は、武装したアメリカの敵に対する戦闘で、勇敢な行為や英雄的な行為をおこなったときに授与されるものです。厳密に言えば、父からＶａｌを奪った人物はそうした勲章の受章資格がありません。厳密に言えば、ソ連はアメリカの敵国ではなかったのですから。軍事的な意味では。公式の政治的な意味では。開戦宣言はおこなわれていなかった」

わたしはまたうなずいた。アメリカはソヴィエト連邦と一度も交戦状態になっていない。それどころか、四年の長きにわたり、同盟国として共通の敵と死闘を繰り広げた。両国は広範に協力した。スヴェトラーナがライラを身ごもったときに上掛けにしていたという、第二次世界大戦時代の赤軍の外套は、十中八九、レンドリース政策の一環としてアメリカで製造されたものだ。アメリカはロシアに何億トンもの毛織物や綿織物を送った。千五百万足の軍靴、四百万本のゴムタイヤ、二千両の機関車、一万一千両の貨物車も。そしてもちろん、一万五千機の航空機、七千両の戦車、三十七万五千台の軍用トラックといった軍需物資も。どれも無償で。ウィンストン・チャーチルはこれを史上最も非利己的な政策と呼んだ。この政策にからんでいろいろな伝説が生まれた。たとえば、ソ連はコンドームまで要求し、たいしたものだとうならせるために、四十五センチの長さを指定した。アメリカはそれを注文どおりに送りつけたが、箱には〝中サイズ〟とのスタンプが押されていたという。

そんな話はほかにもある。

ライラが尋ねた。「聞いていらっしゃいますか」

わたしはうなずいた。「防衛功労章なら働きに見合うだろう。あるいは、勲功章や軍人褒章でも」

「その程度では足りません」

「それはどうも。わたしは三つとも受章したんだが」

「Ｖａｌの鹵獲は大手柄になります。大金星です。完全に未知の武器だったのですから。相当に高位の勲章で報いられたはずです」

「だとしても、どれで？」

「殊勲章だと母は推測しました。これは高位の勲章ですが、ほかの勲章とは一線を画します。叙勲条件は、重責をともなう任務において、アメリカ合衆国政府に対し比類なき貢献をすることです。正式に宣戦布告がおこなわれた戦闘行為かどうかはまったく関係ありません。通常は、政治的に従順な准将以上の将官に授与されます。母は殊勲章の全受章者をただちに調べあげるよう命令されました。准将より下の階級にはめったに授与されていません。しかし、デルタフォースの大尉があの夜にコレンガル渓谷で勝ちとったと考えられる重要な勲章は、ほかにありません」

わたしはうなずいた。そのとおりだと思った。スヴェトラーナ・ホスは分析に非常に長けているらしい。よく訓練され、情報に通じていたのは明らかだ。ＫＧＢもまともな仕事をした。「そういうわけできみは、一九八三年三月にデルタフォースの大尉として殊勲章を受章したジョンという男を捜しはじめたんだな」

ライラはうなずいた。「念のために言っておくと、この殊勲章は表彰文が省かれたはずです」

「そしてきみはスーザン・マークに手伝わせた」

「手伝わせたのではありません。自分から喜んで手伝ってくれたのです」

「なぜ？」

「母の身の上に心を痛めたからです」

スヴェトラーナ・ホスが微笑み、うなずいた。

ライラは言った。「スーザンはわたしの身の上にも少し心を痛めていました。自分と同じで、父のいない子ですから」

わたしは尋ねた。「スーザンから報告を受ける前に、なぜジョン・サンソムの名前が浮上した？　ニューヨークの私立探偵が暇潰しに新聞を読んだり冗談を飛ばしたりした結果、そこにたどり着いたとは思えない」

「めったにない組み合わせですから」ライラは言った。「ジョン、デルタフォース、殊勲章、それでいてひとつ星の将軍ではないというのは。ジョン・サンソムの上院議員選挙への出馬宣言が載った《ヘラルド・トリビューン》を読んだときに気づきました。そのとき、わたしたちはロンドンにいましたが。あの新聞は世界中で売られています。《ニューヨーク・タイムズ》の国際版です。おそらくジョン・サンソムは、この四つの条件を四つとも満たすアメリカ軍史上唯一の人物です。それでも、念には念を入れたかった。最終確認をする必要があった」

「なんの前に？　あの男をどうするつもりだ」

ライラ・ホスは驚いた顔をした。

「どうする？」と言う。「何、何もするつもりはありません。ただ話がしたい、それだけです。どうして、と問いたいのです。同じ人間ふたりに対して、どうしてこんなことができたのかと」

38

ライラ・ホスは紅茶を飲み終え、カップをソーサーに置いた。骨灰磁器がぶつかり合ってみやびな音を立てる。「スーザンが入手した情報を引き渡していただけますか」

わたしは答えなかった。

ライラ・ホスは言った。「母はこのときを長いあいだ待っていたのです」

わたしは尋ねた。「なぜ待った？」

「時機、機会、方法、好機の問題もありますが、もっぱら金銭でしょう。最近まで、母にできることはとてもかぎられていたので」

わたしは尋ねた。「なぜきみの夫は殺された？」

「わたしの夫？」

「モスクワで殺されたという話だった」

ライラは間を置いてから言った。「そういう時代でしたから」

「それはお母さんの夫にも言える」

「いいえ。お話ししたとおり、夫が殺されたときと同じように、もしサンソムが父の頭を撃ったのなら、あるいは脳にナイフを突き刺したり、首を折ったりと、デルタフォースの兵士が教わった殺害方法を用いたのなら、こんな展開にはならなかったでしょう。でも、サンソムはそうしなかった。代わりに冷酷な手段を用いた。残忍な手段を。ライフルは奪われていたから、父はそのほうに這っていくこともできなかった」

わたしは何も言わなかった。

ライラ・ホスは言った。「そんな人物を上院議員にしたいのですか？」

「だったらどうしたい？」

「スーザンが入手した証拠を渡していただけますか」

「無意味だ」わたしは言った。

「どうして？」

「ジョン・サンソムには近づきようがないからだ。きみの話が一部でも事実だったとしたら、それは秘密にされているし、今後もかなり長いあいだ秘密にされる。そしていまはことさらに秘密が守られる。すでにこの件では連邦政府の機関がふたつ動いている。つい先ほども三人の男たちがあれこれ尋ねていたという話だったな。最善の場合でも、きみたちは国外退去処分になる。足が地面に着くこともないまま、空港に送り返される。手錠をはめられ、飛行機に乗せられる。エコノミークラスに。向こうに着いたらイギリス人に飛行機からおろされ、その後は一生監視される」

スヴェトラーナ・ホスは宙を見つめている。

わたしは言った。「最悪の場合、きみたちは煙のように消える。いまここで。通りに出たとたんにいなくなっている。そしてグアンタナモで痩せ衰えるか、現地で殺せるようにシリアやエジプトに連れていかれる」

ライラ・ホスは黙っている。

「忠告しておく」わたしは言った。「すべて忘れろ。お父さんと叔父さんは戦死した。それはふたりが最初ではないし、最後でもない。悲劇は起こる」

「理由を訊きたいだけなのに」

「理由ならもう知っているはずだ。宣戦布告がおこなわれなかったために、そのアメリカの兵士はソ連の兵士を殺せなかった。交戦規定とはそういうものだ。任務の前には必ず重要なブリーフィングがおこなわれる」

「だからほかの者にやらせた」

「そういう時代だったんだ。きみが言ったとおり、第三次世界大戦の引き金になっていたかもしれない。それだけはだれもが避けたかった」

「ファイルはご覧になったのですか。スーザンはほんとうに証拠を入手していたのですか。イエスかノーでかまわないので、それだけでも教えてください。この目で確かめないかぎり、何もしませんから。何もしようがありませんから」

「何もするな。以上だ」

「サンソムの行為は正しくなかった」

「そもそもアフガニスタン侵攻が正しくなかった。国でおとなしくしているべきだった」

「あなたに言われたくありません。いろいろな国を渡り歩いたくせに」

「返すことばもないな」

「情報公開はどうなっているのです？」

「それがどうかしたのか？」

「アメリカは法治国家です」

「確かに。だが、いまは法がどうなっているかを知っているか？《ヘラルド・トリビューン》をもっと丹念に読んだほうがいい」

「力を貸していただけないのですか？」

「空港までのタクシーを呼ぶようコンシェルジュに頼むくらいならできる」

「それだけ？」

「力を貸せるのはそこまでだ」

「思い直していただくために、わたしにできることは何かありませんか」

わたしは答えなかった。

「何もないのですか？」

「ない」わたしは言った。

その後は沈黙が流れた。紅茶の専門家が勘定書きを持ってくる。詰め物入りの革の紙ばさみに収められている。ライラ・ホスがそこにサインをして言った。「サンソムには説明責任があります」

「サンソムの仕業だったとしたらの話だ」わたしは言った。「そもそも、だれかの仕業だったとしたらの話だ」ポケットからレオニードの携帯電話を出し、テーブルに置く。椅子を後ろに押し、立ち去ろうとした。

ライラは言った。「電話はお持ちになっていてください」

わたしは言った。「なぜ？」

「母とわたしはまだここに残るからです。もう二、三日だけですが。お話ししたくなるかもしれませんので、連絡手段を用意しておきたいのです」口調に恥じらいはない。媚びてはいない。上目遣いになったり、目をしばたたいたりしてはいない。わたしの腕に手をあててもいないし、誘惑しようとしているのでもないし、わたしの気を変えさせようとしているのでもない。当たり障りのない申し出にすぎない。

が、ライラ・ホスは言い添えた。「たとえあなたが味方でなくても」と。そこにはごくわずかに威嚇の響きがある。ことばの陰に埋もれかけているが、脅迫の声音がかすかに耳に届き、危険をほのめかしている。同時に、美しい目はそれとわからないほどの冷たさをたたえている。温かい夏の海が、陽を浴びる冬の氷に変わったかのように。色こそ同じだが、温度はちがう。

あるいは、悲しみを覚えたり、不安をいだいたり、意を決したりしただけなのかもしれない。

わたしは無表情にライラ・ホスを見つめ、電話をポケットに戻して立ちあがると、席を離れた。五十七番ストリートにはタクシーがたくさん走っていたが、空車は見当たらない。だから歩いた。〈シェラトン〉はここから西に三ブロック、南に五ブロックだ。二十分もかからない。サンソムが昼食を終えるまでに着けるだろう。

39

サンソムが昼食を終えるまでには〈シェラトン〉に着けなかった。理由のひとつは暑さの中をのろくさと歩く人々で歩道がふさがれていたことで、もうひとつは昼食の時間が短かったことだ。後者については納得がいった。サンソムのために集まったウォール・ストリートの聴衆たちは、金を稼ぐときになるべく時間を使いたがり、金を出すときにはなるべく時間を使いたがらないはずだからだ。サンソムと同じアムトラックにも乗れなかった。五分の差でワシントンDC行きの列車を逃し、そのために一時間半も遅れて首都まで追いかける羽目になった。

キャノン会館の玄関では前と同じ守衛が勤務していた。わたしの顔は覚えていなかったが、それでも中に通してくれた。もっぱら憲法のおかげだ。権利章典修正第一条にはこうある。〝連邦議会は、市民が政府に対して請願する権利を侵害する法律は制定してはならない〟。ポケットにはいっていたこまごまとしたものは入念にX線検査をされたし、わたし自身も金属探知機を通らされた。緑のライトが点灯したに決まっているのに、体を服の上から叩く身体検査までされた。ロビーには議員付添人の一団がいて、そのひとりが前もって連絡を入れてから、サンソムの事務室へ案内してくれた。廊下は広くて余裕があるが、迷いやすそうだ。各事務室は狭いが整然として見える。かつては広くて整然としていたのに、いまは待合室やいくつもの小部屋に区切られているのだろう。それは上級の秘書に使わせるためであると同時に、迷路のような区画を抜けて議員に会うのを実際よりも特権らしく見せるために思える。

サンソムの事務室もほかと同じ様子だ。廊下に面したドア、たくさんの旗、たくさんのワシ、かつらをかぶった老人が描かれたいくつかの油絵、若い女が後ろにすわっている受付カウンター。秘書かもしれないし、インターンかもしれない。カウンターの端にスプリングフィールドが寄りかかっている。わたしを見て微笑みもせずにうなずきかけると、カウンターから離れてドアのそばでわたしを迎え、廊下のさらに先を親指で指し示した。

「カフェテリアだ」と言いながら。

ふたりで階段をおりてそこへ行った。天井の低い広間にテーブルと椅子が所狭しと並んでいる。サンソムの姿はない。スプリングフィールドが予想どおりとでも言いたげにうなり、サンソムは行きちがいで事務室に戻ったのだろう、同僚議員の部屋に寄ったのかもしれないと推測を言った。ここはウサギの巣のようで、交わすべき会話にも、求めるべき支持にも、結ぶべき取引にも、談合すべき票決にも事欠かないということらしい。われわれは来た道を引き返した。サンソムの事務室に戻ると、スプリングフィールドが奥のドアの向こうをのぞきこんでから後ろにさがり、中にはいるよう身ぶりでうながした。

サンソムの執務室は、クローゼットよりは大きく、一泊三十ドルのモーテルの部屋よりは小さい長方形の部屋だった。窓がひとつあり、鏡板を張った壁は額入りの写真や額入りの新聞の見出しに覆われ、棚には記念品が並んでいる。サンソム本人は机の向こうの赤い革張りの椅子にすわり、万年筆を手にして、前にたくさんの書類を広げている。上着は着ていない。長くすわりどおしだったときにありがちな、くたびれて生気がない様子だ。この部屋の外には出ていない。カフェテリアにまわり道をさせたのは見え透いた茶番で、だれかをわたしに見られることなく帰すためだったのだろう。だれなのかはわからない。なぜなのかもわからない。だが、客用の椅子にすわると、人のぬくもりが確かに残っていた。サンソムの頭の向こうには、著書で見たのと同じ写真が大きな額に入れられて掛けられている。バグダードでドナルド・ラムズフェルドとサダム・フセインが会ったときの写真だ。〝味方が敵になることもあれば、敵が味方になることもある〟。その横にはもっと小さい写真が並び、サンソムが人々に交じって写っているものも、ひとりで写っているものも、だれかと握手をしながら微笑んでいるものもある。グループ写真の一部は公式行事のもので、一部は選挙に勝利したあとらしく満面の笑みが並び、演壇に紙吹雪が散っている。大半の写真にエルスペスの姿がある。年月とともに髪形が大きく変わっている。ほかの写真の何枚かにスプリングフィールドの姿がある。小さくしか写っていなくても、筋肉質の小柄な体は見分けやすい。ツーショット写真がとらえているのは報道写真家がカメラ用の笑顔と呼ぶものだ。知っている顔も知らない顔もある。大げさな献辞とサイン入りの写真もあれば、そうでない写真もある。

サンソムは言った。「それで？」

わたしは言った。「一九八三年三月の殊勲章の件はもうわかっている」

「どうしてわかった？」

「Ｖａｌ消音狙撃銃だ。前に名前を出した無愛想な老女が、あんたにそれを奪われた男の未亡人だった。だからあんたは名前に反応した。ライラ・ホスやスヴェトラーナ・ホスの名は聞いたことがなくても、ホスという名の男にはずっと昔に会っているはずだ。それはまちがいない。どう考えても。おそらくあんたはその男の認識票を奪い、持ち帰った。おそらく記念品としてまだ持っている」

サンソムは驚かない。否定もしない。こう言っただけだ。「いや、認識票は戦闘詳報やほかのすべてとともに厳重に保管されている」

わたしは何も言わなかった。

サンソムは言った。「男の名はグリゴリー・ホスだ。当時のわたしと同年代だった。優秀だったようだ。観測手のほうはそれほどではなかった。われわれの接近に気づかなかったのだから」

わたしは返事をしなかった。長い沈黙が流れる。が、この状況が持つ意味をようやく痛感したらしく、サンソムは肩を落としてため息をついた。「まさかこんな形で突き止められるとはな。勲章は賞であって罰ではないはずなのに。害にはならないはずなのに。いまいましい足かせのように一生付きまとうものではないはずなのに」

わたしは何も言わなかった。

サンソムは訊いた。「これからどうするつもりだ」

わたしは言った。「何もするつもりはない」

「ほんとうか？」

「一九八三年に何があったかに興味はない。それに、向こうはわたしに嘘をついた。まずベルリンの件で。そしていまもまだ嘘をついている。ふたりは母と娘だと言い張っている。だが、そうは思えない。娘と称している女は絶世の美女だ。母と称している女はふた目と見られないご面相をしている。はじめて会ったときはニューヨーク市警の刑事がいっしょだった。三十年もすれば娘も母親とそっくりになっているとその刑事は言った。しかし、それはまちがいだ。若いほうはけっして老いたほうに似てこないだろう。百万年経っても」

「だとしたら、そのふたりは何者なのだね」

「老いたほうの素性は真実だという気がする。つまり、赤軍の政治将校で、夫と弟をアフガニスタンで亡くしている」

「弟？」

「観測手だ」

「だが、若いほうの素性は偽りだと？」

わたしはうなずいた。「国を逃れた億万長者で、ロンドンから来た未亡人のふりをしている。夫は起業家だったが、商売敵との争いに敗れたという話だ」

「そうは思えないのか？」

「見た目はそれらしい。上手に演じている。どこかの時点で、ほんとうに夫を亡くしているのかもしれない」

「しかし？　正体は？」

「ジャーナリストだと思う」

「なぜ？」

「事情に通じているからだ。ジャーナリストらしい好奇心も持っている。分析力もある。《ヘラルド・トリビューン》を日ごろから読んでいる。語り手の才能がある。しかし、しゃべりすぎるところがある。ことばが好きで、細部に尾ひれをつける。ついやってしまうのだろう」

「たとえば？」

「必要以上に同情を求めようとした。政治将校が歩兵に交じって塹壕にいたかのように言って。自分を身ごもったとき、母親は岩だらけの谷底で赤軍の外套を上掛けにしていたそうだ。嘘に決まっている。政治将校は後方部隊の腰抜けどもだ。戦闘には加わらない。司令部にたむろしてパンフレットを書いている。たまに前線を訪れることはあっても、危険を伴うときはけっして訪れない」

「きみはなぜそれを知っている？」

「理由はあんたもわかっているはずだ。われわれはヨーロッパで赤軍と地上戦を戦うつもりだった。そして勝つつもりだった。何百万人も捕虜にするつもりだった。憲兵はそれだけの捕虜を扱う訓練を受けた。第一一〇憲兵隊が指揮を執ることになっていた。妄想じみているかもしれないが、ペンタゴンは大真面目だった。われわれはアメリカ陸軍のことよりも赤軍のことを詳しく教わったくらいだ。政治将校がどこにいるかも叩きこまれた。見つけしだい殺すよう命令を受けていた」

「どういうたぐいのジャーナリストだと思う？」

「おそらくテレビだろう。その女が雇った地元の人間たちは、テレビ業界とつながりがあった。あんたは東ヨーロッパのテレビを観たことはあるか？　キャスターは決まって女で、美人ぞろいだ」

「どこの国だと思う？」

「ウクライナだ」

「どのような番組だと思う？」

「歴史を題材にした調査報道番組で、人情話を少し混ぜこんでいる。おそらく若いほうが老いたほうの身の上を聞き、これを取りあげようと決めたのだろう」

「ロシアの《ヒストリー・チャンネル》のようなものか？」

「ウクライナだ」わたしは言った。

「理由は？　何を訴えたい？　いまさらわれわれを辱めたいのか？　二十五年以上も経ってから？」

「いや、ロシア人を辱めたいのだと思う。いま、ロシアとウクライナのあいだでは緊張が高まっている。アメリカが邪（よこしま）なのは当然としても、あくどいモスクワが無力で哀れなウクライナ人を危地に追いこんだのは許せないと主張するつもりだろう」

「それなら、なぜまだ放映されていない？」

「時代遅れの人間なのさ」わたしは言った。「だから証拠を探している。まだジャーナリストとしての良心が残っているのだろう」

「証拠は得られそうなのか？」

「あんたからは得られないだろう。そして、確実なことを知っている人間はほかにだれもいない。スーザン・マークは答を教えるまで長生きできなかった。つまり芽は摘まれた。あの女たちにはすべて忘れて家に帰るよう忠告したところだ」

「なぜふたりは母と娘のふりをしている？」

「うまくたぶらかせるからだ」わたしは言った。「同情を誘える。リアリティTVのように。あるいは、スーパーマーケットで売っている雑誌のように。われわれの文化を研究しているのはまちがいない」

「なぜこれほど待った？」

「テレビ業界の成熟には時間がかかる。いろいろとやらなければならないことがあって時間を食われたのだろう」

サンソムはあいまいにうなずいてから言った。「確実なことを知っている人間がだれもいないというのは事実ではないな。きみは充分に知っているようだ」

「だが、わたしは何も言うつもりはない」

「信用していいのか？」

「わたしは軍に十三年間いた。あらゆることを知っている。それについて話したりはしない」

「ふたりがスーザン・マークにたやすくたどり着けたことは気に入らない。われわれがスーザン・マークを全然知らなかったことも気に入らない。事件後の朝まで、名前を聞いたことさえなかった。この件全体が待ち伏せのようなものだった。われわれはずっと後手にまわっていた」

わたしはサンソムの背後の壁に掛けられた写真を眺めた。いくつもの小さい人の姿を。その体形、姿勢、輪郭を。「それはほんとうなのか？」

「警告があってしかるべきだった」

わたしは言った。「ペンタゴンに文句を言うといい。それから、ウォーターゲートにいたあの男たちにも」

サンソムは「そうしよう」と言った。その後は黙りこむ。ふだんの機敏な現場指揮官のやり方から、もっと冷静で落ち着いた調子に切り替えて、再考と再評価をしているかのように。〝芽は摘まれた〟。その見解をさまざまな角度から検討しているらしい。しばらくして肩をすくめ、少しだけ決まり悪そうな顔で尋ねた。「それで、いまはわたしのことをどう思っている？」

「それが重要か？」

「わたしは政治家だ。つい気になってしまうのだよ」

「狙撃手と観測手の頭を撃つべきだったと思っている」

サンソムは間を置いて言った。「サプレッサー付きの銃は持っていなかった」

「持っていたはずだ。そのふたりから一丁奪ったばかりだったのだから」

「交戦規定の問題がある」

「無視すればよかった。赤軍は鑑識班を同行させたりしていなかった。だれがだれを撃ったのかもまるでわからなかっただろう」

「それで、わたしのことをどう思っている？」

「ふたりを引き渡すべきではなかったと思っている。そんな必要はなかった。実際、ウクライナのテレビはそれを番組の核心にするつもりだったはずだ。あの老女をあんたのもとに連れてきて、理由を問い詰めさせるつもりだった」

サンソムはふたたび肩をすくめた。「問い詰めたくても無理だな。実のところ、われわれはふたりを引き渡してはいないのだから。逆に解放したのだよ。危険を承知で。裏の裏をかくつもりで。ふたりはライフルを失った。ムジャヒディーンに奪われたのだとだれもが思う。不始末であり、たいへんな不名誉だ。ふたりが指揮官と政治将校をひどく恐れているのは明らかだった。だからふたりは、アフガニスタン人にではなくアメリカ人に奪われたのだと、必死になって真実を言う。無罪の弁明のようなものだ。だが指揮官や政治将校は自分たちがどれほど恐れられているかを知っているから、その真実もでまかせのように聞こえる。お粗末な言いわけのように。それで作り話として一蹴する。ゆえにふたりを解放しても安全だろうとわたしは考えた。真実は目の前にあるのに、見落とされるだろうと」

わたしは言った。「実際の経緯は？」

サンソムは言った。「わたしが思っていた以上に、ふたりは指揮官と政治将校を恐れていたらしい。野営地に戻る気がなくなるほどに。それでさまよい歩き、あげくに部族民に見つかったのだと思う。グリゴリー・ホスは政治将校と結婚していた。妻を恐れていた。それが経緯だ。それが当人の命とりになった」

わたしは何も言わなかった。

サンソムは言った。「信じてくれるとは思っていない」

わたしは返事をしなかった。

サンソムは言った。「きみの言ったとおり、ロシアとウクライナは緊張関係にある。だが、ロシアとわが国も緊張関係にある。いまはそれが高まっている。コレンガルの部分が公になれば、一触即発の事態になるかもしれない。そうなったら冷戦の再来だ。ただしそれは、前とちがう冷戦になる。少なくともソ連の人々はそれなりの分別があった。今度の相手はそうとは言えない」

その後、われわれは無言ですわっていた。長い時間が経ったように感じられたが、やがてサンソムの机の電話が鳴った。受付の女からだ。受話口からも、ドアの向こうからも声が漏れてくる。女は早急な対応が必要な案件を並べたてた。サンソムは電話を切り、「行かなければ。付添人を呼んで外まで送らせる」と言った。立ちあがり、机をまわりこんで、部屋から出ていく。隠し事など何もない潔白な人物のように。椅子にすわるわたしをひとり残して、ドアをあけたまま。スプリングフィールドもいなくなっている。隣の部屋には受付の女しか見当たらない。女はわたしに微笑みかけた。わたしも女に微笑みかけた。付添人は現れない。

〝われわれはずっと後手にまわっていた〟とサンソムは言っていた。わたしは一分辛抱してから、退屈したかのように身じろぎしはじめた。適当な間を置いて、椅子から立ちあがる。隠し事など何もない潔白な人物がよその芝生の上をぶらつきながら待つときのように、体の後ろで手を組んで歩きまわる。気の向くままに足を運んでいるかのように、机の後ろの壁に近づく。そして写真を眺めた。知っている顔を数える。二十四までいった。大統領が四人、ほかの政治家が九人、スポーツ選手が五人、俳優がふたり、それからドナルド・ラムズフェルド、サダム・フセイン、エルスペス、スプリングフィールド。

もうひとりいる。

二十五番目の顔も知っている。

投票日の夜に勝利を祝っている写真のすべてで、サンソムのすぐ隣にひとりの男が写っている。達成感に浸るかのように、そして自分の功績を遠慮なく主張するかのように、サンソムに劣らぬほど満面の笑みを浮かべている。戦略家。戦術家。扇動家。陰のフィクサー。

おそらくサンソムの第一秘書だろう。

歳はわたしと同じくらいだ。どの写真でも紙吹雪を浴びたり、リボンを体にからみつけたり、膝まで風船の海に浸かったりしながらばかのように笑っているが、目は冷たい。抜け目のなさと計算高さをそこに宿している。

野球選手の目のようだ。

なぜカフェテリアの茶番が仕組まれたかわかった。

わたしの前に、だれがサンソムの客用の椅子にすわっていたかわかった。

〝われわれはずっと後手にまわっていた〟。

よくも抜け抜けと。

サンソムの第一秘書をわたしは知っている。

前にこの男を見ている。

深夜のニューヨーク市で、六系統の地下鉄にチノパンとゴルフシャツ姿で乗っていたこの男を見ている。

40

勝利を祝っている写真を、わたしは一枚一枚念入りに調べた。地下鉄に乗っていた男はすべてに写っている。アングルや時期、何に勝利したかにちがいはあるものの、明らかに同じ男が、サンソムの文字どおり右腕の位置にいる。が、そのとき、議員付添人が事務室に駆けこんできて、二分後にはふたたびわたしはインディペンデンス・アヴェニューの歩道にいた。その十四分後にはふたたび駅の構内にいて、ニューヨークに戻るつぎの列車を待っていた。その五十八分後には座席にくつろいですわり、街を離れる列車の車窓から、物寂しい車両基地を眺めていた。左手のずっと先で、ヘルメットとオレンジ色の安全ベスト姿の男たちが保線作業をしている。スモッグの中でもベストが光って見える。粒状の反射性ガラスを樹脂製の生地に混ぜこんであるのだろう。化学によって安全性を高めている。ベストは視認性が高いどころではない。注意を引きつける。自然と目が行く。作業員が遠ざかって小さなオレンジ色の点になるまで眺めていたが、完全に見えなくなったのは一キロ半も行ってからだった。その時

点で、わたしはいずれ得るものをすべて得ていた。いずれ知るものをすべて知っていた。しかし、自分がもう知っているとは知らなかった。このときはまだ。

列車はペンシルヴェニア駅に滑りこみ、わたしは朝食をとった店の真向かいの店で遅い夕食をとった。それから西三十五番ストリートの十四分署へ歩いた。もう夜勤の時間だ。セリーサ・リーとパートナーのドハーティはすでに出勤していた。大部屋はまるで空気をすべて吸い出されたかのように静まり返っている。まるで凶事でもあったかのように。だが、だれも走りまわってはいない。ということは、凶事はどこか別の場所であったのだろう。

部屋の入口にいた受付係の女にはこの前も会っている。女は回転椅子をまわしてリーに目をやった。リーはわたしとまた話をしてもしなくてもどちらでもいいと言いたげに顔をしかめた。受付係は椅子の向きを戻すと、残るも帰るもご自由にと言いたげに自分も顔をしかめた。わたしは蝶番をきしませてドアをあけ、机のあいだを抜けて部屋の奥へ行った。ドハーティは電話中で、もっぱら耳を傾けている。リーは何をするでもなくそこにただすわっている。わたしが近づくと、顔をあげて言った。「そういう気分じゃないの」

「どういう？」

「年齢や人種は？」

「白人だ」ドハーティは言った。「老人ではない。スーツを着ていた。ほかに判明しているのは、ポケットに偽物の名刺がはいっていて、ニューヨーク州のどこにも登録されていない社名が記され、電話番号も映画会社の所有しているダミーで、いつまで経ってもつながらないことだけだ」

41

机の電話が鳴り、ドハーティは受話器を取ってふたたび耳を傾けた。十七分署の友人が続報を伝えてきたのだろう。わたしはリーを見て言った。「捜査を再開すべきだ」

リーは尋ねた。「どうして？」

「被害者たちはライラ・ホスの雇った地元の人間だからだ」

リーはわたしを見つめた。「あなたは何者なの？　テレパシー能力でもあるの？」

「被害者たちには二度会った」

「どこかの男たちに二度会っただけよ。それが被害者たちとはかぎらない」

「その偽物の名刺をわたしも渡されている」

「そういう男たちは決まって偽物の名刺を使っている」

「同じようなダミーの電話番号が記されている名刺を？」

「そういう番号の入手先は映画やテレビの業界にかぎられているからよ」

「被害者たちは元警官だ。なんとも思わないのか？」

「警官なら気にかけるけど、元警官は気にかけない」

「被害者たちはライラ・ホスの名を出していたんだぞ」

「いいえ、どこかの男たちがライラの名を出しただけ。被害者たちとはかぎらない」

「ただの偶然だと思っているのか？」

「被害者たちはだれに雇われていたとしてもおかしくない」

「ライラ・ホスのほかにだれがいる？」

「この広い世界のだれでもありうる。ここはニューヨークよ。ニューヨークには私立探偵がたくさんいる。つるんでうろついている。見た目は変わらないし、やっていることも変わらない」

「被害者たちはジョン・サンソムの名も出した」

「いいえ、どこかの男たちがサンソムの名を出しただけ」

「しかも、わたしがサンソムの名をはじめて聞いたのは、この被害者たちの口からだ」

「それなら、ライラではなくサンソムに雇われていた可能性がある。自分の側近をわざわざ送りこむほどサンソムが心配していたとでも思うの？」

「サンソムは第一秘書をあの地下鉄に乗せていた。それが五人目の乗客だ」

「あなたもしつこいわね」

「何もしない気か？」

「十七分署に背景情報は提供する」

「捜査は再開しないのか？」

「パーク・アヴェニューのこちら側で犯罪がおこなわれたという情報がないかぎりは再開しない」

わたしは言った。「〈フォーシーズンズ〉に行ってくる」


夜も遅かったし、かなり西にいたから、タクシーに乗るつもりだったが、六番アヴェニューに出るまでつかまらなかった。その後はホテルまですみやかに行けた。ロビーは静かだ。わたしはさも当然のような顔をして中に歩み入り、エレベーターに乗ってライラ・ホスが泊まっている階へ行った。静かな廊下を歩き、スイートの前で足を止める。

ドアが二、三センチ開いている。

錠のデッドボルトが飛び出たままで、ドアクローザーの力でドア枠に押しつけられている。わたしはもう一秒だけ動かずにいてから、ノックした。

返事はない。

ドアを押すと、ドアクローザーに押し返されるのを感じた。指を広げ、ドアを四十五度あけたところで止めて、耳を澄ました。

　中から音は聞こえない。

　ドアを全開にして踏みこんだ。前方のリビングルームは薄暗い。照明は消されているが、カーテンをあけた窓から外の街の明かりが差しこみ、空室であるのは見てとれる。それはだれもいないという意味でもあるし、チェックアウト済みで客が出ていったあとだという意味でもある。隅に買い物袋はないし、ていねいにあるいはぞんざいにしまわれた身のまわりの品もないし、椅子の背に上着もないし、床に靴もない。人のいる気配がまったくない。

　寝室も同じだ。ベッドは整えられたままだが、スーツケース大のへこみができ、皺が寄っている。クローゼットには何もはいっていない。バスルームには使用済みのタオルが散らばっている。シャワーブースは乾いている。ライラ・ホスの香水の残り香をかすかに感じるが、それだけだ。

　三つの部屋をもう一度通り抜けて、廊下に戻った。背後でドアが閉まる。ドアクローザーのバネが役目を果たす音と、錠のデッドボルトがドア枠に収まるときの金属と木のこすれる音が聞こえる。エレベーターへ歩き、下のボタンを押すとすぐにドアが開いた。待ち構えていたかのように。夜間はそういう設定になっているのだろう。不必要にエレベーターを動かさない。不必要に音を立てない。ロビーに戻り、フロントに歩み寄った。夜勤の従業員が何人もいる。日勤の従業員ほど多くはないが、五十ドルのトリックが通用するほど少なくはない。〈フォーシーズンズ〉はそういうホテルではない。フロント係のひとりが画面から顔をあげ、用件を訊いてきた。わたしはホス親子が何時にチェックアウトしたかを尋ねた。

「どちら様とおっしゃいました?」フロント係は訊き返した。夜間用に調整した静かな口調で、頭上に幾重にも連なる部屋の宿泊客を起こすまいと気を遣っているらしい。

「ライラ・ホスとスヴェトラーナ・ホスだ」わたしは言った。

フロント係は怪訝な顔をしたが、画面に注意を戻し、キーボードのキーをいくつか叩いた。画面を上下にスクロールし、さらにキーを叩いてから言う。「申しわけありませんが、そのような名前のお客様の宿泊記録はございません」

わたしはスイートの部屋番号を伝えた。フロント係はまたキーを叩き、とまどいと驚きで口角をさげた。「今週はそのスイートは一度も使われておりません。料金がたいへん高額なもので、利用されるかたがとても少ないのです」

わたしは頭の中で番号をもう一度確かめてから言った。「昨夜、そのスイートを訪れたんだが。そのときは使われていた。そこの宿泊客にはきょうも会っている。ここの喫茶店で。勘定書きにサインがしてあるはずだ」

フロント係はまた調べた。料金がルームチャージにされた喫茶店の勘定書きを呼び出す。それから画面を百八十度まわし、わたしにも見えるようにした。客に何かを納得させたいときの、いっしょに確認する身ぶりをしながら。あのときは紅茶を二杯とコーヒーを一杯注文した。そのようなルームチャージの記録はなかった。

そのとき、背後で小さな音がした。カーペットを靴底がこする音、荒い息遣いの音、衣擦れ(きぬず)の音。そして金属の触れ合う音。振り返ると、七人の男が完璧な半円を作ってわたしに向かい合っていた。四人は制服姿のニューヨーク市警のパトロール警官で、三人は前に会った連邦捜査官たちだ。

警官たちはショットガンを持っている。

連邦捜査官たちは別のものを持っている。

42

男が七人。武器が七丁。警官のショットガンはフランキ・スパス12だ。イタリア製。ニューヨーク市警の標準装備ではないだろう。スパス12は恐ろしげな見かけの斬新な十二番径セミオートマチック式ショットガンで、銃腔に施条は切られてなく、ピストルグリップと折りたたみ式銃床を備えている。長所は多数。短所はふたつ。第一は価格だが、警察の専門部署なら喜んで購入を認めるにちがいない。第二はセミオートマチック式であることだ。強力なショットガンではどうしても信頼性が低くなる。撃つか死ぬかの瀬戸際に立たされた人間はそこを懸念する。誤作動は得てして起こる。しかし、四丁とも同時に誤作動するほうに賭ける気にはなれない。それはわたしが宝くじを買わないのと同じ理由からだ。楽観主義は好ましい。妄信はそうではない。

連邦捜査官のふたりはグロック17を構えている。オーストリア製の九ミリ口径のセミオートマチック式拳銃で、角張っていて信頼性が高く、二十年以上にわたる実績がある。わたしはどちらかと言えば、フランキと同じくイタリア製のベレッタM9のほうが昔から好みだが、グロックもベレッタに負けず劣らず、百万一回中に百万回は役目を果たしてくれる。

いま、その役目とは、メインアトラクションに備えてわたしの動きを封じることだ。

連邦捜査官のリーダーは半円のちょうど中央にいる。左側に三人、右側に三人。そしてわたしがテレビでしか見たことのない武器を持っている。この武器についてはよく覚えている。テキサス州フローレンスのモーテルで、ケーブルテレビを観ていたときのことだ。《ミリタリーチャンネル》ではない。《ナショナルジオグラフィック》だ。アフリカが舞台の番組だった。内戦や騒乱や疫病や飢餓を扱った番組ではない。野生生物のドキュメンタリーだ。つまり取りあげていたのはゲリラではなくゴリラ。動物学者たちが、シルバーバックと呼ばれる成獣の雄ゴリラを追跡していた。発信器を耳に取りつけるために。シルバーバックの体重は二百キロをゆうに超える。四分の一トン近くだ。動物学者たちは、霊長類用の麻酔薬がはいった矢（ダート）を撃つ銃でそのゴリラを捕獲した。

連邦捜査官のリーダーがわたしに向けているのはそれだ。

麻酔銃。

《ナショナルジオグラフィック》の番組制作者は、この方法が人道的であると視聴者に納得させるためにずいぶん苦労していた。詳細な図面やコンピュータによるシミュレーションまで示していた。ダートは矢羽根の付いた小さな円錐(えんすい)状の物体で、鋼鉄の注射針を備えている。針の先端は滅菌したハニカム構造のセラミックになっていて、麻酔薬が充填されている。ダートは高速で射出され、針がゴリラの体内に一センチあまり突き刺さる。が、そこで止まる。先端は先に進もうとする。運動量によって。ニュートンの運動法則によって。衝撃と慣性でセラミック部分が砕け、ハニカム構造に含まれていた薬剤が放出される。飛沫(ひまつ)やエアロゾルが噴き出るというより、濃い霧が皮膚の下に広がるようにして、組織に押し寄せる。それはペーパータオルでこぼれたコーヒーを吸いとるときに似ている。銃そのものは一発勝負の武器だ。ダートも、それを撃ち出す圧縮ガスの小さな容器も、ひとつずつしか装填できない。ガスは確か窒素が使われている。再装填には手間がかかる。最初の一発で命中させるほうがいい。ドキュメンタリー番組で、動物学者は最初の一発で命中させていた。ゴリラは八秒後にはふらつき、二十秒後には前後不覚になった。そして十時間後には健康そのもので目を覚ました。

とはいえ、ゴリラの体重はわたしの二倍におよぶ。

後ろにはホテルのフロントデスクがある。背中にそれがあたっている。床から百センチ強の高さに、三十五センチほどの奥行きの天板が設けられている。バーカウンターの高さだ。客が書類を広げるのにちょうどいい。サインをするのにもちょうどいい。その向こうは一段低くなっていて、フロント係が使う通常の机の高さのカウンターがある。高さは七十五センチくらいだろうか。もっとあるかもしれない。はっきりとはわからない。しかし、合わせればそれだけの高さと奥行きのあるハードルを、立った状態から跳び越えるのは不可能だ。後ろ向きならなおさら。それに、どうせ無意味だろう。フロントデスクを跳び越えたところで、別の部屋に行けるわけではない。デスクの前から後ろに移っただけで、ロビーにいることに変わりはない。純利益は何もなく、回転椅子の上にぶざまに落ちたり電話線が体にからまったりしたら純損失は大きいだろう。

首をひねって背後を一瞥した。だれもいない。フロント係たちは左右に退避済みだ。そう指示されていたのだろう。予行演習もしたのかもしれない。わたしの前にいる七人の射界は開けているということだ。

進めず退(ひ)けず。

わたしは立ち尽くした。

連邦捜査官のリーダーは麻酔銃の銃身を下へ向け、わたしの左腿に狙いを定めている。わたしの左腿は標的としては大きめだ。皮膚の下に脂肪はない。硬い肉だけで、迅速かつ効率的な血液の循環を助ける毛細血管やら何やらが縦横に走っている。完全に無防備で、夏向けの薄手のコットンの新しい青いズボンを穿いているだけだ。〝そんな恰好で来ないように。門前払いされるわよ〟。筋肉を緊張させればダートを跳ね返せるかのように、全身に力を入れてみた。が、また力を抜いた。筋肉を緊張させてもゴリラの役には立たなかったし、わたしの役にも立たないだろう。七人のずっと後ろの薄暗い隅には救急救命士たちが控えている。消防署の制服を着ている。男が三人に、女がひとり。立って待っている。すでにストレッチャーを用意して。

ほかに手がないのなら、話すしかない。

わたしは言った。「まだ訊きたいことがあるのなら、ぜひすわって話さないか。コーヒーでも頼んで、穏やかにやろう。なんならデカフェでもいい。もう遅いからな。きっと淹れ立てを出してくれる。何せここは〈フォーシーズンズ〉だ」

連邦捜査官のリーダーは答えない。代わりにわたしを撃った。麻酔銃で、二メートル半の距離から、腿の肉に直撃させた。圧縮ガスが噴き出る音が聞こえ、脚に痛みが走った。鋭い痛みではない。ナイフの傷のような鈍い疼痛だ。驚きに打たれたときのように、頭の中が一瞬真っ白になる。つづいて激しい怒りがこみあげた。もし自分がゴリラだったら、ろくでもない動物学者たちには、家でおとなしくしていろ、人の耳にかまうなと言いたくなっただろう。

43

いつ目覚めたのかはわからない。頭の中の時計はまだうまく動いていない。だが意識はようやく戻った。簡易ベッドに寝かされている。手首と足首は樹脂製の手錠でベッドガードに結びつけられている。服はすべて着たままだ。靴を除いて。靴はなくなっている。混乱した頭の中に、死んだ兄の声が聞こえた。〝だれかの立場で考える〟ことを英語では〝だれかの靴を履いて歩く〟という言いまわしをするが、兄は子供のころによくこう言っていた。〝だれかを非難する前に、そいつの靴を履いて一キロ歩くといい。そうすればおまえがそいつを非難しはじめたとき、おまえは一キロ先にいて、そいつはおまえの靴下を履いて追いかけてこなきゃならなくなる〟。つま先を動かしてみる。つづいて腰を。ポケットが空になっている感触がある。持ち物を奪われたらしい。用紙にすべて書き出して、袋にまとめてあるのかもしれない。

首を肩のほうに曲げ、顎をシャツにこすりつけた。記憶にあるよりも無精ひげが少し伸びている。八時間ぶんといったところか。《ナショナルジオグラフィック》のゴリラは十時間眠っていた。リーチャーに一本と言いたいところだが、わたしの麻酔薬は減らしてあったはずだ。少なくともそう願いたい。あの巨大な霊長類は木が倒れるように崩れ落ちていた。

ふたたび頭を起こし、周囲を見まわした。監房の中にいる。監房は部屋の中にある。窓はない。電灯がまばゆく光っている。古い建築物の中に新しい建築物がある。真新しい鋼鉄をスポット溶接した単純な構造の檻が三つ、煉瓦造りの古い広間に一列に並んでいる。それぞれの監房は一辺が二メートル半ほどの立方体だ。天井も側面と同じように鉄格子でできている。床には滑り止め用の突起のある縞鋼板が敷かれている。鋼板は縁が曲げられ、三センチほどの深さの浅いトレー状になっている。流れ落ちた液体をとどめておくためだろう。監房ではあらゆるたぐいの液体が流れ落ちる。縦棒の底部にめぐらされた横棒の内側に、トレーはスポット溶接されている。床はボルト留めされていない。監房は固定されているわけではない。独立した構造の監房が三つ、古い広間に置いてあるだけだ。

古い広間のほうは高いアーチ形天井になっている。煉瓦はすべて白に塗られてもないが、傷んでもろくなっているように見える。世の中には、煉瓦の大きさやその積み方を見て、その建物がどこにあっていつ建てられたかまでわかる人間がいる。わたしはそういう人間ではない。だがそれでも、この場所は東海岸らしく感じられる。十九世紀に人の手で造られたもののように。移民の労働者が、汚れにまみれながら手早く仕上げたもののように。おそらくわたしはまだニューヨークにいる。そしておそらく地面の下にいる。ここは地下室だという印象を受ける。湿ってはいないし、涼しくもないが、地面に埋まっているおかげで温度と湿度がそれなりに安定している。

わたしがいる檻は三つの檻の真ん中だ。檻の中には、自分が縛りつけられている簡易ベッドと、便器がある。それだけだ。ほかには何もない。便器は高さ一メートル弱のU字形の目隠しで三方を囲まれている。便器のタンクの上部はボウル状の手洗いになっている。蛇口が見える。ひとつだけ。冷水しか引いていないのだろう。ほかのふたつの檻も同じ様子だ。簡易ベッドに便器、あとは何もない。広間の床に最近掘ったあとがあり、それぞれの監房から延びている。細い溝を三本、平行に掘ってから、新しくコンクリートを流しこんで均してある。便器の下水管と蛇口の水道管だろう。

ほかのふたつの檻にはだれもいない。わたしひとりきりだ。

広間の隅の、壁と天井が合わさるあたりに、監視カメラが一台ある。ビーズのようなガラスの目が見つめている。おそらく広間を見渡すために広角レンズになっている。三つの監房を一度に見るために。集音マイクもあるはずだ。たぶん何台も。いくつかは近くにある。電子機器による盗聴はむずかしい。音の明瞭さが重要になってくる。部屋の反響はすべてを台無しにしかねない。

　左脚が少し痛む。ダートが命中したところに刺し傷とあざができている。ズボンに付いた血は乾いている。出血は多くない。手首と足首の手錠の強度を確かめた。壊せそうにない。三十秒ほど、手足を引いたりねじったりしてみた。いましめを解くためではない。暴れたらふたたび意識を失うかどうか確かめるためであり、監視カメラ越しに見張り、集音マイク越しに盗み聞きしている何者かの注意を引くためだ。

　ふたたび意識を失うことはなかった。頭が冴えてくるとともに軽い頭痛がはじまり、激しく動いたせいで脚の疼痛も引いていない。しかし、そうした些細な症状を除けば、体調は上々だ。わたしが注意を引いた結果は一分以上も経ってから現れ、見たことのない男が皮下注射器を持って広間にはいってきた。医療技師のたぐいらしい。男はもう片方の手に濡れた綿球を持ち、わたしの肘の内側を消毒しようとしている。男は檻の前で足を止め、鉄格子越しにわたしを見つめた。

　わたしは訊いた。「それは致死量か？」

　男は言った。「いいえ」

「致死量を投与する許可は出ているのか？」

「いいえ」

「それなら引っこんだほうがいい。何度注射しようとも、わたしはいずれ必ず目覚めるからだ。そしてそのうちにおまえを捕まえる。おまえにそれを食わせるか、尻の穴に突き刺して中から注射してやる」

「これは鎮痛剤です」男は言った。「痛みを抑えます。その脚の痛みを」

「わたしの脚なら大丈夫だ」

「ほんとうに？」

「いいから引っこめ」

男はしたがった。壁と同じ白に塗られた頑丈そうな木製のドアから出ていく。ドアは古びている。形がどことなくゴシック様式を思わせる。古い公共の建物で似たようなドアを見たことがある。公立学校とか、警察署とかで。

簡易ベッドの上に頭を戻した。枕はない。鉄格子の向こうの天井を見つめ、この状況に慣れようとした。しかし、一分もしないうちに、知っている顔がふたり、木製のドアからはいってきた。連邦捜査官のふたりだ。部下のほうで、リーダーではない。ひとりはフランキ・スパス12を持っている。装塡、給弾済みでいつでも撃てるようだ。もうひとりは片手に何かの工具を持ち、腕から細い鎖の束を垂らしている。ショットガンを持った男が鉄格子に近づき、隙間から銃身を突っこんで、銃口をわたしの喉に押しあてた。鎖を持った男が戸の錠をあける。鍵を使うのではなく、ダイヤルを左右にまわして。ダイヤル錠だ。男は戸を開き、中にはいって簡易ベッドの横に立った。手にした工具はプライヤに似ているが、先端は溝状に加工されてなく、刃が付いている。カッターの一種だ。わたしの視線に気づいて、男は笑みを浮かべた。そしてわたしの腰の上にかがみこんだ。ショットガンの銃口がいっそう強く喉に押しつけられる。賢明な用心だ。両手を拘束されていても、上半身を前に倒せば強烈な頭突きを繰り出せる。会心の一撃にはならないだろうが、首のしなりを利かせればこの男を自分よりも長く気絶させられる。もしかしたらシルバーバックよりも長く。頭痛にはもう襲われている。もう一度くらい大きな衝撃を受けても、大差はないだろう。

しかし、フランキの銃口は微動だにせず、わたしは傍観するしかない。鎖を持った男がそれをほどき、試行錯誤するようにしながら場所を選んで置いた。一本目はわたしの両手首を腰につなぎ、二本目は左右の足首をつなぎ、三本目はその二本をつなぐ。刑務所での標準的な拘束法だ。一度に一歩ずつ足を引きずって歩くことはできるし、両手を腰まで持ちあげることもできるが、それ以上はできない。男は鎖のすべてに錠を掛けて固定し、強度を確かめたうえで、工具で樹脂製の手錠を切断した。檻から出て戸をあけたままにする。もうひとりがフランキを引っこめた。

わたしが簡易ベッドからおりて立ちあがるだろうと向こうは思っているはずだ。だから動かなかった。敵には勝利を加減して与えなければならない。ゆっくりと少しずつ切り分けて与えなければならない。こちらがわずかでも服従するたびに敵が無意識のうちに感謝するようにしなければならない。そうすれば一日に十の小さな痛手に甘んじるだけで済む可能性がある。十の大きな痛手ではなく。

しかし、ふたりの連邦捜査官はわたしと同じ訓練を受けている。それは明らかだ。根負けして苛立つだけなのに、そこに立っていたりはしない。そのまま歩き去っていったが、鎖をつないだ男がドアのところで呼びかけ、「この先にコーヒーとマフィンがある。いつでも来るといい」と言った。一時間待ったすえに足を引きずりながらドアを抜ける。まったくもって恰好が悪い。そこでわたしは少しだけ間を置くと、簡易ベッドかこれが向こうのもくろみなのだろう。わたしに決定を委ねたわけで、まさしくそらおりて檻を出た。

木製のドアの先は、檻があった部屋と広さも形もだいたい同じ部屋になっていた。同じ建築様式で、同じ塗料が使われている。窓はない。床の中央に大きな木製のテーブルがある。向こう側に椅子が三脚置かれ、三人の連邦捜査官が席を占めている。こちら側には椅子が一脚置かれ、だれもすわっていない。わたし用だ。テーブルの上には、わたしのポケットにはいっていたものが整然と並んでいる。散らした小銭で平らに押さえた紙幣の束。古いパスポート。ATMカード。歯ブラシ。地下鉄に乗るために買ったメトロカード。グランド・セントラル駅地下の白いタイル貼りの部屋で、セリーサ・リーからもらったニューヨーク市警の名刺。八番アヴェニューと三十五番ストリートの角で、ライラ・ホスに雇われた地元の人間から渡された偽物の名刺。〈ラジオシャック〉で買った、けばけばしいピンク色のゴムカバー付きのメモリースティック。レオニードの折りたたみ式携帯電話。九個の品が、天井のまばゆい電球の光を受けて寂しげに浮かびあがっている。

テーブルの左側にはドアがもうひとつある。同じくゴシック様式で、同じく木製で、同じく塗料が新しい。L字形に連なる三つの部屋の三つ目に通じているのだろう。三つの部屋のひとつ目とも言えるが、それは立場によって変わる。とらわれた側か、とらえた側かによって。テーブルの右側には寝室に置いてありそうなローチェストがある。その上には、ナプキン、発泡スチロールのカップを重ねた筒、鋼鉄製の魔法瓶、ブルーベリーマフィンをふたつ載せた紙皿が用意されている。わたしは靴下を履いた足を引きずって近づき、魔法瓶からカップにコーヒーを注いだ。チェストが低いおかげで、その動作はわりと楽にこなせた。両手をいましめる鎖もたいした妨げにならない。カップを両手で低く持ち、テーブルに運んだ。空いた椅子に腰をおろす。首をかがめ、カップからコーヒーを飲んだ。屈服の動作のように見えるが、それが向こうのもくろみなのだろう。こうべを垂れているようにも、服従しているようにも見える。おまけにコーヒーはひどくまずく、生ぬるい。

連邦捜査官のリーダーが指を軽く曲げて手を伸ばし、わたしの金を拾いあげようとするかのように、その手前で止めた。だがそこでかぶりを振った。金などあまりにもつまらない話題であるかのように。あまりにも俗な話題であるかのように。手をその先へ動かし、パスポートの手前で止めた。

そして尋ねた。「なぜこれは有効期限が切れている？」

わたしは言った。「だれも時間を止められないからだ」

「わたしが言いたいのは、なぜ更新していないのかということだ」

「いますぐ必要ではないからだ。あんたが財布にコンドームを入れていないのと同じだな」

リーダーは一瞬黙ってから訊いた。「最後に出国したのはいつだ」

わたしは言った。「こんなふうにすわって話すこともできた。動物園から何かが逃げ出したときのように、麻酔銃でわたしを撃つことはなかった」

「きみには何度も警告したはずだ。それに、きみは著しく非協力的だった」

「意識を失っているあいだに目をくりぬかれていたかもしれなかった」

「だがそうしなかった。実害がなければ問題はない」

「まだ身分証を見せてもらっていない。あんたの名前さえ知らない」

リーダーは何も言わない。

わたしは言った。「身分証も、名前も、ミランダ警告も、容疑も、弁護士もなしか。まさにすばらしい新世界だな」

「そのとおりだ」

「まあ、健闘を祈る」わたしは言い、何かを急に思い出したかのようにパスポートに目をやった。両手をできるだけあげて身を乗り出す。その途中でコーヒーのカップをどかし、パスポートとATMカードのあいだに押しやった。パスポートを手に取り、眉根を寄せて後ろのほうのページをめくる。記憶ちがいだったかのように肩をすくめ、パスポートを戻す。しかし、もとの場所ではない。鎖に少し妨げられる。パスポートの硬いへりがコーヒーのカップにぶつかって倒した。コーヒーがこぼれてテーブルの上に広がり、向こう側の端からリーダーの膝へと流れ落ちる。リーダーはお決まりの反応をした。ひとつの動作で液体の分子をひとつでもかわせるかのように、あとずさり、中腰になり、飛び退いた。

「悪いな」わたしは言った。

ズボンはずぶ濡れだ。これで今度は向こうに決定を委ねたことになる。選択肢はふたつ――着替えるために尋問を中断してリズムを崩すか、濡れたズボンでつづけるか。迷っているのが見てとれる。この男も自分で思っているほど謎めいた人間ではない。

リーダーは濡れたズボンでつづけるほうを選んだ。隣の椅子をまわりこんでローチエストに歩み寄り、ナプキンでズボンを軽く叩く。さらに何枚か持ってきて机を拭いた。反応しないように懸命に努力しているが、それこそ反応しているのと同じだ。

リーダーはふたたび尋ねた。「最後に出国したのはいつだ」

わたしは言った。「思い出せない」

「生まれはどこだ」

「思い出せない」

「だれだって自分の生まれがどこかくらいは知っている」

「何せ大昔のことだからな」

「なんなら一日中ここにすわっていてもいい」

「生まれは西ベルリンだ」わたしは言った。

「きみの母親はフランス人か？」

「フランス人だった」

「いまは？」

「死んだ」

「それは悪かったな」

「あんたのせいじゃないさ」

「きみがアメリカ市民であるのは確かか？」

「それはどういう意味の質問だ」

「そのままの意味だ」

「国務省はパスポートをわたしに発給した」

「申請書には事実が書かれていたのか？」

「わたしはそこにサインをしたのだろう？」

「しただろうな」

「それなら事実が書かれていただろうな」

「そうか？　きみは帰化したのか？　きみは外国で外国人の親から生まれている」

「わたしは軍の基地で生まれた。そこはアメリカに主権のある領土と見なされる。わたしの両親は結婚していた。父はアメリカ市民だった。海兵隊にいた」

「それをすべて証明できるか？」

「その必要があるのか？」

「重要なことだ。きみが市民であるか否かで、つぎの展開が変わってくる」

「ちがうな。わたしがどれだけ辛抱強いかで、つぎの展開が変わってくる」

左の男が立ちあがった。フランキの銃口をわたしの喉に強く押しつけたほうだ。テーブルの向こう側から左へまっすぐ進み、木製のドアを抜けて三つ目の部屋へ行く。机、コンピュータ、戸棚、ロッカーが隙間から見えた。ほかに人はいない。ドアが静かに閉まり、われわれのいる部屋は沈黙に包まれた。

リーダーが尋ねた。「きみの母親はアルジェリア人だったか？」

わたしは言った。「フランス人だったと言ったばかりだぞ」

「フランス人の一部はアルジェリア人だ」

「いや、フランス人はフランス人であり、アルジェリア人はアルジェリア人だ。ロケット科学でもないだろうに」

「いいだろう、フランス人の一部はもともとアルジェリアからの移民だった。それか、モロッコやチュニジアや北アフリカのどこかの国からの」

「母はちがう」

「きみの母親はイスラム教徒だったか？」

「なぜ知りたがる？」

「それが尋問というものだからだ」

わたしはうなずいた。「尋問するならあんたの母親よりわたしの母について訊くほうが無難だろうしな」

「どういう意味だ」

「スーザン・マークの母親は麻薬に溺れていた十代の娼婦だった。あんたの母親はいっしょに働いていたかもしれない。いっしょに客をとっていたかもしれない」

「わたしを怒らせようとしているのか？」

「いや、もううまく怒らせている。あんたの顔は真っ赤だし、ズボンはずぶ濡れだ。おまけに、なんの成果もあげられていない。ひっくるめて考えれば、この尋問が訓練マニュアルに載ることはないだろうな」

「これは茶番ではないぞ」

「そうはいっても、茶番になりつつある」

リーダーは間を置き、仕切り直した。前に置かれた九個の品を人差し指で並べ直す。一列にそろえてから、メモリースティックを二、三センチ前に押し出した。「最初に身体検査をしたとき、これを隠していたな。きみはこれを地下鉄でスーザン・マークから渡された」

わたしは言った。「わたしがそれを隠していただって？　スーザン・マークから渡されて？」

リーダーはうなずいた。「だが、中身は空だし、どのみち小さすぎる。もうひとつはどこにある？」

「もうひとつとは？」

「これは明らかに囮(おとり)だ。本物はどこにある？」

「スーザン・マークからは何も渡されていない。それは〈ラジオシャック〉で買った」

「なぜ？」

「見た目が気に入ったからだ」

「ピンク色のカバーが？　でたらめだ」

わたしは何も言わなかった。

リーダーは言った。「ピンク色が好きなのか？」

「ふさわしい場所に使われていれば」

「ふさわしい場所とは？」

「あんたが何年も行っていない場所さ」

「どこに隠していた？」

わたしは答えなかった。

「尻の穴にでも入れておいたのか？」

「ちがうといいな。何せあんたはそれをさわったばかりだ」

「そういうのが好きなのか？　ホモなのか？」

「その手の質問はグアンタナモでなら通用するかもしれないが、わたしには通用しない」

リーダーは肩をすくめ、指先でメモリースティックを列に戻すと、偽物の名刺とレオニードの携帯電話を二、三センチ前に出した。まるでチェス盤でポーンを動かすように。「きみはライラ・ホスのために働いていた。この名刺はライラ・ホスに雇われた人間ときみが連絡をとっていたことを証明しているし、きみの電話はライラ・ホスから少なくとも六回は着信があったことを証明している。〈フォーシーズンズ〉の番号が履歴に残っていた」

「それはわたしの電話ではない」

「きみのポケットにはいっていたんだぞ」

「従業員の話によれば、ライラ・ホスは〈フォーシーズンズ〉に泊まっていなかった」

「われわれが従業員に協力を頼んだだけだ。あの女が泊まっていたことはきみもわれわれも知っている。きみはそこで二度本人に会い、三度目に会う約束もしていたのに、向こうがそれを破った」

「ライラ・ホスはいったい何者なんだ」

「あの女のために働くことを引き受ける前に、そう尋ねるべきだったな」

「わたしはあの女のために働いてなどいない」

「あの女のために働いていたことはきみの電話が証明している。ロケット科学でもないだろうに」

わたしは答えなかった。

リーダーは訊いた。「ライラ・ホスはいまどこにいる？」

「あんたも知らないのか？」

「なぜわたしが知っている？」

「チェックアウトした際にあんたたちがさらったとばかり思っていたが。わたしを麻酔銃で撃つ前に」

リーダーは何も言わない。

わたしは言った。「その日の午前中にもあんたたちはあそこに行っているな。そして部屋を捜索した。ライラ・ホスを監視していたとばかり思っていたが」

リーダーは何も言わない。

わたしは言った。「見失ったんだな？　まんまと逃げられた。たいしたものだ。あんたたちはわれわれ全員の見本だよ。ペンタゴンと怪しげな関係のある外国人をみすみす逃がすとはね」

「手抜かりがあった」リーダーは言った。少し恥じている様子だが、別に恥じなくてもいいと思った。監視下のホテルから立ち去るのは簡単と言ってもいいからだ。それはやらないことでやり遂げられる。つまりすぐには立ち去らないことで。荷物をベルボーイに預けて業務用エレベーターで下に運ばせれば、捜査官たちがロビーに集まってくるから、自分は宿泊客用エレベーターでちがう階に行き、どこかに二時間ほど隠れ、捜査官たちがあきらめて散るのを待つ。それから歩いて出ていけばいい。度胸が要るが、実行はたやすい。特に、別の名前で別の部屋を予約しておけば。ライラ・ホスは少なくともレオニードのために部屋をとってあったにちがいない。

リーダーは訊いた。「ライラ・ホスはいまどこにいる?」

わたしは訊いた。「あの女は何者なんだ」

「きみがこれまでに会った中で最も危険な人物だ」

「そうは見えなかったが」

「だからこそだ」

わたしは言った。「どこにいるかは見当もつかない」

長い間があり、リーダーは偽物の名刺と携帯電話を列に戻すと、代わりにセリーサ・リーの名刺を前に進めた。「この刑事はどこまで知っている?」

「それが重要なのか?」

「これからやらなければならないことはかなり単純だ。ホス親子を見つけ、本物のメモリースティックを確保しなければならない。だが何より、情報の漏洩(ろうえい)を防がなければならない。だから、いま情報がどこまで広まっているか知る必要がある。だから、だれが何を知っているか知る必要がある」

「だれも何も知らない。とりわけわたしは」

「これは何かの勝負ではないんだ。逆らっても得点にはならない。われわれはこの件では同じ陣営にいる」

「わたしにはそうは思えないな」

「真剣に聞きたまえ」

「聞いているとも」

「それなら、だれが何を知っているか教えるんだ」

「あいにく読心術はできない。だれが何を知っているかはわからない」

左側のドアがふたたび開く音が聞こえた。リーダーはそちらに目をやり、何かを承諾するしるしにうなずいた。わたしがすわったまま首をめぐらすと、左側の椅子にすわっていた男がそこにいた。銃を持っている。フランキ・スパス12ではない。麻酔銃だ。男はそれを構えて撃った。わたしは身をひねったが、あまりにも遅かった。ダートは肩口に命中した。

|著者|リー・チャイルド　1954年イングランド生まれ。地元テレビ局勤務を経て、'97年に『キリング・フロアー』で作家デビュー。アンソニー賞最優秀処女長編賞を受賞し、全米マスコミの絶賛を浴びる。以後、ジャック・リーチャーを主人公としたシリーズは現在までに24作が刊行され、いずれもベストセラーを記録。本書は13作目にあたる。

|訳者|青木 創　1973年、神奈川県生まれ。東京大学教養学部教養学科卒業。翻訳家。訳書に、ハーパー『渇きと偽り』『潤みと翳り』、モス『黄金の時間』、ジェントリー『消えたはずの、』、メイ『さよなら、ブラックハウス』、ヴィンター『愛と怒りの行動経済学』、ワッツ『偶然の科学』（以上、早川書房）、リー『封印入札』『レッドスカイ』（幻冬舎）、メルツァー『偽りの書』（角川書店）、トンプソン『脳科学者が教える 本当に痩せる食事法』（幻冬舎）、フランセス『〈正常〉を救え』（講談社）など。

葬(ほうむ)られた勲章(くんしょう)(上)

リー・チャイルド｜青木(あおき) 創(はじめ) 訳

講談社文庫

定価はカバーに
表示してあります

2020年8月12日第1刷発行

発行者──渡瀬昌彦
発行所──株式会社　講談社
東京都文京区音羽2-12-21　〒112-8001
電話　出版（03）5395-3510
　　　販売（03）5395-5817
　　　業務（03）5395-3615

Printed in Japan

デザイン─菊地信義
本文データ制作─講談社デジタル製作
印刷───豊国印刷株式会社
製本───株式会社国宝社

ISBN978-4-06-520317-0

講談社文庫刊行の辞

二十一世紀の到来を目睫に望みながら、われわれはいま、人類史上かつて例を見ない巨大な転換期をむかえようとしている。

世界も、日本も、激動の予兆に対する期待とおののきを内に蔵して、未知の時代に歩み入ろうとしている。このときにあたり、創業の人野間清治の「ナショナル・エデュケイター」への志を現代に甦らせようと意図して、われわれはここに古今の文芸作品はいうまでもなく、ひろく人文・社会・自然の諸科学から東西の名著を網羅する、新しい綜合文庫の発刊を決意した。

激動の転換期はまた断絶の時代である。われわれは戦後二十五年間の出版文化のありかたへの深い反省をこめて、この断絶の時代にあえて人間的な持続を求めようとする。いたずらに浮薄な商業主義のあだ花を追い求めることなく、長期にわたって良書に生命をあたえようとつとめるところにしか、今後の出版文化の真の繁栄はあり得ないと信じるからである。

同時にわれわれはこの綜合文庫の刊行を通じて、人文・社会・自然の諸科学が、結局人間の学にほかならないことを立証しようと願っている。かつて知識とは、「汝自身を知る」ことにつきていた。現代社会の瑣末な情報の氾濫のなかから、力強い知識の源泉を掘り起し、技術文明のただなかに、生きた人間の姿を復活させること。それこそわれわれの切なる希求である。

われわれは権威に盲従せず、俗流に媚びることなく、渾然一体となって日本の「草の根」をかたちづくる若く新しい世代の人々に、心をこめてこの新しい綜合文庫をおくり届けたい。それは知識の泉であるとともに感受性のふるさとであり、もっとも有機的に組織され、社会に開かれた万人のための大学をめざしている。大方の支援と協力を衷心より切望してやまない。

一九七一年七月

野間省一

講談社文芸文庫

多和田葉子

ヒナギクのお茶の場合／海に落とした名前

解説＝木村朗子　年譜＝谷口幸代

パンクな舞台美術家と作家の交流を描く「ヒナギクのお茶の場合」（泉鏡花文学賞）、レシートの束から記憶を探す「海に落とした名前」ほか全米図書賞作家の傑作九篇。

978-4-06-519513-0
たＡＣ６

多和田葉子

雲をつかむ話／ボルドーの義兄

解説＝岩川ありさ　年譜＝谷口幸代

読売文学賞・芸術選奨文科大臣賞受賞の「雲をつかむ話」。ドイツ語で発表した後、日本語に転じた「ボルドーの義兄」。世界的な読者を持つ日本人作家の魅惑の二篇。

978-4-06-515395-6
たＡＣ５

講談社文庫　海外作品

講談社文庫 目録

講談社文庫　目録

2020年6月15日現在